恋爱基因

LIANAI JIYIN 薄暮冰轮 · 著

百花洲文艺出版社
BAIHUAZHOU LITERATURE AND ART PRESS

图书在版编目（CIP）数据

恋爱基因 / 薄暮冰轮著 . — 南昌 ： 百花洲文艺出版社，2019.6
ISBN 978-7-5500-3260-6

Ⅰ . ①恋… Ⅱ . ①薄… Ⅲ . ①科学幻想小说－中国－当代 Ⅳ . ① I247.5

中国版本图书馆 CIP 数据核字（2019）第 090467 号

恋爱基因
薄暮冰轮 著

责任编辑	蔡央扬	
选题策划	吴小波	
特约编辑	雷凤伶	
封面设计	某　和	
出版发行	百花洲文艺出版社	
社　　址	南昌市红谷滩新区世贸路 898 号博能中心 A 座 20 楼	
邮　　编	330038	
经　　销	全国新华书店	
印　　刷	湖南关山美印有限公司	
开　　本	880mm×1230mm　1/32　印张 9	
版　　次	2019 年 6 月第 1 版第 1 次印刷	
字　　数	225 千字	
书　　号	ISBN 978-7-5500-3260-6	
定　　价	36.80 元	

赣版权登字　05-2019-113

网址 http://www.bhzwy.com
图书若有印装错误，影响阅读，可向承印厂联系调换。

目录 CONTENTS

目 录 C O N T E N T S

第一章
从今天起他的小香猪
就改名叫玛丽苏了

顾晓雨面如死灰。

触摸手机屏幕的手指抖个不停，哪怕前女友劈腿还反咬他的时候，他都没有这么崩溃过。

震惊、迷惘、混乱……各种各样的情绪在他的胃里搅动着，翻江倒海。要是有一个时光机能让他回到一小时前，他肯定不惜任何代价。

因为一条特别关注的微博出现在了他的首页。

谢际明："给大家介绍一下，这是我的未婚妻香香。"

照片里，谢际明的未婚妻被他温柔地搂在怀里，裹着华丽的小裙子，耳朵上夹了一个冰晶王冠，一双明媚动人的大眼睛扑闪扑闪地看着镜头，仿佛有些茫然，却又透着人类没有的纯真可爱。

这是一只小香猪。

有人拿来养，有人拿来吃的那种。

很显然，顾晓雨是拿来养的，只是现在有一位霸道总裁替他养了，这样疯狂想养它的优质"备胎"还有三个！

每一个都真情实感，无怨无悔！

简直感天动地！笑傲"玛丽苏①"界！

顾晓雨脸色煞白地看着眼前的两人，声音抖得不成样子："我是不是在做梦？"

身材异常高挑的长发"美女"冷笑了一声，拎着他的耳朵问道："现在醒了没？"

"疼！疼！疼！疼！疼！柳行大佬，疼啊！"顾晓雨疼得从椅子上跳了起来，捂着耳朵哀号着。

柳行松开了手，恢复到了抱胸的姿势，这让"她"胸前的波涛汹涌越发显眼。无论这人性格有多恶劣，从外貌来看，这绝对是一个惹眼的明艳美女——如果"她"真的是女人的话。

然而真相往往是残酷的。

---

① 即 Mary Sue 的音译，原出于国外的派生作品圈。1973 年，保拉·史密斯（Paula Smith）在自编的科幻派生作品里创造了一个名叫 Mary Sue 的虚构女主角，玛丽苏由此声名远扬。

顾晓雨幽幽地看着眼前的大美人：

脸蛋美艳——性格恶劣，居心叵测！

胸围惊人——假的，罩杯里贴的都是硅胶！

大腿修长——前天还看到他刮腿毛！

裙子优雅——裙底有"怪兽"！巨大的"怪兽"！

柳行艳丽的眉眼微微皱起，不满地看着他："你这是什么眼神？"

"尊重大佬的眼神。"顾晓雨嘀咕了一声，向大佬低头。

"嗬，你还是赶紧想想怎么把香香找回来吧，要是找不回来……你知道后果。"柳行举起手机，面带着恐吓的笑容对他说道。

手机屏幕里赫然是谢际明微博的配图——香香小公主。

顾晓雨的嘴里比吞了黄连还要苦，还有什么比坑了霸道总裁而让他喜欢上一只猪更糟糕的事情吗？

有，让四个帅哥一起喜欢上了这只猪。

其中一个还是他的导师季泽熙。

季泽熙从刚才起就一直拿着手机，清俊的脸上没了常见的微笑，眉宇间的锐利和执拗就显露了出来。他放下手机，展示了一张照片——依旧是谢际明的那张微博配图，只是把抱着香香的人P[①]成了他自己。

他认真地问顾晓雨："P 得怎么样？"

——教授，原来你是这种会在手机里装 P 图软件的男人吗？人物形象崩了啊！

顾晓雨在心里疯狂呐喊，可还是露出一脸乖巧的表情，违心地说道："……棒极了，教授。"

季泽熙默默地把这张图设置成了手机待机画面，仔细欣赏了半分钟，然后把手机放到了口袋里。

"那么我们来谈谈吧。我，季泽熙，现年二十八岁，在本市中

---

① 是 ps 图片的简称，就是用 photoshop 软件进行图片处理美化，现在扩展到用多种图片处理软件对图片进行处理。

心有五套房产，其中两套是别墅，名下有四家年利润千万以上的公司，我是实际控股人，海外资产方面……"季泽熙认真地自我介绍了起来。

"教授，您别说了，我知道您有钱！"顾晓雨惊恐地摆手，生怕再听下去自己的心态要爆炸，虽然他早就知道季家家底惊人，但是季泽熙几年前已经和家里断绝关系，一门心思投入研究中，没要家里一分钱，他还以为教授现在只是普通的中产而已。

季泽熙摆出了一副"我要和你好好谈谈"的架势。

原本温柔的眉眼因为那股强大的气势而显得魄力十足。

顾晓雨也不由得认真了起来，端正地坐在他对面，双手放在膝盖上，大气都不敢出。

"所以……你看聘礼多少比较合适？"季泽熙握住了他的手，努力展露出一副笑容。

让顾晓雨崩溃的是，这副笑容里充满了小心翼翼的讨好。他一瞬间就意识到了，这是女婿第一次见到丈母娘时的表情。

"教授，您知道'爱情荷尔蒙'这个东西对人的影响是巨大的，这个情况很不正常，新人类是不会自行分泌爱情荷尔蒙的，也就是说根本不会恋爱。您这个情况是因为误食了……一点东西……我赶紧研究快速代谢人造爱情荷尔蒙的药物……"顾晓雨磕磕绊绊地解释着。

可是对面的季泽熙，脸上的笑容逐渐消失。

他温柔地说道："顾晓雨。"

"在！"

"你想'挂科'吗？"

"……不想。"

"那就放心地把香香交给我，我会一生一世对她好，和她一起孝敬你的。"季泽熙郑重道。

教授，你比我还大三岁啊！"孝敬我"是什么鬼？！你的形象崩得惨不忍睹啊！

还不等顾晓雨发出抗议，在一旁听得一肚子火气的柳行已经一脚踩上了桌子，目露威胁之色："闭嘴，香香是我的！休想和我抢！"

"柳同学，注意你的举止。"

"季教授，注意你的言辞！"

两人一个目露凶狠之色，另一个皱起了眉，眼看就要爆发一场激烈冲突。如果这是为了一个姑娘，那大概是令人激动的"修罗场①"，可这一切却是为了一只小香猪。

这就让人哭笑不得了，也难怪顾晓雨露出了比哭还难看的笑容。

这一切都是怎么发生的呢？

顾晓雨身心俱疲地看着谢际明微博下爆炸式增长的转发和评论，以及正在实时更新的热搜，一种"摊上大事"的恐慌感席卷全身。

这件事要完整地解释起来，简直要从数百年前低迷的人口增长率说起。

当时，在长期低迷的生育率的压力下，人类科技大爆发，人造子宫诞生了。

人类终于从千百万年来的自然繁衍模式中挣脱了出来，进入到了成年男女捐献生殖细胞、人造子宫工厂根据人口发展规划需要，控制本年度繁衍的新人口数量的阶段。

同时，基因编辑技术臻于完善，人类可以自由地修改人体基因，剔除各类缺陷基因，例如近视、夜盲、抑郁、肥胖、精神疾病等等。人类再也不会被这些基因困扰。

对于完美的追求，让人类不断地改进自己下一代的基因，无论是在外貌、智力水平，还是健康程度上。

这一群经过基因修改，在人造子宫中诞生的新一代，被称为新人类。

---

① 原为佛教用语，此处形容惨烈的战场。

恋
爱基因

他们和未经基因修改，且在母亲子宫中诞生的自然人类形成了鲜明对比。

但是一个无法解决的问题也随之诞生——这些诞生于人造子宫的新人类，不会分泌与爱情相关的一系列荷尔蒙。

简而言之，他们不会拥有爱情。

唯一能够让他们产生爱情的方式，是提取自然分娩诞生的人类——简称自然人——恋爱时产生的爱情荷尔蒙，转移给新人类。但被提取走爱情荷尔蒙也意味着，这位自然人告别了爱情。

爱情荷尔蒙的稀缺性使得它奇货可居，买卖爱情荷尔蒙成了一项暴利行业，在人为的包装和宣传下，爱情被鼓吹成了一种浪漫的神话，占据了人口大多数的新人类憧憬爱情，可是却只有一小部分人消费得起爱情。

因为每一份爱情荷尔蒙都是那样昂贵。

有没有办法人工合成爱情荷尔蒙？无数人在研究这个课题，但是截至昨天，依旧没有人成功。

但也只是到昨天为止。

人造爱情荷尔蒙发明人——顾晓雨，男，二十五岁，A大研究生，跟随导师季泽熙在激素生物合成领域做研究。论文还没写，实验品就已经做了出来，概率堪比中五个亿的福利彩票大奖。

最奇葩的是，这位异想天开的自然人研究生，在合成人造爱情荷尔蒙之后的第一件事，是拿自己当了第一个实验品。

实验结果堪称完美，恨意随着爱情一同归来，被劈腿还被诬陷的顾晓雨脑中就只剩下一个念头：报复人渣前女友。

于是他在添加了人造爱情荷尔蒙的巧克力中加入了引导剂——一种与爱情荷尔蒙同时使用后能够引导使用者喜欢上特定对象的违禁品。

对象是他的小香猪。

也就是说，只要他的前女友咬一口这块巧克力，她就会疯狂地爱上他的小香猪。

　　事发之前顾晓雨已经在脑中将那一幕预演了千百次，就等着那个女人哭着求他，说想和他的小香猪结婚，然后他就可以冷酷无情地拒绝她："对不起，就连我的猪也看不上你。"

　　完美！

　　然而，这份加了料的巧克力还没有辗转到前女友的手中，就被他的导师和几个朋友误食了。无辜的香香小公主目睹了整起惨剧，并荣升本文第一女主人公，自带"玛丽苏光环"的那种。

　　四个大男人在房间里打成一团，没注意到小香猪已经跑了，等到分头去找的时候小香猪已经不知所终。

　　从谢际明的微博来看，是他找到了小香猪，看起来是绝不会把它交还给顾晓雨这位可怜的主人了。

　　本着一点良心，顾晓雨实在没法若无其事地看着被他坑害的四人为了一只小香猪留下无数黑历史，只能寄希望于自己快点把解药研制出来。

　　天哪，这种日子，哪怕一天都是世界末日。

　　柳行还在和季泽熙吵架，应该说是单方面的。季泽熙涵养好，笑眯眯地就把人顶了回来，顶得柳行上蹿下跳，一脚踩在椅子上，回头质问顾晓雨："说，你答应我和香香在一起！让季泽熙滚一边去！"

　　"咳咳，看，都二十五世纪了，我们不要搞包办。话说，阿凛呢？他刚才说出去打个电话，现在都没回来……"顾晓雨无助地试图转移话题。

　　"你关心他做什么？这种人，死在路边我都不会埋他。"柳行毫不掩饰自己对司徒凛的恶意了。

　　顾晓雨已经习惯柳行对司徒凛的不满了，假装没听见。

房间门被猛然推开，司徒凛边走边对手机那头的人说："……五分钟后出发，可是？……没有可是！"

挂了电话，司徒凛走到顾晓雨面前站定，两人四目相对。

司徒凛英俊的脸在近距离下有种奇异的压迫感，好似他平日里的开朗和健谈都是一层虚假的面具。太奇怪了，一个人不笑的时候，怎么会和笑的时候判若两人？

顾晓雨不自觉地吞了口唾沫，下意识地想逃避现状。

然而司徒凛已经失去了耐心，他将人提溜起来，拽着他往门口走去。

"干吗？你干吗？要去哪？我还有事啊！今天不宜出门！真的，我说的都是真的！司徒凛，你最近'水逆①'啊！"顾晓雨被拽得跌跌撞撞，差点扑倒在地。

"搞到谢际明的地址了，我叫了一百号兄弟，带上了家伙，现在就去把香香抢回来！香香只会是我的！"司徒凛漂亮的桃花眼里闪过凌厉的冷光，信心十足地说道。

"……"屋子里顿时一片诡异的沉默。

顾晓雨呆若木鸡，一时间怀疑司徒凛是在开玩笑。

直到司徒凛真的从口袋里掏出了一把黑漆漆的物体，戳了戳顾晓雨的脸颊，差点戳出个酒窝来。

冰冷的金属唤醒了顾晓雨，他惨叫了起来："司徒凛，你到底是怎么回事啊？法治社会啊！你千万别冲动啊！！老婆可以再找，我不想去监狱里探望你啊！！！"

> • • •

顾晓雨对自己的这位朋友有了全新的认识。

"所以……你家真的是……干那个的？"刚走到楼下，顾晓雨

① 网络流行语，遇事不顺、比较倒霉的时候常用的调侃。

就战战兢兢地问道，用手比画了一个杀头的动作。

司徒凛没说话，拍了拍他的肩膀示意他往旁边看。

顾晓雨一扭头，好家伙！十几辆吉普车停在实验室外，车里齐刷刷地坐着光头文身大哥，俨然就等司徒凛一声令下赶赴谢家抢夺香香了。

其中一人站在车外，古怪地看了顾晓雨一眼，对司徒凛说："凛少，都准备好了。"

顾晓雨咽了咽口水："我说……阿凛啊，你确定要现在去……哦，抢亲？"

"不然呢？我一定会把她抢回来的！我还要给她一个让全世界女人都羡慕的婚礼！让所有人知道，这是我司徒凛的挚爱！"司徒凛气势满满地说道。

顾晓雨被这一连串"FLAG ①"惊得目瞪口呆，都来不及阻止他。

他的好兄弟——司徒凛，是个运气一言难尽的男人。

不是说他运气特别糟糕，而是他自带了一个"FLAG"技能，但凡他当着顾晓雨的面说出来的含"FLAG"的话，全都会实现，而且他根本管不住自己这张嘴！

非常可怕了。

立完"FLAG"的司徒凛拉着顾晓雨上了车，感到情势危急的顾晓雨急忙道："阿凛啊，我们绝对不能带这么多人一起去啊，这么大张旗鼓的，不管对你还是对香香都不是好事。我们两个人去就行了，我和谢际明好好谈谈，毕竟我才是香香的主人。"

司徒凛突然转过脸来，展颜一笑，杀气腾腾道："我才是！"

虽然他态度很凶，但是顾晓雨莫名就是不太怕他，还嬉皮笑脸地说："好！好！好！你才是，你才是，但不管怎么说我们得先把

① 动漫用语，原意为"旗帜"，此处指故事中让人能够预测到之后发展的事件。"FLAG"的意思与"伏笔"相近，但是"FLAG"强调戏剧逻辑（也就是所谓的"套路"）而不是现实逻辑。例如一个人说出"这场战争结束后，我就要回老家结婚了"然后死亡，两者之间在现实中没有任何逻辑关系，但是在故事中存在逻辑关系。 因此"FLAG"存在定式，所以也有"反FLAG"的说法。

香香带回来。千万别带这群金链大哥啊！！！我不想事后被警察找
上门。"

"不会的。"司徒凛烦躁地"啧"了一声，"……算了，我一
个人去也够了。万一他们也发现了香香的可爱……情敌有三个就够
了。"

"……"不，不会的，正常人不会喜欢上一只猪，哪怕那是一
只非常可爱的小香猪。

顾晓雨满心都是吐槽，有苦说不出，只好在一旁尴尬地笑着，
看着司徒凛打电话解散了这群小弟，自己开车出发。

"这边左转，笔直开，再过三个路口右转。"顾晓雨给司徒凛
指路。

司徒凛鄙视道："你不是路痴吗？别把我带到沟里去了。"

说着，车子在红灯前停了下来，司徒凛打开了手机导航。

"某某导航，现在为您导航。前方左转后直行五百米，然后右
转。"

顾晓雨的腰杆儿一下子直了，委屈地申诉道："给你带路你还
不领情，你看吧，语音导航也这么说，我根本不路痴的好吧？"

"上次在游轮里一天迷路三次，给我发了几十条求救微信的人
是谁啊？"司徒凛瞥了他一眼，反问道。

这货害他不浅，那天游轮上有三伙人在交易违禁品，其间还爆
发了枪战，顾晓雨这家伙以超高幸运值成功闪避了一切危险，然后
狂发微信坑得司徒凛差点被打成筛子。这种事情已经不是第一次发
生了，而至今为止，顾晓雨对自己经历过多少次危险场景一无所知。

他以为真的只是单纯的度假来着。

真是令人羡慕嫉妒恨的幸运值。

"前方四百米，然后右转。"语音系统恪尽职守地继续导航。

"那个……主要是游轮那种封闭空间，我很容易失去方向感，

放在室外就不一样了。"顾晓雨努力为自己申辩。

"是吗？我还以为你只是熟悉谢际明家怎么走。"司徒凛说。

他状似无意的一句话，却让顾晓雨心头一滞，半晌才干巴巴地说道："怎么可能啊？我俩根本不是一个世界的人，撇开家境不说，你们这些新人类不歧视我们就不错了。"

经过基因筛选和编辑的新人类，拥有更健康的身体、更聪明的大脑，他们精力充沛，体质极佳，天生就比自然人更有优势，不到百年的时间里就成了社会的中坚力量。而自然人则被边缘化，不少自然人浑身上下最值钱的，就只剩下自己的爱情荷尔蒙，如同一群怀抱巨额财宝走在大街上的小孩子，根本无力保护自己。

车已经开出了城郊，导航一丝不苟地为他们指路。

"我知道怎么走了，肯定不会错，再开二十分钟就能到。"司徒凛又看了一眼手机导航，终于觉得这段路眼熟了起来。

总觉得，他好像又立了"FLAG"，这算不算"FLAG"呢？顾晓雨在心里纠结着。

几乎就是这一瞬间，司徒凛突然低声喝道："坐稳了！"

不等他反应过来，司徒凛已经脚踩油门，开始飙车。

语音导航系统万般不配合，公然拆台——"前方五十米有摄像头，请谨慎驾驶。"

"有摄像头啊！你干吗突然飙车？想吃罚单吗？"在惯性作用下后背紧紧贴在座椅上的顾晓雨质问道。

"吃罚单和吃子弹，你自己选一个。"司徒凛从后视镜里看到五辆紧追不舍的汽车，那辆已经有人探出了车顶，拿枪瞄准了他们的轮胎。

"您已超速。"

司徒凛脚踩刹车，"砰"的一声枪响，子弹打在了后窗的防弹玻璃上，没能命中轮胎，顾晓雨险些被安全带勒死，一口气没上来狂咳了起来。

"咳！咳！咳！咳！发生了什么？怎么回事？刚才是不是听到了枪声？？？"顾晓雨还在愣怔中。

然后接二连三像是暴雨一样的枪声让他的幻想破灭了。

天寿啦，还真是枪战啊！会死人的那种！

都怪司徒凛这个"人形自走 FLAG 机"啊！！！

司徒凛把车开成了飞机，还能淡定地从座椅间的抽屉里掏出一把枪扔给顾晓雨，贴心地帮这个笨蛋打开了保险栓："开窗，随便打！"

顾晓雨惨叫："我不会啊！我都没拿过枪！"

"没指望你打中，意思意思反抗一下！"

顾晓雨一脸绝望："你这话是什么意思？我们是不是死定了？"

"打啊。"司徒凛催促他。

顾晓雨战战兢兢地开窗，刚探出一个头，一颗子弹从他的耳边擦过，吓得他头一缩，闭眼瞎打，"砰！砰！砰！砰！砰！砰！"连开六枪。

再一睁眼："咦，我刚才是不是打中了？"

后面的其中两辆车明显开始打滑减速，撞上了路障冲进了绿化带中。显然，盲射的顾晓雨命中了车胎。

司徒凛一脸无语：这他妈也行？

"哇，原来我是神枪手吗？"兴奋的顾晓雨想再接再厉，但是手枪里已经没有子弹了。

"醒醒，你是蒙中的。"司徒凛冷酷道。

"蒙中也是本事啊！"顾晓雨振振有词道。

司徒凛深深记得这家伙有一次期末考试完跟他哭诉，说考卷不会做，五十道选择题只有一道是自己会做的。当时，对幸运儿的可怕一无所知的他说出了这样一句自取其辱的话。

"那我比你好多了。你要是挂了，我就把笔记借给你。"

回头成绩出来，顾晓雨五十道选择题对了四十九道，唯一错的那一题就是他自己做的那道，总分比他还高了两分。

算了，算了，人家是幸运儿，比不过的。

司徒凛一边瞄着手机导航研究怎么摆脱追兵，一边还要被旁边这个坑货骚扰，就连手机导航都不合作——"检测到您已偏移路线，正在重新为您规划路线。"

司徒凛：妈的，这车没法开！

司徒凛赶紧关闭导航，直接看起了手机地图，车子飙到了一片他不熟悉的区域，刚才那种他好像认识路的错觉一下子消失了。顾晓雨也凑了过来，飙着三百码的车速，两个路痴顶着身后噼里啪啦宛如雷阵雨的枪响，研究起了手机地图！

这一刻，顾晓雨难免有了在演荒诞剧的感觉。

"我们真的不会挂吗？"顾晓雨已经快被这个危急的情势吓到炸毛。

"放心，几把枪就想弄死我？不存在的！"司徒凛，一个开车迷路被一伙人追着打还能气定神闲的大佬，某种程度上来说也是厉害了。

但顾晓雨总觉得，他的小伙伴又熟练地插了一个"FLAG"。

这种感觉在后面的追兵拿出了超大杀伤力武器的时候达到了峰值。

"这还算是人吗？！"顾晓雨要疯了，"司徒凛，你能不能管好你的嘴！啊——你快点开啊，我们要被打死了！你会不会飙车啊！"

"不好意思，我是守法公民，这么多年除了违章停车外没有吃过其他罚单。"守法公民司徒凛说着，从暗格里抽出了一把冲锋枪。

顾晓雨："……"

我的同学到底都是些什么人啊！！！

> ● ● ●

看到司徒凛掏出冲锋枪的那一刻，顾晓雨已经感觉自己摇摇欲坠的世界观全面崩塌，再也无法直视自己这位"守法公民"好同学了。

亏他以前还以为这是位三好学生呢，短短一天的时间，这位好同学已经变成了黑道大少。

"不过我枪法不太好，我比较擅长冷兵器和近身格斗。"司徒凛皱着眉说道。

不管擅长什么先把敌方的火箭筒打下来啊！不然一发过来大家都要上天了！

顾晓雨看着司徒凛打开了汽车天窗，他蒙了一下："谁来开车啊？！"

"你啊。"司徒凛理所当然地说道。

"我不会啊！！！"顾晓雨惨叫道。

"那就随便开！"

考试随便考，研究随便做，打枪随便打，现在连车都随便开了，顾晓雨爬到驾驶座上，油门、刹车乱踩一气，打方向盘全看随机，一边开一边还从后视镜里看战况。

"轰"的一声，瞄准他们的火箭筒射了出去，结果撞上路障把车开进绿化带的顾晓雨完美闪避。

不考虑修车费，顾晓雨的闪避能打 666 分，但是作为主攻手的司徒凛却掉了链子。

"司徒凛，你行不行啊？！你这是盲人枪法吗？一梭子弹没有一枪打中的！"顾晓雨被他的枪法震惊了。

"闭嘴！要不是你开车扭来扭去，我早就打中了！"司徒凛死鸭子嘴硬。

"我要是不扭，现在我俩就被炸成了天边的烟花！"顾晓雨振振有词。

"我说你看点路啊！想翻车吗？！"司徒凛一回头，发现车子已经开到了河岸边。

真是一秒应验的"FLAG"。

"啊——"沉浸在吵架中的顾晓雨这才发现，车子已经冲过了绿化带直奔前方河道。

"我是真的不会开车！"在车掉进河中的一刹那，顾晓雨喊出了自己的心声。

"看出来了。"司徒凛冷静地在最后一瞬间紧急打开了车门。

A市郊区的河道，以水质清澈、风景优美著称，天气晴好的时候，每天都有游客在这里乘坐游艇，还有不少情侣选择在这里拍摄婚纱照。

但是这一天，这群游客和情侣们见证了电影中才会发生的一幕：

一辆汽车横冲直撞地"飞"进了河道里，然后一个人从水底钻了出来，在尖叫着逃跑的游客中异常醒目。他敏捷地翻身跳上了一艘小型游艇，将一对正在自拍合照的小情侣一人一脚踢进了水中，开着游艇扬长而去。

河道上方的车道上，三辆汽车紧追着游艇，一路上枪声不绝于耳。

被踢下水的小情侣双双蒙了，手拉手以一个高难度的秀恩爱姿势游向岸边。

男孩一边游一边迷茫地问道："刚才发生了什么？"

女孩一边游一边娇羞地说："那个帅哥，好帅啊！衣服都湿透了，那个腹肌，那个腿！"

　　"啊？我衣服也湿了啊，你怎么不看看我呢？"

　　"就你那一块腹肌？我嫌弃都来不及哦。"

　　"你还嫌弃我？我都没嫌弃你正面和背面一个样呢！"

　　"你讨打哦！"

　　男孩一边被捶，一边还要拉着女朋友游泳，两人在欢声笑语中游到了岸边。

　　从车里艰难地爬出来，活像个水鬼似的顾晓雨，用狗刨式游着跟在小情侣的身后，感觉吃了一万吨"狗粮①"。

　　刚才引起的骚乱使得周围一片混乱，顾晓雨趁乱上了岸，气鼓鼓地沿着堤岸走了。

　　垃圾队友，不会飙车，盲人枪法，疯狂甩锅。

　　这个队友不行！

　　"啊啾！"冷风一吹，顾晓雨打了个喷嚏，摸了摸口袋里的手机，意料之中地进水了。

　　从前也有一次，他和苏妍一起走在河岸边，被一辆游艇溅起的水浪打湿了半个身体。

　　苏妍试图用手挡水，结果脸上的妆还是花了，气得她直跺脚。年轻的脸庞上是青春洋溢的灵气和鲜活。

　　只是那时候，顾晓雨并不知道，这个不在乎他出身的善良姑娘，是个彻头彻尾的爱情骗子。她的目标，从来就只有他身上价值千金的天然爱情荷尔蒙而已。

　　接近自然人猎物，和猎物进行一场梦幻般的恋爱，在猎物陷落情网，爱情荷尔蒙分泌到最高值的时候，无情地抽走荷尔蒙。

　　被抽走了爱情荷尔蒙的猎物再也无法感受到爱情，终其一生都将在虚无的孤独中度过。

　　顾晓雨摸了摸后颈，怅然若失。

　　① 网络用语，单身的人常自嘲为单身狗，所以将情侣秀恩爱行为称作令自己吃了狗粮。

身后的河道里传来人们的惊呼声，顾晓雨回过头，一架直升机低空掠过，掀起一阵狂风。

直升机在顾晓雨前方不远处降落，舱门打开，左手臂绑了绷带的司徒凛就坐在里面，用手势示意他上来。

顾晓雨顶着狂风一路小跑，焦急道："你手臂怎么了？"

"一点小擦伤。"司徒凛上下打量了他一番，确定他只是落水，没什么外伤。

"那些人呢？"顾晓雨又问。

"喂鱼了。"司徒凛不爽道。

顾晓雨"哦"了一声，有点惴惴不安："真的喂鱼了？"

司徒凛翻了个白眼，扔了块干毛巾给浑身湿透的顾晓雨："你还有心情关心他们？"

这下顾晓雨也不好意思问了，默默地擦头发。

坐在司徒凛旁边的花臂金链大哥有点古怪，看了顾晓雨一眼，又看了他一眼，几次下来顾晓雨忍不住"菊花"一紧，往后缩了缩。

"需要饮料吗？"金链大哥和蔼地问道。

"不……不了……别客气……"顾晓雨有点害怕。虽然以貌取人是不对的，但是对方那锃光瓦亮的光头，那满是刺青的手臂，还有脖子上粗大的金链，都让顾晓雨有非常不安的联想。

幸好司徒凛不是这种画风啊，顾晓雨忍不住心想。虽然有时候他会吐槽司徒凛头上的发胶抹得太多，但发胶总比光头好吧？

"怕什么，讨好你是应该的。"司徒凛说。

"啊？"

"毕竟是我未来的丈母娘。"

顾晓雨愣了片刻，反问道："为什么不是老丈人？"

这次愣住的人换成了司徒凛："……可能你给香香喂水喂饭、生怕她饿肚子的样子比较像她妈？不过你放心，把香香交给我，我会好好照顾她的。"

"可拉倒吧，就凭你这盲人枪法，今天副驾驶座上要是香香，你俩可就上天了。"顾晓雨吐槽他。

司徒凛认真地思考了一番，对顾晓雨微微一笑："同生共死，也不错吧。"

完了，顾晓雨心如死灰地看着自己的好友，这家伙，完全完蛋了啊！他知不知道自己又立了个"FLAG"？！

也许对有些人来说，手机坏了是件令人高兴的事，因为这样就有借口换个新手机了，但是对于靠打工兼职和买彩票中小奖勉强维持生活的顾晓雨来说，手机坏了可就头疼了。

"你赔！赔我手机！"顾晓雨摇晃着手里那只老古董手机，脸上苦大仇深，心中却洋溢着敲诈土豪的快乐。

直升机在停机坪上落了下来，司徒凛无奈道："好！赔你，赔你，你先下来吧，到我家换件衣服。"

顾晓雨起身，有点赧然地回头看了一眼皮革座椅上湿哒哒的痕迹，假装什么都没发生。

一下直升机，顾晓雨看着眼前堪称豪华的庄园沉默了半晌："……你上次带我来你家的时候，你家不长这样的。"

"那个小公寓没有停机坪，就是离学校近。"

"……哦。"

往前走了两步，顾晓雨又想起了什么，幽怨道："所以你说你爸爸是个小混混，妈妈绝症去世了，你一个人住在小公寓里还要每月还房贷都是骗我的吗？"

亏他还非常同情，像小学生交换秘密一样，把自己的身世告诉了司徒凛。

觉察到了顾晓雨的失落，司徒凛用胳膊圈住了他的脖子，把他拽了过来："想什么呢？我不会拿这种事情骗你。"

"真的吗？"

"真的。"

"真的吗？"

"真的。"

两人一边走一边重复着没营养的对话。

"阿凛，你怎么这么幼稚啊，小学生吗？"

"……到底是谁幼稚啊？！"

进了大宅，顾晓雨忐忑不安，又不好意思东张西望，低头跟着佣人到浴室洗了个澡，换了身干净的衣服，这才从湿漉漉的萎靡状态中恢复过来，还被投喂了姜汤，捏着鼻子硬生生灌了下去，喝完还打了个哆嗦，龇牙咧嘴地咂舌。

"喏，给你。"司徒凛也洗了个澡，把一部新手机递给了顾晓雨。

"嗷——阿凛，我爱你啊！"顾晓雨兴奋地抱着手机转圈圈。

"别，让香香好好爱我就行。"司徒凛诚恳道，"旧手机我拿去修了，里面还有好多香香的照片，记得修好后拷贝一份给我。"

"已经完完全全是个变态了。"顾晓雨绝望地说。

天色已晚，顾晓雨准备明早再回学校。

晚上睡在陌生的床上，翻来覆去地睡不着。床很宽敞，也很柔软，枕头和被褥散发着令人放松的气味，可是他却怎么也无法入睡。

大概是今天一整天发生了太多事。

顾晓雨丧气地从床上爬了起来，披上外衣走到了和客房连在一起的阳台上。

隔壁是司徒凛自己的房间，两边的阳台是分开的，大概有两米的距离，从隔壁的落地窗透出来的光来看，司徒凛也还没睡。

"阿凛，阿凛，你还不睡吗？"顾晓雨小声喊道。

隔壁传来了拖鞋的声音，司徒凛披着睡衣打着哈欠走到了阳台上："干吗？"

"我睡不着，看你灯亮着，就叫你一声。"

"白天吓到了？"

"有点吧。"

其实是自己坑了四个朋友，感到非常不安。

要是他没有研制出人造爱情荷尔蒙就好了，顾晓雨不禁这么想……如果没有研制出来，也许过去的一切就会永远翻过这一页，爱情也好，憎恨也好，一切都已经过去了。

"喂，阿凛，你觉得爱情真的好吗？"顾晓雨问道。

"如果没有拥有过，大概不会觉得有哪里不好，但是一旦感受过，就再也不想失去了。我可以接受它到来，但不接受失去。"司徒凛说。

"是吗？"

"所以我不理解你。你就没有想过，要把你的那份爱情荷尔蒙拿回来吗？"司徒凛问道。

顾晓雨趴在栏杆上，眺望着遥远的星空。

他是个自然人，和诞生于人造子宫的新人类不一样，他拥有与生俱来享受爱情的权利，只是在苏妍出现之前，他从来没有想过这会让他有什么不一样，他对这个世界毫无防备。但是这个狡猾的爱情骗子为他制造了一场虚假的恋爱，等待他越陷越深，在对她的爱达到顶点之后，她就取走了这一份爱情。

原本一切都在苏妍的计划中，然而她太贪心了，同时瞄准两个自然人目标，结果在一次意外的碰面中当场翻车。在那个人面前，苏妍反咬了他，说是顾晓雨一直对她纠缠不休。

被欺骗的爱情，一下子染上了恨意。

"我的那份爱情荷尔蒙，应该不怎么值钱了吧。"顾晓雨说。

毕竟被抽走爱情荷尔蒙的时候，他满怀着被欺骗的愤怒和憎恨，这不是一份纯净的爱情了。

"以你当时的情况，品级肯定是不高了，但让爱情调配师调配一下再卖掉的话，价格也足够你完成学业，不用假期去打工兼职，在这里买个小户型的首付也够了。"司徒凛大致估算了一下后说道。

"你还蛮清楚行情的啊。"顾晓雨惊讶道。

司徒凛没接话，而是转移了话题："所以，你要把爱情荷尔蒙拿回来吗？现在它应该在苏妍手里，她还没机会出手。"

这话司徒凛曾经问过他一次。

那时候他从手术台上醒来，惨白的墙面和刺眼的灯光里，只有他一个人，像是一具死在手术台上的尸体。大脑里的记忆随着爱情荷尔蒙的抽走变得支离破碎，他挣扎着想爬起来，却重重地跌在了地上，后颈处传来的剧痛让他无声地尖叫着，喉咙里发不出一丝声响。

他是谁？这里是哪里？为什么心口好像被人生生剜走了一块，只剩下无尽的空洞吞噬着身体里残存的温暖。

"对不起，晓雨，我真的不是个好人啊。"

好疼啊。

"对，都是我骗你的。"

头好疼。

"其实，我还是有点喜欢你的。"

胸口好疼。

顾晓雨呆呆地坐在冰冷的瓷砖地面上，直到眼前的大门被人一脚踹开，司徒凛冲了进来，拍着他的脸问道："晓雨，你还好吗？

哪里疼啊？"

门外空洞的走廊里，阴冷的风吹了进来，就像他胸口那块缺失的东西一样，冷冷地疼。

他不记得发生了什么，只是抱着司徒凛，哭得像个受尽了委屈的小孩子。

之后的记忆是模糊的，他被送到了医院里，浑浑噩噩地过了几天。

医生说他没有大碍，只是被抽走了体内的爱情荷尔蒙，造成了部分记忆紊乱，过一阵子会慢慢恢复过来。

那段时间他频繁地梦到从前的事情，童年时候的挚友，离家出走的少年，离他而去的母亲，无法再续的友情，对陌生人的倾诉，离开孤儿院的好友，从天而降的恋情……

醒来的时候，总是发现自己在梦里流了眼泪。

后来他慢慢回想起了关于苏妍的一切，但是没有了爱情的回忆，连憎恨都变得稀薄。他就坐在电影院里，一个人孤独地看了一场老电影。

只有沉浸在故事里的人，才会看不出那份虚假的情意。等他从荧幕里走出来，坐在观众席上的时候，他才发现，她是如此演技拙劣、破绽百出。

那时候司徒凛问他，要不要夺回他的爱情荷尔蒙。

正在为落下的课程发愁的顾晓雨不假思索地说："算了吧。没有爱情也无所谓，我不想再和她有牵扯了。"

"不过，阿凛，我还是要好好谢谢你，要不是你找到了我，说不定他们就直接杀人灭口了。"顾晓雨腼腆地说。

那些以贩卖自然人爱情荷尔蒙牟取暴利的地下组织，绝对做得出这种事情的。

顾晓雨没有想过司徒凛是怎么找到他的，司徒凛也从来没有提及。

"那里……真是太可怕了。"顾晓雨心有余悸地说。

身体素质天生就不如新人类的自然人，却有着价值千金的爱情荷尔蒙，就像是身怀巨宝的幼童走在闹市中，到处都是危险。

　　那时候，顾晓雨想的是和过去一刀两断。

　　只是事与愿违。

　　制造出了人造爱情荷尔蒙的顾晓雨，把自己当成了第一个实验品——当然是没有添加引导剂的那种。

　　随着爱情荷尔蒙一起回来的，是过往的爱情。这种感觉是如此奇妙，黑白的回忆一下子因为情感的注入而有了色彩，他强烈地爱过，也强烈地恨着。这份情感给了他重新选择的力量，也给了他重来一次的勇气。

　　他仍然期待着爱情会在未来的某个刹那，让他与命中注定的那个人不期而遇。

　　"我要拿回来。"顾晓雨对几米外的司徒凛说道，语气坚定，"我要把属于我的东西拿回来。"

　　司徒凛笑了，他后退了几步，在顾晓雨的惊呼声中跳过了阳台之间的空隙，来到了他的身边。

　　"好啊，我帮你拿回爱情，作为交换，你也要给我爱情。"司徒凛笑着说道，英俊的脸庞在温暖的灯光下神采飞扬。

　　顾晓雨握着他的手，语重心长地说："兄弟，爱情要靠自己争取，靠攻略对方父母企图谋求包办婚姻的行为，是不会获得幸福的！"

　　"……"

第 二 章

**我的好友不会是
反派吧？！**

普通学生的悲惨就在于，哪怕前一天差点被炸成一团烟花，第二天也一样要去上课。

　　一大早顾晓雨就被女仆小姐姐温柔地叫醒了，司徒凛家厨师奉上的美味早餐稍稍安抚了他因为睡眠不足而痛苦不堪的灵魂。但是当他向管家询问是否应该叫醒司徒凛的时候，却被告知……

　　"少爷今天早上请假了。"英伦风范的中年管家礼貌地说道。

　　为什么不把他的假也一起请了？！你这样很容易失去未来老丈人的爱！

　　不好，他好像已经快接受这样的设定了。

　　被司徒凛家的司机送往学校的路上，顾晓雨认真地思考起了一个问题。

　　他是不是真的不适合养宠物？

　　母亲还没去世的时候，有人送了他一只仓鼠作为生日礼物，结果仓鼠越狱了。

　　后来母亲去世了，他被送到自然人孤儿院里，捡到一只小野猫，他和小伙伴悄悄地养了起来，然后猫跑了。

　　考上大学之后，他又捡到一只狗，和室友软磨硬泡好不容易养了起来，没多久发现了失主还了回去。

　　最惨的还要数一只兔子，因为苏妍说喜欢兔子，顾晓雨就从实验室偷了一只实验用的兔子送给她，然而苏妍养了两天就因为室友讨厌兔子，把兔子交给了顾晓雨照顾。

　　顾晓雨用尽浑身解数把兔子养得白白胖胖，喜欢得不得了。有段时间任务很紧，他吃住都在实验室，干脆把兔子也一起带了过去。不幸的是，某天兔子越狱了。同学想当然地以为这是从实验区偷跑出来的兔子，对这种逃逸的实验用兔一般都是直接处理掉的，所以一群饥肠辘辘的年轻人在一个月黑风高的夜晚，把兔子烤着吃了。

　　"果然兔子还是烤了吃最美味啊。"同学们说。

发现兔子被烤的顾晓雨在满屋子诱人的香味中"哇"的一声哭了出来，哭得一群满嘴流油的同学都蒙了。大家悻悻地道了歉，说可以送一只实验用的兔子赔罪，但对顾晓雨而言，哪怕长得一模一样，那也不是他养的那只兔子了。

顾晓雨在实验室里并不讨人喜欢，虽然他长得不错，性格也不坏，但在这个新人类占据了大多数的环境下，同学们并不怎么喜欢他这个异类。兔子事件后，还有人背地里嘲笑他这个自然人感情太过丰富，竟然为了一只兔子哭了好久。

那时候顾晓雨每天都在为怎么和女朋友交代兔子的事情而发愁，其实苏妍从来没有主动问起过兔子，都是顾晓雨像汇报工作一样隔三岔五地发照片给她看。直到他们分手，苏妍都没有再问起过兔子。

顾晓雨打开了微信，在朋友圈里发了一条："我可能是和宠物有仇。"

随即刷到了谢际明的朋友圈，点来一看，好家伙！这位一个月都不发一条朋友圈的高冷总裁大人，在一天的时间里刷了十条朋友圈，内容从香猪最爱的食谱到宠物心理学，其中还夹了一条全球十佳婚礼举行地点。

仔细想想，恐怖到了极点。

正当顾晓雨看得全情投入的时候，突然有人用胳膊钩住了他的脖子，吓得他跳了起来："柳行，你干吗？！"

柳行今天也是一身女装，面色不善地看着他："昨天你和那家伙去哪了？"

"去找香香啊。"

"然后呢？香香呢？她怎么样了？瘦了吗？谢际明那个混蛋肯定不会好好对她。"

虽然不知道大佬这是哪来的认知，但顾晓雨还是诚实地回道：

"……路上发生了很多事，一言难尽，总之我们没能赶到谢家，香香还在他那里，应该挺好的，谢际明肯定会请专业人士照顾香香。"

柳行脸上是肉眼可见的嫌弃："司徒凛那个废物，让他出局吧。"

顾晓雨突然觉得不太对劲："你是不是……知道司徒凛他……那个……不太平常？"

"我当然知道，你以为我是你吗？"柳行鄙视道。

"那你怎么不告诉我啊？"

"你这个笨蛋还是什么都别知道比较好。"柳行抱着手臂说道，"总之，你别和他走太近了，丫不是个好东西。"

顾晓雨顶嘴："我觉得他人不错啊。哦，对了，阿凛说会帮我把……把那个拿回来。"

柳行知道他的意思，微微眯起眼，漂亮的眉眼中闪过复杂的情绪。

最后他笑了笑，在顾晓雨耳边低声道："那我告诉你一个秘密吧。司徒家最赚钱的生意，是拍卖自然人的爱情荷尔蒙。在不过问货品来历的地下交易里，什么都是他家说了算。"

顾晓雨站立在原地，呆若木鸡。

柳行点到为止，拍了拍他的肩膀："晚上别瞎跑，在寝室等着，带你去干大事。"

说完，他像个普通大学生似的，笑着对顾晓雨挥挥手，脚步轻快地赶上前面的几个姑娘，有说有笑地朝着教室走去。

〉 • • •

这个插曲让顾晓雨整堂课都无心听讲，哪怕站在讲台上的人是他们学校连任三届"最帅教授"称号，并且后面所有候选人票数加起来都被他吊着打的季泽熙教授。

留美拿下第一个博士学位的时候他才十九岁，这已经超越了学霸，是个学神了。更可怕的是一个人聪明也就算了，他还长得帅，清俊儒雅、温润贵公子的帅，A 大靠刷他的脸，硬生生从竞争对手学校那里抢到了大量女性生源，可以说是以一己之力拉高了本系分数线的男人。

打开学校论坛，第一页有一半的帖子和他有关，姑娘们可以蓬头垢面洗把脸就去上专业课，但是在季泽熙的课上，每个女生都衣着得体精心打扮，平均颜值堪称全校最高。

感谢这群热情的女同学们抢占了前排，让顾晓雨被成功淹没在了后排里，心不在焉地听课。

柳行的那句话勾起了顾晓雨心中的困惑，当初他在发现苏妍劈腿之后，气愤难当，立刻将她拉黑了，可他还是困惑苏妍为什么要这么做，这个问题折磨得他寝食难安。他们交往的时间不长，但是那段回忆里有太多美好的东西，他第一次真切地感觉到爱情的甜蜜动人，要说他能轻易割舍，那是假的。

所以在一个月的冷静期后，苏妍用别人的号码给他发了一条约见的短信，他犹豫了一番，还是去了。

他想知道苏妍为什么要在另一个男生面前，说他对她死缠烂打，明明是她主动向他示好的。

但是在约好的地方，他没有见到苏妍，点了一杯咖啡之后就昏迷了过去，再醒来的时候已经在地下实验室里，在后颈处剧烈的疼痛中从实验台跌到了地面上，司徒凛破门而入，将他救了出去。

对此，司徒凛只是很简单地解释了一句，说他刚好看到顾晓雨被带上了一辆车，看起来不太对劲，让朋友查了一下，很快追踪到了这个非法提取自然人爱情荷尔蒙的地下机构，之后的事情已经交给警察处理了。

现在想想，从他被救出直到出院，他都没有见过警察找他做笔录，这件事也没有上新闻。司徒凛再也没提起过这件事，他也没有。

那时候，他们才认识不到一个月而已。

如果柳行说的是真的……

顾晓雨突然觉得浑身发冷，司徒凛出现的时机太蹊跷了，就在他拉黑了苏妍之后，原本和他不熟的司徒凛终于注意到了他这位同学，好几次顾晓雨都看到了他看向他时微妙又探究的眼神。

后来他还知道了一件事，苏妍的劈腿对象叫司徒俊——司徒凛的堂弟。

所以，这位苏妍劈腿对象的堂哥，疑似把控着非法来源的爱情荷尔蒙交易行当的大佬，在他被抽走爱情荷尔蒙之后第一个找到他的同学，到底隐藏着什么秘密？

$\textcircled{>}$ • •　•

下课了，一整堂课一句话都没有听进去的顾晓雨整理着桌面上并不多的东西，准备先回寝室一趟。

A大研究生的宿舍是两人间，他的室友是本地人，长期在家居住，所以这间不大的寝室几乎就是他一个人的小天地了。

但是很遗憾，今天他没能顺利回到寝室，因为一下课，一大群同学围上了他，争先恐后地逼问了起来。

"顾晓雨，谢学长的那只宠物猪是你的吧？我在你的朋友圈看到过，一模一样啊，名字也一样！"

"对啊，看到的时候我都惊呆了。"

"到底是怎么回事？这是愚人节的玩笑吗？可昨天也不是愚人节啊？"

"我不服，谢总怎么可能会看上一只猪？！我不服！不服！"

"香香现在呢？你把它送给谢际明了吗？莫非你是想用这种方

式引起他的注意吗？可恶，我也想卖猪求荣啊，这是骚操作！"

"开什么玩笑？谢学长又不是自然人，据说他不是没有注射爱情荷尔蒙吗？再说那是一头猪啊……"

顾晓雨被问得一个头两个大，这群人他大半都不熟，尴尬得准备找个借口逃走。

"晓雨，跟我到办公室来一下，你的论文有几个地方得改改。"季泽熙走下了讲台，来到顾晓雨身边，微笑着从激动的学生里拯救出了被困的顾晓雨。

顾晓雨感动极了，赶紧跟着季泽熙离开了教室。

到了办公室，季泽熙给他泡茶："不好意思，你喜欢的奶茶上次喝光后就没有买，现在只有普通的茶叶和咖啡。"

"没关系，我都可以。"顾晓雨腼腆道。

季泽熙把杯子递给他，温和地问道："你知道我叫你过来是为什么吗？"

"是关于昨天的事情吗？"顾晓雨心虚地问道。

"这件事很古怪，我想听你从头到尾说一遍。"季泽熙捧着杯子说道。

在昨天短暂的失控后，季泽熙好像已经恢复了过来，完全不像昨天那个会把和香香合照的谢际明 P 成自己的那个人了——如果不是顾晓雨瞥到了他的电脑屏保被换成了香香的话。

所以，教授你根本是没有治好吧！也对，在代谢掉人造爱情荷尔蒙之前，他还是会狂热地爱着香香。自然人的爱情荷尔蒙通常可以持续人的一生，但是人造爱情荷尔蒙的代谢周期却还没有人试验过。

顾晓雨紧张地捧着杯子，嗫嚅了半晌后，鼓起勇气把事情的始末说了出来："……总之，我犯了个很大的错误。对不起，教授，这个东西甚至没有经过药品测试，我拿自己试了一次，感觉是有用的，就……就用它……对不起！"

其实事情本来不会这么麻烦的，怪就怪顾晓雨之前跟几人提起过，曾经找他进行过手游代抽卡业务的姑娘拉他去手工巧克力工坊做了幸运巧克力，妹子吃了之后一发就抽到了超稀有卡牌，顾晓雨说过会给他们带一些。几人看到他放在桌上加了人造爱情荷尔蒙的巧克力，以为是幸运儿开过光的幸运巧克力……悲剧就这么发生了。

这群人还真是相信他的幸运值。

唯一听顾晓雨解释了这件事整个经过的季泽熙，垂下眼帘，低声道："原来如此……原来是人造爱情荷尔蒙加上了引导剂的关系。但是引导剂竟然能让人对动物产生爱情，难道这就是人造爱情荷尔蒙和天然爱情荷尔蒙的区别吗？"

顾晓雨干笑了几声："实验结果表明，人造爱情荷尔蒙确实可以……哦，就是引导剂这个非法材料……"

季泽熙似笑非笑地看了他一眼："你也知道这个非法啊。"

顾晓雨大为窘迫："对不起！我偷偷从实验材料里匀了一点出来！"

"我没有追究这个的意思，你能在这个年纪研究出颠覆性的成果，我作为你的导师为你感到高兴。昨天我想了一整晚，现在最好的办法就是赶紧把这件事解决掉，我会帮你一起研究药剂，尽快代谢掉这种人造爱情荷尔蒙，毕竟这个状态……真的是太失态了。"季泽熙温柔地笑了笑，眉眼清俊柔和，眼下还有一抹淡淡的青色，看得出来一整夜都没有休息好。

顾晓雨更加愧疚了："实在对不起！给您和大家添了这么多麻烦。"

"不，其实我理当谢谢你。从前我一直困惑，爱情到底是一种什么样的感觉，身为新人类，我一生都无法体会到……"

"不是有爱情荷尔蒙吗？虽然有点贵，但是对教授来说肯定不是问题。"顾晓雨疑惑地插了一句。

季泽熙皱了皱眉，微微抿起的嘴角昭示着他的抗拒："我不会用那种东西的。"

"啊？"

"我是说，如果让我自己选择，我一定这辈子都不会去用它。"季泽熙淡淡道，"所以要谢谢你，给了我一次体验的机会。"

顾晓雨不太明白季泽熙在执拗什么，因为新人类不懂爱情的关系，爱情反而被奉为了一种奇迹般的体验，无论是文学作品还是大众观念里，新人类都对爱情抱着一种憧憬的态度，但是季泽熙却奇妙地对此持否定的态度。

很久很久之前，还是个少年的季泽熙就曾经对他说过，他绝不会为爱情放弃原则。

甚至于，他连爱情都想放弃。

顾晓雨很想问问为什么，但是这一刻，季泽熙脸上淡淡的嘲讽却让他闭上了嘴。

明明还是温润贵公子的眉眼，却透着拒人于千里之外的疏远。

总觉得，再问下去就太失礼了。

"明天我要出国参加一个学术会议，周末才能回来，你先把目前的研究进度发到我邮箱，周末来实验室报到，我们尽快解决这件事。"季泽熙说道。

"明白！"

＞ • • •

晚上顾晓雨躺在床上，心里惦记着人造爱情荷尔蒙的事情。现在的情况是：谢际明抢走了香香，一门心思要强娶"民猪"；司徒凛昨天抢猪未遂，暂时偃旗息鼓，大概在调查是谁暗算了他；谢天谢地，季泽熙教授表现得很正常，哪怕在荷尔蒙的威力下也能克制住自己，简直是令人引以为傲的自制力；至于柳行……

"咔嚓"一声，窗户被人打开了，顾晓雨一下子从床上跳了起来："谁？谁在那里？"

只见窗台上有个人影轻盈地跳了进来，像极了一只灵巧的野猫。

"还有谁？当然是你爷爷！"柳行没好气地说道。

"这里是男生寝室啊！"顾晓雨叫道。

柳行气愤道："难道我不是男生吗？"

"大佬，你是女装大佬啊！你身份证上写的性别都是'女'！"顾晓雨提醒他。

"滚，好像你没见过我兄弟似的！"柳行气得想掀裙子证明给他看。

吓得顾晓雨连连摆手："不、不、不，不用了，我对男人没兴趣的，大佬也不行！"

柳行哼了一声，拉开他床边的椅子坐了下来，好像他才是这个房间的主人。

"不对啊！这里是三楼！"顾晓雨突然想起，自己的寝室是在三楼啊！

"呵，区区三楼。"柳行不屑地笑了，"我断了一只手的时候还能从十三楼爬下去呢。"

"……"顾晓雨哑然。

虽然不知道大佬究竟在做什么，但是好像很危险的样子。

"赶紧穿好衣服，我带你去个地方。"柳行催促道。

"干吗？我不干违法乱纪的事情啊！"顾晓雨战战兢兢地说道。在被司徒凛坑过一次后，他现在警惕了很多。

柳行也不说话，把玩着一把精巧的蝴蝶刀，整个刀具在他手指间上下翻飞，比转笔还要快，在微弱的光源下闪着熠熠的寒光。

"你小心点啊，万一割到手，手指就没了！"顾晓雨看得胆战心惊。

"走？"

"……走！走！走！"

顾晓雨认命地穿好了衣服，老老实实地走出了男生宿舍，和爬墙下去的柳行会合。柳行带着他走出了校门，然后骑上了一辆摩托车，一路风驰电掣般地驶向郊区。

顾晓雨被一脸疑惑地带到了一个房间，柳行面带魔性的笑容，从衣橱里丢了一套女装给他："穿上。"

顾晓雨："……"

被武力值超高的女装大佬逼着一起穿女装怎么破？急，在线等！

⟩ • • •

"你、你、你，你要干吗？干吗？！我可没有这种嗜好！"顾晓雨惨叫着连连往后退，一直退到了沙发边上。

"废话这么多，让你穿你就穿！"柳行提着那身看起来有点职业女性风格的套装，没好气地对顾晓雨说道。

"救命啊！我不要当变态！"

"哈？穿女装就变态了？女人穿男装怎么没人说变态呢？爷爷今天就教你什么叫男女平等！"

说着，柳行掏出那把蝴蝶刀，顿时像个凶神恶煞的"社会姐"。

顾晓雨知道他秉性，有恃无恐，抵死不从："我就是不穿，有本事你捅死我啊！"

柳行痛心疾首："我们十几年的交情还比不过一套女装？"

"当你拿出这身衣服的时候，我们的友情已经走到了尽头！"

柳行狞笑了起来，美艳的眉眼间杀气腾腾："看来只好来硬的了！"

顾晓雨愣了一下，整个人天旋地转，竟然被柳行推倒在了沙发上，自然人的身体素质通常很一般，但是柳行这个自然人中的例外看着显瘦，其实力气特大，单手就制住了体育不及格的顾晓雨，另一手熟练地扒下了他的裤子。

"救命啊！非礼啊！变态啊！"被强迫套上了一步裙的顾晓雨拼命挣扎，两条腿蹬得像只兔子，踢在柳行身上却不痛不痒。

就在这时，房间的门被人猛地推开，一个面容清秀的年轻姑娘看到屋内的"案发现场"，在长达十秒的高声尖叫后，她飞快地掏出手机："喂，警察吗？这里有个女装的男人正在侵犯另一个女装的男人！"

"不是你想的那样！"

"你别误会！"

沙发上的两人一起叫道。

姑娘严肃地看着柳行："就算是恩人，你做出这种事情，我也是会报警的。"

柳行翻了个白眼："都说了不是你想的那样！"

顾晓雨趴倒在沙发上，贴着坐垫碎碎念："我的清白……我的贞操……我绝不向女装势力低头……"

"那个……我误会了吗？不好意思，实在很抱歉！对不起！"姑娘尴尬地笑了一笑，立刻鞠躬道歉，诚恳得让顾晓雨噎住了。

"对，他是顾晓雨，明天和我一起行动的家伙。这位是安秀，本市有名的兽医。"柳行给两人介绍了一下。

顾晓雨好奇地看着安秀，这个清秀的姑娘看起来很年轻，也很温柔，有种大家闺秀的端庄文雅。她对顾晓雨笑了笑："你好，我叫安秀，受谢家的邀请，明天要去谢宅为一只小香猪做体检。"

“香香？！”顾晓雨惊讶道。

“是的，听说那只小香猪叫香香，我在微博上……嗯……看到过……”安秀说。

柳行把玩着蝴蝶刀，说道：“明天的计划就是，我们两人假扮安秀和她的同事，去谢家给香香做检查，然后趁机把香香带回来。”

“这有点冒险。”顾晓雨忐忑道。

“你都敢和司徒凛冲上门去抢老婆了，这有什么冒险的？”柳行不屑地说道。

“所以我们失败了啊……”顾晓雨委屈地说，“还差点被人用火箭筒炸成天边的烟花了。”

“再不把香香带回来，谁知道谢际明那个变态会对她做什么啊？！”柳行真情实感地为猪着急着。

顾晓雨一阵无语，大佬，你是认真的吗？谢际明再丧心病狂也不至于要非礼猪啊！香香还是个宝宝呢！最多……最多也就是强迫香香结婚……哦，这已经够丧心病狂的了。

但的确，再耽搁下去对谁都不好，还是先把香香带回来吧，顾晓雨心想，总之放在他身边最安全。

毕竟现在香香的威力堪比特洛伊战争中的海伦。它不是一般的猪，是一只笼罩在四重“玛丽苏光环”之下的猪！超迷人的那种！

安秀安静地坐在一旁，疑惑地问道：“说起来，你们为什么不报警呢？这是顾先生的宠物吧？”

柳行撇撇嘴：“那可是谢家。”

顾晓雨也很无奈：“标的数额都不够立案吧？”

安秀好奇地问道：“多少钱？”

顾晓雨掏出手机查了一下订单：“某宝买的，二百五包邮。”

安秀陷入了纠结之中：“所以，你们是为了一只二百五的小香猪搞得满城风雨？”

顾晓雨欲哭无泪："是啊，是啊，现在这样的二百五有四个！"

安秀忍俊不禁。

顾晓雨答应了明天的计划，几人就聊了起来，顾晓雨问安秀："你怎么会选择帮柳行呢？不怕事后被谢家报复吗？"

安秀腼腆地说道："没关系的，明天我会让柳先生把我绑在仓库里，假装是被胁迫的。其实是因为，我很感谢柳先生，如果不是他，我恐怕一辈子都过不去那道坎儿吧，他真的是个很好的人。"

顾晓雨糊涂地看了柳行一眼，那家伙坐在沙发上，坐姿豪迈，浑然不在意自己穿着裙子，他的手里还把玩着一把精巧的蝴蝶刀，转笔似的从左手转到右手，开过刃的刀片在他手指间来回翻转，真的好似一只寒光凛凛的蝴蝶。可这只蝴蝶并不一般，只要有一丝一毫的失误，锋利的刀刃就会割断他的手指。

"你小心点啊，当心断手。"顾晓雨看得怕怕的。

"下雨了。"柳行看着窗外，漫不经心地说道。

三人一起看向窗外，室内昏黄的灯光笼罩着这片不大的空间，窗外的雨声和时钟行走的声音融合在了一起，有一种奇妙的安静与温柔。

"那时候，也是一个下雨天吧，我和柳先生您第一次见面的时候。"安秀低声道。

"啊，是啊。"柳行转过脸，"说起来，你和晓雨的情况很相似啊。"

"咦，顾先生也被骗走了爱情荷尔蒙吗？"安秀惊讶地问道。

顾晓雨摸了摸鼻子，低声"嗯"了一声。

"找回来了吗？"安秀关切地问道。

"没有……"

"那真是太可惜了，祝你早日找到那个骗子，把他千刀万剐。"安秀柔柔地说道，语气真挚。

啊？千刀万剐？

顾晓雨惊了一下，虽然他是很恨苏妍，但没到要把人杀了的地步……

耳边传来柳行的一声嗤笑："永远不要小看女人，再温柔的女人，在感情上都是很激烈的。"

安秀害羞地笑了笑："因为是初恋啊……"

也许是时机恰好，又也许是因为有人与她同病相怜，安秀说起了自己的故事。

安秀是个自然人，出生于一个富裕的家庭，父母也都是自然人，结婚后十分恩爱，原本计划去生命工厂孕育一个属于两个人的新人类孩子，但是没想到意外怀孕了，就生了下来。

因为担心自然人女儿会遭到歧视，他们从小就把安秀保护得很好。努力学习、努力工作的安秀有了一份喜欢的工作，遇上了她的白马王子。这个突然闯入她生命里的男人是一个完美的恋人，他们相爱了，沉浸在幸福中的安秀甚至已经和他筹备起了婚礼，可就在结婚的前一天，安秀毫无防备地被带到了一个非法抽取自然人爱情荷尔蒙的地下组织，被无情地窃取了爱情。

原本安秀甚至会被灭口，但还是感谢她的未婚夫，他出于贪婪向安秀的父母索要了一笔天价赎金，将安秀还了回去。被抽走了爱情荷尔蒙的安秀如无意外，此生都不会再触碰到爱情了，她会如同行尸走肉一般地生活着，浑浑噩噩。

她报过警，但是这种针对自然人的犯罪已经形成了一条黑色产业链，专业的爱情骗子就连名字和身份都是假的，做完一票立刻远走高飞，甚至杀人灭口，此类案件的侦破率一直是个问题。

安秀的父母心疼自己的女儿，为她购买了一份自然人爱情荷尔蒙——没有添加过锁定恋爱对象引导剂的那种，希望她重新开始一段恋情，但重新注射了爱情荷尔蒙的安秀却只感觉到了深深的恨意。

她憎恨她的未婚夫，那个爱情骗子。

一心想要报复的安秀经人介绍了解到了那个隐藏在暗处的地下世界，委托人调查出了骗走她爱情荷尔蒙的男人的身份来历。他并不是一个人，和他一样的爱情骗子还有很多，他们用尽手段为自然人营造一段梦幻般的爱情，然后在爱情荷尔蒙分泌到最高点的时候，无情地夺走它。

安秀辗转找到了柳行，请他教训她的未婚夫。

"他的来历好像挺大的，当时我请了好几个人，但是都拒绝了我的委托，只有柳先生接了下来。"安秀细声细气地说着，

顾晓雨在心里惊叹，这位"白富美"小姐姐不一般啊，温柔礼貌，心狠手辣。等等，所以柳行到底……

顾晓雨悚然一惊，这位多年不见的朋友这些年到底都去干什么了啊？！

"所以，你是杀手吗？"顾晓雨戳了戳柳行的胳膊，在他耳边小声问道。

柳行转着手里的蝴蝶刀，看着窗外的大雨，淡淡道："你猜呢？"

○ •• •

顾晓雨做了个噩梦，他梦到穿着一身辣眼睛比基尼的柳行一边挥刀追他，一边大声喊道："来啊，快活啊，割了这一刀，和我一起加入女装大佬的行列吧！"

"不要啊！！！"顾晓雨被吓醒了，看到笑眯眯地趴在他床边看着他的柳行，顿时又是一声惨叫地缩回了被子里，"啊——你干吗？！"

"快点起来，今天要干大事！"柳行催促道。

"天天干大事，大事都被你干死了。"顾晓雨吐槽他。

　　柳行不耐烦地掀了他的被子："赶紧的，你这睡懒觉的习惯怎么不改改？都五点了！"

　　"才五点啊！你这作息怎么还和在孤儿院里似的？"顾晓雨哀怨道。

　　话一出口，两人都愣了愣。

　　顾晓雨十三岁的时候母亲去世了，再没有亲人的他被送进了专门养育自然人的孤儿院里，和同样生活在那里的柳行相识。那时候的柳行身材瘦小，不会打架，看起来像个漂亮的小女孩，时常被别的孩子欺负，顾晓雨帮过他几次，靠着自己超高的幸运值，每次都能让对方灰头土脸。

　　后来没过几个月，有人来孤儿院收养了一批孩子，柳行也在其中，在那之后两人就再也没有见过面，直到两人在 A 大重逢。

　　那在孤儿院中短短数月的缘分，其实他们一直都没有忘记过。

　　顾晓雨问道："我一直没问，你被领养后过得还好吗？后来怎么会……穿起了女装，还疑似成了杀手？"

　　"凑合吧。"柳行似乎并不想再提，一把揪起顾晓雨，"赶紧起来，再耽搁下去就来不及了！"

　　柳行的力气和颜值成正比，单手就把顾晓雨从床上拎了下来，丢去洗手间洗漱。等顾晓雨洗完脸走出来的时候，他惊恐地发现柳行已经在椅子上坐好，面前赫然摆放着的是一个壮观的化妆包。

　　"坐下，给你化妆。"柳行指了指面前的椅子，神情兴奋，两眼放光。

　　"不要啊！穿女装就好了，我不要化妆啊！"

　　"啧，不化妆穿女装会很辣眼睛的，有点职业操守吧，今天你要假扮女兽医，敬业一点好不好？我连'失足妇女'都扮过了，皮衣短裙渔网袜，还穿高跟鞋！虽然一开始有点别扭，但是一旦接受了这个设定……"

"大佬，我不想知道你假扮'失足妇女'的心路历程，我只想好好当个男人！"

"今天先做女人，明天再做男人。"

两人你一言我一句地互相"怼"着，顾晓雨老老实实地坐了下来，任由柳行在他脸上"涂涂改改"，就是惨叫声不绝于耳。

"嗷，笔戳到眼睛了！"

"手抖了一下，怪你自己眨眼喽。"

"啊，别夹，眼皮、眼皮好痛！"

"那是你睫毛短，我这样的睫毛精从来也没夹到过眼皮。"

"啊啾——"

"我靠，你打喷嚏扭头啊，我的散粉很贵的！"

化了妆，戴了假发，穿上女装，站到镜子前，顾晓雨二十五年的人生，在这一天有了一个全新的体验。

原来，他化妆后穿女装，还挺好看的啊。

竟然有一丝丝小激动呢，嘻嘻。

拍照留念吧。

连拍几张照片的顾晓雨从镜子前转身，把手机里的照片展示给柳行："你看，超可爱的！可以去微博上钓'直男'了！"

柳行面无表情："你是变态吗？"

"明明是你逼我穿的！"顾晓雨气到跳脚。

"但你钓'直男'。"

"你还假扮'失足妇女'呢！"

两人互相揭短，力求证明对方比自己更变态，然而还没有结果，手机就响了，原来是安秀来催促他们了。

时间不早了，两人立刻出发，来到安秀所在的宠物医院，做好了准备工作，然后开着安秀的车前往谢家。

早高峰时间，堵车是常事，柳行被这路况折磨到没了脾气，怏恹地瘫在驾驶座上，顾晓雨一边刷微博和朋友圈，一边挑好玩的念给柳行听。

"谢际明真的疯了啊，你看看他昨天发的朋友圈都是什么玩意儿！"顾晓雨捂着脸说道。

"什么玩意儿？"柳行好奇了一下。

"'我要给天使建一座伊甸园，将她永远囚禁在里面，一生一世都逃不出我的世界。'哦，太肉麻了，我有点晕车……"顾晓雨打开了车窗，急需呼吸一下新鲜空气。

结果旁边那辆车的司机嬉皮笑脸地对他吹起了口哨："小妹妹真漂亮，加个微信怎么样？"

女装的顾晓雨气愤地冲他比了个中指："长没长眼睛，我是男的！"

隔壁司机的三观在他毫不掩饰的声线中被炸成天边的烟花。

顾晓雨关上了车窗，回头一看，柳行也是一脸菜色。

"你也想吐？"顾晓雨问他。

"我只是觉得头上有点绿，明明是我先……陪你买小香猪也好，一起喂养香香也好……为什么会变成这样呢？"柳行拿着蝴蝶刀转来转去，看起来恨不得戳死谢际明。

顾晓雨哭笑不得，只好安慰道："要想生活过得去，就得头上带点绿。你能怎么办呢？当然是选择原谅它啦！"

毕竟，在被爱情荷尔蒙洗脑的人眼里，这可是世界第一可爱的小香猪！

小香猪是没有错的！

路通了，柳行继续开车，顾晓雨给他指路。

"我一直没问你，你是怎么和谢际明那种大少爷认识的？"

顾晓雨怔了怔："这个说来话长……总之我们小时候关系挺好的。"

"小时候？"柳行奇怪地瞥了他一眼。他知道顾晓雨从前并不是孤儿，十三岁之前他一直跟着母亲一起生活，是那时候的事情吗？

　　但顾晓雨是自然人，没可能和谢家那种新人类大家族有什么交集。谢际明多半是由谢氏夫妇直接提取了生殖细胞，交由生命工厂培育，等到婴儿在人造子宫中被分娩出来，才被父母带回家中抚养的。

　　也只有一小部分新人类会有这样的幸运，会被父母带走，更多的新人类甚至一生都不知道自己的父母是谁，因为他们的父母很可能根本就是陌生人，他们只是在成年后根据相关法律捐献自己的生殖细胞。

　　生命工厂会根据目前的人口数量、出生率和死亡率，来对下一年度的新生儿数量进行预先规划，确保出生率能够维系人口更迭的需要。

　　这些出生在生命工厂的人造子宫中的新人类，完全采用社会化抚养的模式。

　　他们从婴儿时期就被交由专门的机构统一抚养，育婴师们照顾他们的吃喝拉撒，到了入学年龄他们就会被送到寄宿制学校，开始漫长的义务教育时期。对他们来说，他们的生活老师才是充当父母角色的那个人。在他们的世界里，家庭是一个极其模糊的概念，因为他们根本没有家庭。

　　车子已经开出了市区，路况一下子顺畅了许多。

　　两人继续着刚才的话题。

　　"哪怕是小时候，你们也完全不是一个世界的人。"柳行说道。

　　顾晓雨苦笑了一下："所以回想起那时候的事情，还是觉得很不可思议啊。"

　　"他这种新人类，和我们根本不是同一种生物，你还是离他远点吧。"

　　"什么，你是主张自然人和新人类对立的那一派吗？"

　　"啧，明明是新人类不把我们当同类好吧。你看，同样是没有父母，新人类的统一教育所比自然人的孤儿院可好太多了。"

　　"孤儿院，也还行吧……那时候大家都小，不太懂事，老是打架，后来也就没有那样了……你走后不久，季教授家就资助了孤儿院，条件就好多了……"顾晓雨对孤儿院还是感激的。

　　柳行嗤笑了一声，没有搭腔。

　　这辆登记过的车子顺利驶入了谢家的半山别墅中，柳行和顾晓雨戴着口罩，拖着行李箱走下了车，朝着谢家主宅走去。

　　香香，别慌，我们来救你了！

第三章

没想到你竟是只
嫌贫爱富的猪

　　谢家的主宅坐落于一座低矮的山丘上，整片地域都是他们的私家产业，如果没有提前预约登记，就一定会在山脚下被拦下来。

　　管家带着"安秀"和"她的助手"前往小香猪所在的房间，突然冷不防地对顾晓雨说："这位医生看起来有点面熟。"

　　顾晓雨的冷汗立刻就下来了。

　　他和谢际明也是在A大重逢的，彼时谢际明是他的学长，两人多年未见，谢际明邀请了他来谢家做客，顾晓雨来过几次，自然是见过管家的。

　　没想到管家先生的眼神如此犀利，顾晓雨化了妆、戴了假发和口罩，他竟然还觉得眼熟！

　　"我……"顾晓雨一张口就觉得要完，他的声音是男声啊！

　　"她整容过，非要整成网红脸，这下好了，谁看到她都觉得眼熟。最近还打了玻尿酸，脸还有点肿，成天戴着口罩不敢见人。"柳行淡定地帮他解了围，用伪声说话也毫无破绽。

　　管家一脸恍然大悟，同情地劝诫道："小姑娘不要迷信整容，会有后遗症的，自然点就好了。"

　　顾晓雨气急败坏地在暗中拧了下柳行，污蔑！这是赤裸裸的污蔑！他不整容就很好看，美少年！超可爱！经常有漂亮的大姐姐主动请他吃饭！

　　"那是什么？"为了转移话题，柳行指着主宅后方看起来准备施工的位置。

　　管家无奈地叹了口气，忧愁地说道："未来的香香宫殿。少爷准备在那个位置给香香建一座行宫，要奢华的法式宫廷风格，还要雇用一百个女仆照顾它，三餐都要从原产地运来顶级的食材，还预备聘请知名交响乐团专门为它进餐时伴奏，保证它心情愉快。"

　　柳行：这可恶的资本家的世界啊……爆炸吧！

　　顾晓雨：我现在投胎成一只小香猪还来得及吗？

两人跟着管家走进了谢家主宅中，一直来到了二楼某个房间，门一打开，顾晓雨就迫不及待地看了进去。

　　好家伙！巨大的露台上，三个漂亮的女仆正在恭敬地为一只油光水滑的小香猪喂食，旁边还有穿着燕尾服的钢琴家为它演奏，这只世界第一幸福的小香猪躺在女仆的膝盖上，哼哼唧唧地大快朵颐，幸福感溢出画面。

　　顾晓雨几欲吐血，他这个主人历经了飙车、车祸、女装，仿佛和 100 级 BOSS^①打了一场肉搏战，辛辛苦苦来到小香猪面前，谁知道这只没良心的小香猪吃得好、睡得香，有女仆膝枕，有女仆喂食，还有专业的乐队演奏，两天不见胖了一大圈！

　　真是人比猪，气死人！

　　等香香进餐完毕，它终于注意到了站在门边一脸痛难信的主人，从女仆小姐姐的膝盖上跳了下去，屁颠屁颠地朝顾晓雨跑来，一头撞在了他的小腿上，总算没把他这个主人忘了。

　　女仆追了出来，连连道歉："对不起啊，医生，这只小猪喜欢漂亮的女孩子。"

　　顾晓雨暗自吐槽：噫，没想到你是这样的香香！

　　女仆和乐师离开了，管家还留在房间里监督两人，顾晓雨抱起香香摸了两把，香香也不知道是怎么从他这个打扮得爹妈都认不出的状态里认出他的，把顾晓雨感动了一把，心里直呼没有白养这只小东西。

　　柳行放下了随身携带的行李箱，掏出了检查用的道具，一板一眼地给香香做起了身体检查，眼看时间差不多了，他暗中给顾晓雨使了眼色。

　　顾晓雨得令，按照两人商量好的那样，抱起香香困惑地哼了一声，好像发现了什么不对劲的地方。

　　管家跟着他的动作凑了过去："有什么不对吗？"

---

① 指在游戏中出现的巨大有力且难缠、耐打的对手。

　　柳行上前一步，一个手刀劈在管家的后颈上，他哼都没哼上一声就倒下了。

　　顾晓雨立刻给小伙伴比了个大拇指，柳行则用傲娇的挑眉表情做回应。

　　顾晓雨负责把香香塞进行李箱，柳行则把管家绑了起来堵上嘴，补了一针确保他能睡上半天。

　　"进去啊，香香，我们马上就回家了。"顾晓雨抱起香香，努力把它往行李箱里塞。

　　然而香香小公主万般不配合，又是蹬腿又是咬人，死活不肯钻到箱子里去，就好像它也知道，一旦被带走，这种天堂般的好日子就结束了。

　　"你这个小妖精，知不知道自己惹了多大祸？好吧，其实是我的错。再不走你就要嫁给帅哥了！"

　　"哼哧哼哧！"

　　"进去！你进不进去？赶紧进去，我们要跑路了！"

　　"哼哧哼哧！"

　　一人一猪互相较着劲儿，柳行已经处理完了管家，回头一把抱起香香转圈圈，还在它脸上亲了两口："香香宝贝儿，我来接你了！"

　　"喂，不要当着老父亲的面非礼他女儿。"

　　"以后我会和香香一起孝敬你的。"

　　"可拉倒吧，等你的'恋爱脑'治好了，你不把它烤了吃就不错了。啧，男人啊。"

　　"时间会证明一切！"

　　"对！对！对！但我们现在赶时间，赶紧的，OK？"

　　柳行这才恋恋不舍地放下了香香，心疼地对它说："宝贝儿，现在要委屈你在小箱子里待一会儿，我保证很快让你自由，无论天涯海角，我们可以一起去流浪。啊，我想要带你去浪漫的土耳其，然后一起去东京和巴黎……"

"大佬，行行好，先干正事，不要突然唱歌'把妹'！你是迪士尼王子吗？"

香香好像听懂了两人的话，越发拼命地挣扎起来。

"你行不行啊，一只猪都按不住！"顾晓雨嫌弃道。

"闭嘴，这可是我老婆，怎么能把老婆这么粗暴地塞到箱子里呢？！"柳行满头大汗。

"我来！我来！"顾晓雨凑上去帮忙，还拿了个黄金瓜引诱，然而香香根本不买账，又是蹬又是咬，活像杀猪现场。

就在这时，大门突然被打开了，一身西装看起来好像要参加某个正式会议的谢际明目睹了这一幕，惊恐地演绎了一个声嘶力竭的表情："你们、你们要对香香做什么？！我给你们一个亿，放下我的香香！！！"

这位英俊高贵冷漠得好像言情小说里永不过时的霸道总裁的男人，在这一刻，在童年好友顾晓雨面前，在情敌柳行面前，痛快地把自己的形象崩成了咆哮的"表情包"。

女装绑架犯顾晓雨活活把那声"哥哥"卡死在了喉咙里。

不想套近乎了，只想跑得越远越好。

〉 • • •

谢际明的突然出现，让两人的"偷猪行动"陷入僵局。

顾晓雨不知所措地搂着香香，而柳行已经一个健步冲了上去，一把将谢际明按在了墙上，用蝴蝶刀抵住了他的喉咙，几个动作流畅得好似已经在心里演习了无数次，还能分神用脚钩上敞开的房门。

看得出来，这位大佬平日里偷鸡摸狗、入室调戏"良家妇男"的事情没少干。

"哟，谢大少爷，不好好去公司上班回家做什么？一刻也离不开刚抢来的小娇妻？"柳行歪了歪头，蝴蝶刀的刀刃紧紧贴在谢际明脖子的动脉上，随时都有划破的可能。

"你们呢？冒充兽医来我家做什么？"谢际明皱着眉明知故问。

"当然是来把我老婆带回去了。"

"香香是我的未婚妻。"

"哦，是吗？那你喊她一声啊，看她应不应你？"柳行撇嘴道。

抱着香香的顾晓雨，默默看着紧贴在一起的两个帅哥你来我往地言语交锋，只觉得一阵 gay①气扑面而来——柳行大佬，绑架就绑架，你至于用大腿顶开人家的双腿，卡在那种不可描述的地方吗？你还穿着裙子！这个姿势太一言难尽了！

还有谢际明大哥，你为了"女主人公"宁死不屈的样子真是感动人心，但是一想到本文女主人公竟然是一只小香猪，观众根本感动不起来啊！

谁料，谢际明竟然真的喊了一声："香香！"

被顾晓雨抱在怀里的香香幸福地啃着一块黄金瓜，对"未婚夫"殷切的呼唤充耳不闻。

啊，真是一只冷酷的小香猪，哪怕目睹"未婚夫"被绑架，也一心想着吃、吃、吃，真是一只合格的吃货，本文唯一形象不会崩溃的生物！

柳行笑出了声："我劝你早点放弃香香，她是个单纯的姑娘，和你这种每个毛孔都肮脏的资本家不一样。"

谢际明反唇相讥："我能让香香成为全世界最幸福的小香猪，你能给她什么？朝不保夕、到处逃亡的生活吗？"

顾晓雨终于忍不住了："对不起，打扰了！虽然你们很真情实感，我听得很感动，但香香只是一只小香猪啊！"

前一秒还在互"怼"的两人异口同声："那又怎么样呢？我爱

　① 男同性恋。

她啊！"

突然被吼的顾晓雨一脸疑惑："不、不怎么样！你们继续，继续哈。"

看着怀里一心啃吃黄金瓜的香香，顾晓雨的心情无比复杂：香香啊香香，他们这都是为了你啊，你真是个罪孽深重的"女人"！

不，严格来说，他才是那个罪孽深重的男人，毕竟一切祸端都由他而起……

祈祷在一切解决的时候，他们不会对他来次四人联手暴打，教训他这个小可怜吧。

等香香吃完了黄金瓜，柳行也终于放弃了和谢际明的"嘴炮"斗争，将他绑了起来，准备堵上他嘴跑路。

顾晓雨忐忑不安地看着被绑在角落里的谢际明，这大概是这位大少爷这辈子最狼狈的一刻了，啊，也不算是吧，小时候的时候……在他还不姓"谢"，姓"林"的时候。

林际明……

过去的记忆沉渣泛起，顾晓雨对谢际明说道："林阿姨走之前留下了一本日记，当时是我妈妈保管，想等你长大之后再给你，后来……后来发生了很多事……一直没有机会拿给你，有机会的话，我会带给你的。"

一直死死盯着香香的谢际明终于分了一些注意力给这位童年好友："谢谢。你母亲的事，我很遗憾。方便的话，你把东西快递给我吧。"

顾晓雨苦涩地笑了笑："你家也许是不收快递和信件的。"

谢际明困惑地皱了皱眉，不知道他是从哪里得出了这个结论："不，可以收快递。"

柳行在一旁嘀咕了一声："大少爷也网购？"

顾晓雨摇了摇头："如果寄的话，怕是寄不到你的手里，下次我拿给你……如果你还当我是朋友的话。"

虽然谢际明现在看起来已经接受了香香要被抢走的事实，但是谁知道他会怎么报复呢？顾晓雨不敢赌这位熟悉的陌生人对他还剩多少情分，过去的事情终究已经过去了，他们无法再回到小时候。

快乐的回忆也好，悲伤的过去也罢，都只是过去的事情。他们的人生在短暂的交集后，沿着不同的方向越走越远。

"走了！"柳行用胶布封上了谢际明的嘴，毫不在意谢际明杀人般的眼神。

顾晓雨把香香塞进了箱子里，跟着柳行走到露台边，拴着绳子爬了下去，一路若无其事地到车库取车，然后飞速撤离。

谢家的宅院已经被远远甩在了身后，顾晓雨疯狂的心跳终于渐渐平息下来。

"我们这样，真的不会被抓起来吗？"顾晓雨忐忑地问道。

"啊，八成不会，总之先避避风头。"柳行大概是大事干多了，心态极好，淡定地驱车驶向临市。

"感觉太不靠谱了！"顾晓雨心累，为了他的宠物小香猪，他这已经不是在法律的边缘试探，而是直接越界了。

柳行突然问："那个谢际明，就是你挂在嘴边的小哥哥？"

顾晓雨悚然一惊："你怎么知道？我从来都没跟你说起过吧！"

"切，那时候你睡我上铺，不知道说了多少次梦话了。"柳行鄙夷道，"还以为我什么都不知道吗？"

顾晓雨沉默了，他被送到陌生的孤儿院的时候，母亲刚刚去世，自然人孤儿院的环境又很恶劣，情绪低落中的他就更加惦记谢际明，抱着他的小哥哥会把他带走的幻想，他傻傻地写了很多信，寄往谢际明临走前给他留的地址，但所有的信都石沉大海。

十三岁的顾晓雨会因为得不到回信而委屈哭泣，可是二十五岁的顾晓雨已经不会了。

在林际明被亲生父母带走，改回原本姓氏的那一天，他们就注定不是同一个世界的人了。

长大之后，顾晓雨才意识到这份残酷。

"我还以为你就只知道削木头。"半晌，顾晓雨强笑着调侃他。

"滚，爷现在会削人了。"

顾晓雨和他斗了几句嘴，和他一样是网瘾少年的柳行接哏接得飞快，"怼"起来特别有意思。

说得累了，顾晓雨掏出手机刷了下微博。

一刷新……

"啊——大佬，大事不好了！谢际明发了条微博，说自己的爱妻被绑架，全城悬赏寻猪！"顾晓雨哀号了起来。

柳行差点把刹车踩成油门。

"什么？！谢际明不要脸！香香明明是我老婆！"

顾晓雨："醒醒，那是我的猪，谢谢！"

已经是晚上十点了，入住的客人少了许多，酒店前台工作人员正和同事小声讨论着微博上的大新闻。

"谢家的大少爷到底是抽了什么风？这几天也不是愚人节啊。"

"谁知道呢，难道是炒作？"

"感觉不像呢，炒作也不会和一只小香猪啊。再说谢际明也不是明星，财经版才是他的归宿！"

"呃……排除了一切不可能之后，剩下的就是那个正确答案——谢际明对猪是真爱！啊，多么感人的爱情，有导演愿意拍一拍人猪恋吗？一定能火！"

"得了吧，你想笑死观众吗？人猪恋？！这是要拿金酸梅奖的节奏。说起来，谢际明是新人类啊，也没听说谢家要联姻，他们这种家族在联姻前是不会用爱情荷尔蒙的吧。"

"难道是竞争对手给他下药了？"

"……现在商战已经这么残酷了吗？资本家的世界，不是很懂。"

"话说之前有部很火的剧就是这个剧情呢，商业联姻的新人类男主角注射了爱情荷尔蒙，结果引导剂出了问题，他没有爱上他的未婚妻，反而爱上了一直默默爱着他的自然人女主角，结果女主角却被嫉妒她的女配角抽走了爱情荷尔蒙，失去了对男主角的爱。啊，多么'狗血虐恋'啊。"

就在两个前台工作人员八卦之际，有一对与众不同的情侣走了进来。

走得快半步的是一个身量极高的女人，戴着墨镜，穿着一身黑色风衣，高跟鞋踩得踢踏响，走路带风。她身后亦步亦趋地跟着一个美少年，肤白貌美竟然还化了妆，最奇怪的是这个美少年竟然抱着一个行李箱。

没错，他不是拖着箱子走，是抱着箱子，仿佛里面装了价值连城的宝贝似的。

"一个标间。"大姐姐把两张身份证放了上去，一个叫柳香，一个叫顾宇。

前台古怪地看着这对不太登对的情侣，恍然大悟：这是美艳大姐姐包养小白脸吧！一定是这样没错了！

不过在酒店工作，再奇怪的客人也见得多了，前台很快开好了房，把身份证还给了两人，并告知自助早餐的时间和电梯位置。

大姐姐高冷地点了点头，示意小白脸跟上。

小白脸一声不吭，抱着行李箱匆匆追了上去，两人消失在电梯里。

"'御姐'和'正太'，这对我吃啊。"

"啊，有钱真好，我也想包养这么可爱的小奶狗。"

"醒醒，看看你的月薪再做梦好不好？"

"呜——可爱的男孩子真好，那个小姐姐也好看，有种女王的气质。"

"总觉得她突然掏出一根皮鞭来我也不会奇怪……"

"可怜的小弟弟！"

前台的两个妹子思路越跑越远……

电梯里，顾晓雨痛苦地摸了摸脸："你到底给我涂了多厚的粉啊？好难受。还有这个假睫毛，我的眼皮好重啊！"

"适当的乔装是很有必要的，不然你现在可别想舒舒服服地住到酒店里，早就半路被人抓到了。"柳行说道。

顾晓雨心情复杂地看着这位好友："所以我还是要问……假身份证也好，乔装打扮也好，你为什么这么熟练啊？！"

柳行掐他脸："再玩'白学梗[①]'就翻脸了！"

"只许你玩不许我玩啊？"

"至于那个问题，你把香香给我，我就告诉你。"

"卖女求荣的事情，我是绝对不会干的！"

"哟，还挺有节操？"

"那必须的！"

两人一边说着，一边刷卡进了房间，柳行顾不上梳洗，立刻打开了行李箱，香香不满地哼唧着，似乎对自己被关在小黑屋里的待遇极为不满，毕竟它已经不是一只普通的小香猪了，是享受过女仆膝枕喂食和空运蔬菜水果待遇的'玛丽苏'猪，见过大世面了！

柳行抱着香香狠狠亲了几口，口红都印了上去，吓得香香一阵乱踢。

"当着一位老父亲的面非礼他的宝贝女儿，你还算是个人吗？"顾晓雨吐槽道。

---

① 深入研究动画片《白色相簿2》中人物情感轨迹的观众被称之为白学家，而因此所衍生的梗，就是白学梗。

"我是禽兽嘛。"柳行恬不知耻地说。

顾晓雨一副不忍直视的样子："禽兽，你好！我现在能给教授打个电话吗？我跟他约好了周末去实验室干活的。"

柳行拿了自己的备用机给他："用这个，你的手机在这段时间就不要用了。"

顾晓雨猜测大概是出于安全方面的考虑，毕竟手机可能会被定位。

接过柳行的手机，顾晓雨想了半天也没想起季泽熙的手机号码，只好打开自己的手机，从通讯录里找，结果刚一开机就被几十个未接电话淹没了，有刚刚痛失爱猪的谢际明，有下线待机的司徒凛，还有他的教授季泽熙。

顾晓雨赶紧翻出了季泽熙的号码，输进了柳行的手机里，正要关机，司徒凛的电话又打了进来，心虚的顾晓雨一秒摁掉，火速关机，假装自己没有接到这个电话。

用柳行的备用机打通了季泽熙的手机，嘟嘟的几声响后，那边接起了电话："你好，我是季泽熙。"

"教授！我是顾晓雨。"

电话那头传来了椅子的拖动声，季泽熙站了起来："晓雨？我看到新闻了，是你和柳行做的吧？你们现在在哪？"

顾晓雨瞥了柳行一眼："这个我不能说，总之我们很安全……"

"香香也在你们那里吧？"季泽熙问出了最关心的对象。

顾晓雨冷汗都下来了，决定再不多说什么："总之，我周末没法来实验室了，过一阵子我会跟您解释的！"

"别挂电话！你们现在的处境很危险，谢际明很快就会找到你们，把地址告诉我，我派人来接你们，明天我就回国了。"

正在和香香玩耍的柳行一直留意着两人的通话，这会儿忍无可忍地抢过了手机："季教授，这件事就不劳你费心了，毕竟我们现在还是情敌立场。"

"……不会是的。"季泽熙说道。

不会是什么？情敌？顾晓雨有点没听明白他的意思。

柳行嗤笑了一声："别装了，我就不信你按捺得住。现在假仁假义装君子，等到那根弦绷断了，谁知道你会做出什么事情来。"

说完，柳行摁掉了电话，干脆利落地关机拔掉电话卡，又换了一张新卡。

"你可别被你的教授蒙过去了。他这个人，平时看起来再冷静理性不过，可骨子里嘛……"柳行哼了一声，"还不如司徒凛这种'就是干不要怕'的好对付。"

"你对情敌还挺有研究？"顾晓雨揶揄道。

柳行又玩起了蝴蝶刀，锋利的凶器在他手里乖巧得像是一只漂亮的钢铁蝴蝶，沿着他的手指来回翻转，看得顾晓雨冷汗涔涔，生怕他一不小心断了手指。

"废话，我见过的人可比你多多了。这三个人里最不好对付的就是季泽熙，他这个人有城府、有决断，还有实力。你以为他说离家出走断绝关系，就真的和季家毫无瓜葛了吗？他爹'恋爱脑'地跟着小情人出国，抛下家里产业撒手不管，他妈苦命撑了几年撒手人寰，现在季家大小事务都由老管家一力支撑，年年苦劝季泽熙回家。季泽熙明面上两耳不闻窗外事，实际上嘛，多少还是在管事的。"

顾晓雨听得一愣一愣的，半晌才道："教授的父母，到底是怎么回事啊？"

"太'狗血'了，能拍一百二十集八点档，集合了豪门、商战、爱情荷尔蒙、灰姑娘、大小姐、红白玫瑰、商业联姻、失忆、破镜重圆等诸多元素，要不是怕被季家告，早就有人写这个剧本了。"

"教授从来也没跟我说过……"顾晓雨失落道。

他第一次见到季泽熙，就倒豆子似的把自己的过去说了一遍。

那时候，十六岁的季泽熙和他坐在谢家私宅山脚下的长椅上，陪他吃着融化的冰淇淋，温柔地听他诉说着自己的痛苦和绝望。

"会好起来的。"还是个少年的季泽熙这么对他说，像是冬日里的阳光一样温暖，"都会好起来的……"

季泽熙把他送回了孤儿院，没过几天，季家资助了这家自然人孤儿院，突然丰富起来的物资让孩子之间紧张的关系一下子缓和了起来，十三岁的顾晓雨把这个没比他大几岁的少年视为了自己的偶像，追着他的脚步考上了 A 大，成了他的学生。

可他从来也不知道，那个时候，那个温柔地安慰他的少年，自己也一样伤痕累累。

即便是如此，少年还是沉默地咽下了自己的痛苦，去帮助另一个人。

那就是季泽熙，他当之无愧的男神。

• • •

结果到最后柳行还是没把季泽熙父母的事情告诉他，气得顾晓雨抱起香香嚷嚷着要离家出走投奔其他女婿。

闹了半天，两人也饿了，顾晓雨提议去找点消夜，他俩现在都不方便用手机，没法吃外卖，必须自己去觅食。

"烤蹄髈怎么样？可好吃了。"顾晓雨说。

柳行一脸难以置信："你还算是个人吗？！"

顾晓雨一脸迷糊："我怎么不是人了？"

"猪猪这么可爱，你怎么可以吃猪猪？！"

"……神经病啊你！"

"养了香香还想着吃蹄髈，你一定是想把香香养到六百斤杀了吃。啊！我绝不允许这种事情发生！"

说着，柳行抱起了香香，沉痛地说道："你爸爸是个变态，但是你放心，以后我会一心一意保护你，任何想吃你的人，我都杀了他！"

　　香香一定在想：……吓得我爪都掉了。

　　顾晓雨暗暗鄙视：怕不是个智障……

　　"随便你了，我去买点消夜。"顾晓雨决定放弃队友，让他一个人和小香猪恋爱去了，他要去买消夜填肚子了。

　　走出房间关上门，顾晓雨到前台问了一下附近有什么好吃的消夜，不知道为什么，他觉得前台小姐姐看他的眼神有点奇怪……

　　"出门右转，那条街上有不少好吃的，你可以去那里看看。"前台小姐姐说。

　　"谢谢啊。"顾晓雨礼貌地道谢。

　　前台小姐姐对他微笑，突然笑容变成了惊恐："先、先生，您要入住吗？"

　　顾晓雨还没回头，肩膀上就搭了一只手，有个熟悉的声音阴恻恻地说道："逮到你了。"

　　顾晓雨吓得原地起跳一蹦三尺高，一下子撞在了服务台上："你……"

　　一身黑色西装，身后跟着两个金链文身大哥的司徒凛对他邪魅地一笑："偷香窃玉的时候胆子那么大，现在知道怕了？"

　　前台小姐露出了匪夷所思的神情。

　　"香香原本就是我的！"顾晓雨缓过神来，顶了句嘴。

　　"哟，一天不见胆子见长啊！行了，赶紧带我去见香香，回头再收拾你！"司徒凛阴恻恻地说。

　　前台小姐恍然大悟：懂了，原来是小白脸拐骗黑道大佬的女友，给大佬送上了一顶绿帽，小白脸弟弟你一路走好，你长得这么可爱，一定要保护好自己。

前台小姐姐眼中的绿帽侠——司徒凛，拖着顾晓雨走进了电梯间，身后两个金链大哥紧跟在后，原本能够容纳十来人的电梯间一下子拥挤了起来。

"那个……我……"顾晓雨刚一张嘴，司徒凛就杀气腾腾地看了过来，吓得他赶紧闭上嘴。

"你什么你？你还记得要帮我抢回香香吗？结果怎么搞的，你就这么辜负了我的信任，背着我和那个异装癖去偷人了？有你这么给人戴绿帽的吗？"司徒凛气得不行。

"不是偷人，是偷猪。"顾晓雨小声吐槽。

"偷猪就不是'绿'我了吗？！"

"你又没和香香私定终身，哪来的'绿'不'绿'……"

"什么，不是说好了把香香嫁给我的吗？"

"不，我没有答应过这种事情……"

"你连绿帽子都不想给我戴，你还是不是我兄弟？！"

"不是，给你戴了绿帽，我就是你岳父，不给你戴绿帽，我们还是好友，我们还是当好友吧。"

司徒凛一脸天崩地裂。

"叮"的一声，电梯到了，司徒凛大步走了出去，杀意凛凛地说："我不管了，是我的就是我的，你同意也好，不同意也罢，香香我是要定了！"

顾晓雨的眼神基本是死了，他能有什么办法？他也很绝望啊！四个好友都爱上了他的小香猪，不顾一切要抢它，他除了微笑着祝福他们还能怎么办啊？！

只要等他们"恋爱脑"治好之后，不杀他就好了。

司徒凛嘴上说着让他带路，但是既然都找到了这里，他当然很清楚柳行在哪个房间，这会儿大步流星地在前面带路，顾晓雨亦步亦趋地跟在后面，眼睁睁地看着他在走廊里绕了三圈，每次在岔路口精准地错过正确的那条路。

最后，金链大哥看不下去了："凛少，看房间号码，应该是走左边吧？"

司徒凛沉默了一下："哦……"

终于走对了路，司徒凛给自己挽尊："这个酒店的房间布局很不合理。"

顾晓雨斜眼看他，就差在脸上写着"路痴"两个字。

站在房间门口，顾晓雨忐忑得不行，想给柳行通风报信却又不知道怎么办，只好小声求饶："你可要记得自己遵纪守法的形象，千万别对柳行动粗啊。"

"少废话，房卡呢？"

顾晓雨默默掏出了一张房卡，交给司徒凛。

司徒凛一手拿着枪，一手接过了他的房卡。

"盲人枪法，用什么枪？！"顾晓雨吐槽他。

"这么近的距离，我不会射偏的！"司徒凛信心满满地说。

"……你高兴就好了。"

司徒凛刷卡开锁，一脚踹开了门："别动！"

屋内一片寂静。

顾晓雨从司徒凛身后探出了头，惊讶地发现这个不大的标间里，行李箱和衣服都还在，可是柳行和香香却已经不见了。

两个金链大哥冲进去搜查起了房间，司徒凛径直走到窗边，看着挂在窗口的绳索钩，这条绳索一直通到了地面上，不用想也知道，柳行已经带着香香跑了。

"他没跑远，你们两个下去追！"司徒凛对手下说道。

顾晓雨想大大松口气。

可这口气还没出，司徒凛已经转过身来，双手在他胸前摸了起来，一路摸到了大腿。

“你干吗？！”顾晓雨吓得后退了一步，转身想跑。

“别动！”司徒凛没好气地说着，把他按住了从上到下摸了个遍，最后从他的裤腿上摸出了一个黏贴式的金属方块。

司徒凛的两指间夹着这个金属方块，冷笑了一声：“你的好朋友看起来可不怎么信得过你。”

“这是什么？”

“窃听器，他倒是警觉得很，生怕你给我通风报信。”

顾晓雨呆呆地看着他手上的窃听器，一时间什么话都说不出来。

“柳行，或者我该叫你白乌鸦，你是不是很好奇你的雇主怎么这么久都没有联系你了？我可以告诉你，他再也不会联系你了。敢派人拿火箭筒指着本少爷，是要付出代价的。”司徒凛对窃听器说道。

窃听器没有回应，好像那就是个再普通不过的金属方块。

“我知道你听得见，我给你一周的时间，把香香送到我面前，否则你至今为止干的事情我就不客气地捅给警方了。我不管你惩罚的人是爱情骗子还是别的什么，你无视法律的事实是不会改变的，好自为之。”

说完，司徒凛将窃听器丢进了马桶，按下冲水键将它送进了下水道。

手机响了，司徒凛接起了电话：“怎么样？”

“凛少，抱歉，人已经跑了，我们正在检查监控，看看能不能在出市区前堵到他。”

“不用了，那只乌鸦狡猾得很，要飞的时候是逮不住的，就等他自投罗网吧。”

电话挂断了，顾晓雨忐忑地看着他：“柳行他……”

“回去再说，走吧。”

顾晓雨拿起自己的手机，把衣服放进箱子里，默默跟着他走了。

司徒凛一边走一边看手机，突然喊了一声“该死”。

"怎么了？"顾晓雨问道。

司徒凛没说话，把手机递给他看。

是一条微博。

热心市民 alpha："万万没想到晚上出去吃个消夜，竟看到有个美女裤腰带上拴着一只猪，从楼上爬了下来……这是什么骚操作？"

后面配了一张图片。

图片上赫然是柳行吊着绳子下楼的背影，香香被五花大绑拴在他的裤腰带上，一脸生无可恋。

无数人"艾特①"了谢际明："谢少，是你家的猪吗？"

谢际明回复了："是我爱妻，重金酬谢。"

然后这位发现了柳行和香香的热心市民兴奋地晒出了银行卡里新打进的一百万元。

顾晓雨对自己的小哥哥一阵绝望。

真是霸道总裁，人傻钱多的那种。

---

① 艾特即字符"@"，根据英语"at"的读音读作"艾特"。微博将"@+昵称"这种形式用于提到某个人或者通知某个人。

第四章

**再酷炫的大少
也有黑历史**

"你是怎么找到我们的？"回去的路上，顾晓雨忍不住问道。

司徒凛指了指他拿着的手机："还记得这只手机是我送给你的吗？"

恍然大悟的顾晓雨悲愤道："我和你的友谊走到了尽头！"

"解释一下，本来并没有那个意思，只是担心你的个人安全，看到谢家的新闻后才定位了一下你的位置。"

顾晓雨嘀咕道："我哪有什么危险？"

司徒凛用手指弹了弹他脑袋："就算是幸运儿也不能盲目自信。"

汽车一路往前行驶，将顾晓雨带往 A 市司徒凛的家，有停机坪的那个。

时间已经是后半夜了，顾晓雨原本困得不行，准备在车上眯一会儿，突然司徒凛问了个问题，把他吓醒了。

"你和白乌鸦，是怎么认识的？"

顾晓雨一个激灵就清醒了过来："白乌鸦是柳行的外号吗？"

"是他的代号，WHITE RAVEN。保守估计，你这位好朋友干这行已经有十年了。"司徒凛说道。

车子在空旷的马路上飞驰，路灯飞速后退，在司徒凛的脸上投下一帘又一帘的光影。

顾晓雨欲言又止。

他有很多问题想问司徒凛，比如司徒家与爱情荷尔蒙地下交易的关系，比如司徒凛到底是怎么找到了被人带走提取爱情荷尔蒙的他……可是他问不出口。

他像一只误入了人来人往街道的蜗牛，小心翼翼地蜷缩在自己的壳里，生怕一探出头，迎面而来的是路人的鞋底，将他连人带壳踩得粉碎。

可无论他探不探头，该来的总是会来。

"你……对柳行说的……那个，柳行和当时用火箭筒袭击我们的人有关系吗？"顾晓雨问道。

"这种事情你就别掺和了。"司徒凛淡淡道。

"我不相信柳行会伤害我们。"顾晓雨说。

就像他不愿意相信司徒凛和苏妍有牵扯。

"对你还不至于，对我可未必了。白乌鸦有一套自己的行事准则。"

"他想杀你？"顾晓雨惊讶道。

司徒凛耸了耸肩："我也不知道他怎么认定了我该杀，总之，他恐怕盯了我有一阵子了。"

顾晓雨的心头怦怦直跳，他舔了舔干涩的嘴唇："那……你有做什么违法乱纪的事情吗？"

比如……买卖非法来源的爱情荷尔蒙。

司徒凛突然转向了他，凝视着顾晓雨的眼睛。

路灯不断地飞退中，两人的视线在黑暗中相交，同样倒映着逝去的昏黄光芒。

最后是顾晓雨先移开了视线。

"我承认，司徒家的生意是不怎么干净，但要说违法乱纪，那还说不上。司徒家做的是合法生意，只不过从来不过问东西的来历。"司徒凛深吸了一口气，用压抑的声音说道，好像在忍耐着什么。

顾晓雨的嘴唇颤动了一下，他想直接问出来，问一问司徒凛，当初苏妍骗走他爱情荷尔蒙的事情，他究竟有没有涉及。

太多的破绽，太多的巧合，让他辗转反侧。

他甚至悲哀地想，如果真的和司徒凛有关，只要他道歉了，他还是可以原谅他。

可他空有原谅的力气，却连问一问的勇气也没有。

终究是太胆小。

"柳行对你说了什么？"司徒凛问他。

"没什么……"

令人窒息的沉默在车厢内蔓延着，静到能听到自己的心跳声。

突然，司徒凛的声音像是一道光，在刹那刺穿了他的心脏："不是我。"

顾晓雨抬起头，死死地盯着他，好像在期盼着什么一样。

司徒凛直视着前方，却伸出了手摸了摸他的头："那时候，我能找到你，是因为我一直在追查一个组织。它们的代号是X，一个爱情荷尔蒙的供应商。在我父亲退居二线之后，我一力做主结束了和它们的供货交易。现在X组织在谋求其他的合作方出手它们手中的爱情荷尔蒙，但是国内这块市场终究是司徒家说了算，我不收货它们就出不掉，暗地里的交易有，但是成不了事。如果司徒家不改变主意，它们要么冒险把东西偷运出境，要么继续在阴沟里待着。"

"所以它们想让你改变主意？"

"或者更干脆一点，杀了我。"司徒凛冷冷地扯了扯嘴角，露出一个嘲讽的笑容。

"那你岂不是很危险？"

"这群阴沟里的老鼠，我还不放在眼里。"

"那苏妍呢？她也是X的人？"

"是啊，你还算幸运的。它们组织里有一些人会用很极端的方法获取自然人的爱情荷尔蒙。绑架、强奸、洗脑，把人弄出斯德哥尔摩综合征，不可自拔地爱上施暴者，这种狂热的爱意中，爱情荷尔蒙的纯度会很高，能卖个好价钱。"

顾晓雨不由自主地颤抖了几下，那间苍白压抑的手术室再一次浮现在了他的脑海中。

司徒凛喟叹道："所以说你真是个幸运儿啊。"

顾晓雨忍不住问道："那你们家，当初怎么会和那种组织合作？"

"啧，我老爹决定的事情，我怎么知道？大概是因为他自己没了爱情，心理变态了吧。"司徒凛皱着眉说道。

顾晓雨勉强笑了笑："这么说自己的老爹不好吧……唉，你不是说你母亲很早就去世了吗？总觉得，你爸妈的事情也是个'狗血'故事。"

司徒凛双手交叉放在脑后，抬头看着车顶："是啊，特别'狗血'，是个'麦琪的礼物'的故事。"

顾晓雨露出了好奇的神色。

车子在司徒家的车库里停下来，司徒凛打开车门走了出去："到了，下车吧。"

顾晓雨正准备听一听司徒凛爸妈的故事，但是司徒凛一副不想满足他无聊好奇心的样子，他只得乖乖从车上走下来。

"我让保姆做了点消夜，吃点东西垫垫肚子，然后好好睡一觉。"司徒凛体贴地说道。

顾晓雨走了两步，低声问道："柳行他……不来的话，你真的……"

司徒凛笑得格外狰狞："抢我老婆不还，我只是把他送进监狱已经仁至义尽了！"

"……"

"放心吧，他一定会带着香香来。"司徒凛自信满满地说。

前一天经历了惊心动魄的绑架和逃亡，又被人逮了个正着，顾晓雨累极了，这一觉一直睡到第二天十点。

洗漱完毕，顾晓雨走下楼去找点吃的。司徒凛说他家厨房里二十四小时都有人值班，他想稍微吃点东西。

结果刚一下楼，就看见一个染了头发、打了耳钉的朋克青年路过，四目相对之际，两人俱是愣住了。

"我靠，晦气，你怎么在这里？！"不良青年跳脚道。

"……"我也不想见到你啊！是你哥亲自请我来的！

此人名叫司徒俊，是司徒凛的堂弟，是个……大写的智障。

不是他故意黑人家，这家伙是真的智障，和这种人当过情敌简直是顾晓雨一辈子的黑历史。

"你这小白脸竟然还没被人弄死？"司徒俊气愤道。

顾晓雨翻了个白眼转身回楼上，假装不认识这个智障："你谁啊？不认识。"

他想走，但是对面不让，司徒俊冲上楼梯扯住他的手腕逼问道："苏妍呢？苏妍到底去哪里了？她有没有找过你？"

"我不知道，你放手，我要喊人了！"顾晓雨使劲甩了两下手，但是自然人的身体素质是短板，力气完全不够。

"你喊啊，喊破了喉咙也不会有人来救你！"司徒俊"邪魅"地一笑，这张还算白净的脸上顿时扭曲成一团，越发突显出他本人卓尔不群的智障气息。

"强抢'民男'啊，你怎么这么熟练？是不是成天打着你堂哥的旗号欺男霸女？"顾晓雨"怼"他。

"呸，你才是！你勾引苏妍也就算了，还勾引我堂哥，你不要脸！"

顾晓雨满头问号，反问道："你知道苏妍什么来历吗？我勾引她，她勾引我还差不多！"

"我知道啊，那又怎么样！她一定是有苦衷的，我永远爱苏妍！"

顾晓雨绝望了，这还真是个智障，溜了溜了。

"阿凛！管管你堂弟！"顾晓雨对着司徒俊身后的空气大喊。

司徒俊一听堂哥的名号，条件反射地转身立正站好，比听到了军官口号的士兵还灵敏，结果终究是智障形象不崩，没注意到这里

是楼梯，竟然像个轮子一样一股脑儿地滚了下去，趴在地上疼得"哎
哟、哎哟"直叫唤。

顾晓雨：目睹了这一切的我感到窒息。

看着情敌眼泪狂飙，顾晓雨也不好意思转身就走，在口袋里使
劲掏了两下，掏出一团在洗衣机里泡过的餐巾纸："喏，凑合着用
用吧。"

一头彩毛的司徒俊吸着鼻涕，瓮声瓮气地说："不要你假好心！"

顾晓雨觉得，他的情敌不仅是智障，还是个智障小公主。

大概是眼泪的大坝崩了，司徒俊坐在地上一边吸鼻涕一边恶声
恶气地说："我哥就知道护着你，你倒是对他施展了什么妖术？我
找他借人揍你，结果他一看你的照片就让人把我给揍了，说你这个
人他罩了！"

啊？还有这事？

顾晓雨一脸疑惑地回忆了一下，他和司徒俊对上后不久，比他
小一级的司徒凛就主动和他搭上了话，在那之前他们根本只有数面
之缘，可这是为什么？

"你肯定会妖术！"司徒俊颤抖着往他身上扣黑锅。

正当顾晓雨纠结该如何说服一个智障他并不会妖术的时候，身
后传来了司徒凛的声音："什么妖术？"

司徒俊立刻不敢吱声了，见到堂哥的他和见到猫的老鼠差不多，
可见平日里没少被教做人。

顾晓雨可不怕司徒凛，抓住机会就告状："他说我会妖术！"

他本以为，司徒凛会本着唯物主义精神教训一下堂弟，不料，
此人不按套路出牌。

司徒凛看着顾晓雨，严肃地反问："你不会吗？第一次摸枪就
能打中后面的车胎，这不是妖术吗？"

"……这是概率问题。"顾晓雨努力用科学辩解道。

"五十道选择题蒙对四十九道，错的那一道是自己自信满满算出来的，这难道不是妖术吗？"

"……奇迹总会发生。"顾晓雨不敢去计算概率了。

司徒凛又斜了两人一眼："被几个小混混堵了一星期，结果一次都没被揍到，这难道不是妖术吗？"

"哥，亲哥，别揭老底了！"司徒俊惨叫道。

"这是怎么回事？什么小混混围堵的？"顾晓雨被司徒凛刚才那一眼看得发毛。

司徒凛冷笑了一声："我这个傻堂弟，为了帮女朋友出口气，找了几个混混想揍你。四五个小混混跟了你一星期，人没揍成，却把自己作进了警察局，他还有脸让我给他捞人，还想让我借他几个人给你点颜色看看。"

"我这不是未遂吗？咱就别翻旧账了？"司徒俊垂死挣扎。

司徒凛冷冷地看着他："赶紧把头发染黑了，衣服换了！叔叔不管你，我来管！下次再让我看到你这副样子，送你去部队里学习学习。"

"哥！我这样怎么了？这叫时尚，懂吗？！你以前不是这样的？！还记得我们小的时候你不也打七八个耳洞吗？还离家出走寻找自由呢！为什么你现在变成了无趣的中年人？！抽烟喝酒烫头，那个从前的你呢？死了吗？！"

司徒凛一把揪起堂弟的领子，把人丢给了管家："送他回家，下次让我看到还是这个发型，直接染黑剃板寸！"

智障青年在一片哀号声中被拖走了，留下顾晓雨在一旁吃瓜看戏。

"你弟说的都是真的吗？"顾晓雨好奇地问道。

"什么真的、假的？"司徒凛没好气地回道。

"抽烟喝酒烫头，你以前也这样吗？"顾晓雨想象了一下司徒凛社会青年的样子，顿时笑出了声。

司徒凛黑着脸："别听他瞎说。"

"你承认不承认？"

"……白痴。"

"白痴？说谁呢？"

"呵呵。"

顾晓雨上前一步，用手捏住了司徒凛的耳垂，笑嘻嘻地说："还抵赖，耳洞还在呢。"

司徒凛被他拽着耳朵，双眉紧皱，却没有强行拉开他，只是不悦道："放手。"

"你可别装记性不好了，这个耳洞就是证明！"

司徒凛看着他，突然道："记性不好的人，明明是你。"

"啊？"顾晓雨愣了一下，"什么记性不好？我记性很好的。"

司徒凛"啧"了一声，似乎不想再理会他，转身就走。

"阿凛，我饿啊，赏口饭吃呗。"

"自己去厨房做。"

"你家那一个班的厨师呢？"

"他们不给白痴做饭。"

"谁白吃啊？！我可是你未来的老丈人，放尊重一点！"

"这么说你答应把香香嫁给我了？"

"咳，此事容后再议，先等我填饱肚子。"

第 五 章

四个小混混的
悲惨一周（番外）

在这个"四个'高富帅'集体吃错药爱上小香猪"的故事开始前，还有很多故事，今天来说一段关于幸运儿的小故事。

某天，顾晓雨发现前女友苏妍劈腿，还在劈腿对象司徒俊面前把锅甩给了他，说是顾晓雨对她纠缠不休。

司徒俊，一个耿直的智障不良青年，当然毫不怀疑地选择相信女朋友了。

女朋友说的都是对的，都是这个小白脸勾引她，小白脸不要脸！揍他！

司徒俊叫了四个一起抽烟喝酒烫头的哥们儿，这四个人出生于生命工厂，无人领养，智商不高，学习能力低下，在新人类统一教育所勉强完成学业，被判定为"瑕疵品"，进入社会后没有正常就业，而是成了一群问题青年。

在一个月黑风高的夜晚，这伙人一边打牌一边商量要给这个小白脸一点教训，捅人什么的不敢，但揍一顿之类的，完全可以嘛！最好把小白脸的漂亮脸蛋揍坏了，让他再也勾搭不了妹子。

四个好哥们儿在连赢了司徒俊一晚上之后，根本不好意思推辞这个差事——毕竟输钱这么爽快，人还这么智障的富二代不多了，每一个都要好好珍惜。

于是，这四个小混混，拿了顾晓雨的照片和资料，准备为好哥们儿出口气。

请记住这四位勇士的名字：大锤、瘦猴、二狗和矮鸡。

他们中有一个人的名字，和其他人的动物画风不一样，这人就是他们中的智囊——大锤。

大锤虽然名字听起来很憨、很傻，但其实脑子转得很快，收钱办事也很利索，之所以会有这么个外号，纯属意外事故。

据他的生活老师说，他还是个胚胎的时候和其他新人类一样老老实实地在人造子宫里等待发育成熟，然而到了分娩的时候，那台人造子宫突然出了故障，无法正常分娩，焦急的技术人员拿着平板电脑不断调试代码，然而抢修无果，就是无法分娩。

就在这时，旁边的一个工作人员递过来一把锤子："砸了吧，先把孩子弄出来再说。"

技术人员默默放下了手中的平板电脑，抢起大锤，把探视板砸了，将里面还在含手指的大锤抱了出来。

大锤就这么出生了，伴随着他出生的，是这个要跟随他一生的外号。

大锤坚持认为自己没有考上大学是因为这意外的出生方式影响了他的大脑发育，另外三个智商更低的兄弟则没有这等借口，只好责怪自己生物学意义上的父母没有提供足够好的基因，而基因编辑组的工作人员在编辑他们基因的时候一定去摸鱼了！

——总之，既然知道我们基因不好为什么要把我们生出来啊！这都是社会的错啊！我们要报复社会为非作歹！搞事情，搞事情，搞事情！

话题扯远了，继续说这四位小混混。

另外仨人紧紧团结在大锤同志的身边，制定出了一个简单易行的办法——蹲点。

四人知道顾晓雨每周有三天要去某个便利店打工，准备在Ａ大门口蹲守，等待他走出校门，他们就若无其事地跟上去，一直跟到人烟稀少的地方，冲上去就套上一个麻袋，给他一顿胖揍！

于是在炎炎夏日中，四个小混混蹲在树荫下，看着隔了一条马路的Ａ大校门，等待着目标人物的出现。

"大锤，大锤，人出现了！"瘦猴激动地拉了拉大锤的裤衩。

被蚊子咬得生无可恋的大锤一下子精神起来，他定睛一看，没错，背着个双肩包看起来活像个高中生的顾晓雨出来了！

"兄弟们，上！"大锤一挥手，另外仨人立刻跟了上去。

就在大锤的一只脚迈到马路上的那一刻，不到五米的地方，一辆电瓶车一头撞上了一辆保时捷，电瓶车上的中年妇女正要破口大骂，看到车标后，她那在菜市场征伐多年练出来的机敏果断，让她大声惨叫了起来："死人啦，撞死人啦！我的腿、我的腿断了！我要去医院，快送我去医院啊！"

这惊人的嗓门让方圆百米内的行人都转过了头，迅速朝着事发地靠拢。

保时捷的车主也是个暴脾气，下车就和电瓶车的主人开战，双方"引经据典"地在马路上唇枪舌剑，周围群众的围观热情空前高涨，在这个下班高峰期引起了交通拥堵。

"走了，快走了！"大锤催促着看戏看得津津有味的几个兄弟，又是急切又是无奈。

等到四人从闹剧中清醒过来，穿过马路去追目标时，顾晓雨已经消失在了人群中。

一计不成再生一计，大锤很快公布了第二个行动计划："今天晚上小白脸要上课。我们趁着晚上光线暗的时候，穿得学生一点，混到 A 大宿舍区，在那里等着，等他下课回寝室，我们假装熟人把他包夹了，拉着他到小树林里给他一顿胖揍！"

其余仁人自然是连声叫好，于是乎，四个流里流气的社会青年换了身正常一点的衣服，趁着夜色混入了 A 大宿舍区。

"顾晓雨在几号楼啊？"二狗问道。

"13 号楼？不对，14 号楼。"瘦猴回道。

"你们什么狗记性，明明是 24 号楼！"矮鸡叫道。

大锤，一个小混混团体中的智商担当，用恨铁不成钢的口吻骂道："都傻子吗？他明明是 17 号楼！"

"哦哦哦，对，17 号楼，我记错了。"

"没错，肯定是17号楼，听大锤的没错！"

"原来是17号楼啊，我怎么给记成了24号楼呢？"

仨人连声说道，轻而易举地被大锤说服。

于是四人来了17号楼，忘了说，这一栋楼是女生宿舍。没错，智商担当的大锤同志，记错了楼号。

正确的楼号是23号楼。

四人在女生宿舍楼下徘徊着，没一会儿，有个男生大包小包地来到了楼下，开始摆蜡烛，看到无所事事的四人，他还高高兴兴地问道："兄弟，帮个忙成不？我要给妹子表白，帮我一起点一下蜡烛呗，成了我请你们喝饮料啊。"

四个智障此时仍然没有意识到这里是女生宿舍，和他们的任务目标性别不同，还好心地帮人点起了蜡烛。

一边忙活儿还一边唠嗑："你说爱情是个什么滋味？"

"我哪知道啊，我又不是自然人。"

"嘿，我说等咱们有钱了，要不要也去买一剂爱情荷尔蒙玩玩啊？恋爱的感觉，是不是真的和电视剧里一样？"

"醒醒吧，买一剂的钱够你买半套房了。"

来求爱的男生挺得意地说："我考上大学之后爸妈就给我买了爱情荷尔蒙，开学没多久我就看上了学妹，这感觉……绝了！我每天醒来就想她，睡着了还想她，学习了想她，吃饭了还想她，啊，爱情，真好！"

四个不懂爱也买不起爱的新人类单身小混混，突然很想揍他。

忙活了十多分钟，几人终于把排成爱心形状的蜡烛点燃，男生兴奋地嗷嗷直叫，像是一只渴望交配的大猩猩。

"鑫鑫，我爱你！鑫鑫，当我的女朋友吧！鑫鑫，鑫鑫，鑫鑫！我做梦都想你啊！"

四个小混混不自觉地开始给他加油，在一旁喊道："答应他，答应他！嫁给他，嫁给他！"

宿舍楼上，女生们好奇地探出了头，毕竟这么落伍的求爱桥段好多年都没见过了，她们迫切想知道这到底是哪个智障想出来的。

"鑫鑫！"男生还在号叫。

一扇窗户猛地被拉开，一盆热水从天而降，精准地把楼下的几人热情的火焰浇灭了。

一个冷酷的女声传来："洗脚水送你，不约，滚！再喊泼开水！"

捧着鲜花的男声"哇"的一声哭了，抱着花跑了。

四个浑身湿淋淋的小混混面面相觑。

啊，爱情，多么冷酷啊。

唉，说起来，他们的目标呢？

"啊啾——"刚刚下课，和四个小混混擦肩而过的顾晓雨打了个喷嚏。

幸运的顾晓雨并不知道自己被小混混盯上了，他正在为五十道选择题只会做一道的考试担心。

"我高数怕是要不及格了。"顾晓雨和刚刚熟悉起来的司徒凛抱怨道。

"那我比你好多了。你要是挂了，我就把要点笔记借给你。"司徒凛耿直地说道。

此时，四个小混混和一边打理生意还要一边上学的司徒凛并不知道，被幸运儿支配的恐惧，还有幸运值被吊打的耻辱。

最近几天，顾晓雨总有种被人盯上了的感觉。

可是三天过去了，什么事都没有发生，顾晓雨怀疑是自己多心了。

这一天周末，顾晓雨照常在学校附近的 24 小时便利店兼职，虽说季家赞助了他所在的孤儿院里所有自然人的学费，他的导师季泽熙给他的津贴也很大方，但顾晓雨这个老实孩子还是在认真打工，想着哪天能把季氏赞助的钱还回去——毕竟生活费不能全靠彩票中奖啊。

顾晓雨把每件商品扫码计算了总价，笑着对眼前的熟客说："一共 109.5 元，今天又吃便当啊？"

买了便当和一些日用品的年轻姑娘腼腆地笑了笑："今天有人找你抽卡了吗？"

"抽了两发了，还剩一次机会。"顾晓雨眨了眨眼睛说道。

姑娘纠结了一下，狠狠心道："第三发也行，新活动的卡我'氪①'了四单了还没出，靠你了，幸运儿！"

代抽卡，这是顾晓雨在这里兼职后开发的新业务，起因是一个小姑娘在结账时和自己的闺密互相抱怨自己运气差，随便一个路人甲运气都比她好，她不想自己抽了。

然后这个"氪金"不出货的小姑娘，请低头结账的顾晓雨帮他代抽一发。

顾晓雨犹豫了一下，把手伸向了"抽一次"按钮。

一发入魂。

小姑娘和闺密倒吸一口凉气，崇拜地看着顾晓雨。

闺密也打开游戏要求顾晓雨代抽，这次是十连，顾晓雨犹豫了一下，戳了一下"抽十次"。

五张超稀有卡牌！

小姑娘和闺密尖叫着抱在了一起，疯狂赞美顾晓雨，赞美幸运儿！

顾晓雨，一个血统纯正的幸运儿，他买饮料有极大概率再来一瓶，买彩票最高纪录连续四期中了小面额，和熟人狼人杀总是第一

---

① 指支付费用，特指在网络游戏中的充值行为。

个被干掉，因为他有极高概率猜对狼人，抽卡这点小事，对他来说完全不在话下。

在那一次抽卡事件后，顾晓雨突然出了名，经常有小女生跑来找他抽卡，但是经过一番测试，他一天的幸运值是有上限的，第一下运气最好，第二下次之，到第四五下的时候基本就和一般人差不多了，所以他现在一天最多帮人抽三次。

"不出的话，我明天过来帮你抽第一下。"顾晓雨对姑娘说着，戳了一下十连。

星光闪过，姑娘要的超稀有卡牌出了，虽然只有一张，但对她来说已经很满足了，她赶忙连声道谢，兴奋地捧着手机回家了。

便利店的门外突然来了四个流里流气的社会青年，不怀好意地打量着顾晓雨。

"喂，我说你小子……"其中一个小混混走上前来，一拍收银台的桌子，吓得顾晓雨哆嗦了一下，满眼紧张，生怕这是个打劫的。

就在这时，便利店的大门被人猛地推开，有个蒙面持刀的男人冲了进来，色厉内荏地对顾晓雨吼道："抢劫，把、把、把、把钱交出来！不然我捅死你！"

假打劫遇上了真打劫，四个小混混疑惑地看着抢劫犯，抢劫犯疑惑地看着四个小混混，双方俱是不明状况。

"哈！抢劫？你胆儿很大嘛！知不知道爷爷是哪条道上混的？"小混混一看抢劫的是个生手，这会儿握刀的手还在抖，立刻壮着胆子走上前去，推搡了他一下。

"矮鸡，别乱来！"小混混中的大哥话音还没落，对面的抢劫犯已经心态崩了，"啊！啊！啊！"地乱叫着拿刀子捅人。

"你他妈活腻了！"

"啊——"

"兄弟们，快按住他！"

抢劫犯突然发疯，和四个小混混打成了一团，你捅我，我揍你，场面混乱。

化身"伏地魔"的顾晓雨趴在收银台后，欲哭无泪地狂按下面的报警按钮。

很快，警察冲进了超市，把五个人一起带走了，毫发无伤的顾晓雨作为目击群众被叫去做了笔录，还得到了老板补发的安慰金。

"……我都不知道你这是运气好还是坏了。"听顾晓雨说了前天发生的抢劫案之后，柳行大佬无语地说道。

顾晓雨摊了摊手："还算好吧，毕竟我没受伤，老板还奖励了我一笔钱，马上就是季教授生日了，我想买份礼物给他。"

"难怪你会陪我出来逛街，平常喊都喊不动你。"柳行钩住他的脖子，恶狠狠地说，"今天要不是给季教授买礼物，你还不肯出来了，是不是啦，小伙伴？"

"陪你逛街压力山大啊，我怕被我们学校的校友集火。"毕竟从明面上看，柳行可是他们 A 大校花之一。

只是不知道那群不明真相的校友在发现这位美艳校花是个真男神之后会有什么感想了。

说不定会露出惊喜的表情——这不是更好吗？

可怕，实在可怕。

"哟，这不是那个小白脸吗？"顾晓雨突然听到身后传来一个陌生的声音。

回过头，只见三个小混混一个头上贴了纱布，一个手上绑了绷带，还有一个一只眼睛青肿，看起来都怪狼狈的。

"这小白脸怎么又在勾搭妹子？真是不要脸！"小混混吐了口唾沫，满脸嫌恶。

顾晓雨终于想起这三个小混混是何许人也了，这不就是前天晚上在便利店里见义勇为的四个社会青年吗？咦，还有一个呢？哦，听警察说是被抢劫犯捅了，现在还在医院里。

虽然不知道为什么四个小混混突然见义勇为，但好歹是帮到了他……帮就帮了，为什么今天变成了来找碴儿？顾晓雨百思不得其解。

"妹子挺靓啊，陪哥哥们喝一杯怎么样？然后一起睡个觉，那滋味保准你忘不了！"一个小混混上来撩柳行。

顾晓雨看他的眼神顿时和看死人没什么区别了。

果不其然，柳行把背包和购物袋往顾晓雨怀里一扔，抬起穿了高跟鞋的脚，一脚踹在了小混混的两腿间。

那声音，那气势，那断子绝孙的魄力，瞬间让小混混捂住裤裆跪倒在地，哀号不断！

另外两个小混混顿时感到一阵"蛋碎"，却还要强撑着上来给兄弟报仇。可惜他们错估了对方的战斗力，这一脚断子绝孙腿，只是柳行会的招数里最稀疏平常的一个！

不到十秒，另一个小混混被他按在地上一顿胖揍，鼻青脸肿，鼻血狂喷，他的同伴终于意识到了问题的严重性——这萌妹简直是世界散打冠军啊！

还等什么，跑啊！

"人跑了！"顾晓雨焦急地喊道。

柳行从地上站了起来，不慌不忙地看着跑路的小混混的背影，掸了掸裙子："等我一分钟。"

说着，柳行拔腿直追，竟然穿着十厘米高的凶残高跟鞋，跑出了百米飞人的速度！

顾晓雨目瞪口呆地看着柳行大佬飞一般地追了上去，以一个踢球时要被红牌罚下的背后铲人动作，将人铲倒在地，揪起他的衣领把人抡在了地上，脑壳和地面碰撞时发出了令人牙酸的脆响。

这单方面的吊打，让顾晓雨不忍直视，幸好柳行对蹂躏杂鱼没有兴趣，很快他就施施然地回来了，接过自己的背包和购物袋，带着顾晓雨继续逛街去了。

顾晓雨怜悯地回头看了一眼地上的小混混们。

总之……祝你们身体健康。

这个故事还有个后续。

小混混中的头头——大锤同志，在探望完被抢劫犯捅了的矮鸡之后，和同样被人揍得伤痕累累的两位兄弟商量着，最后再干他一票。

"我就不信弄不死这个小白脸！这一次我们不进店里，也不挑有人的时候，就等小白脸下班回来，把他堵在小巷里，一顿胖揍！"上一次在"萌妹"的高跟鞋攻击下险些"蛋碎"的大锤，垂死挣扎地说道。

二狗和瘦猴心有戚戚焉，想了想好兄弟司徒俊，还是决定——干他娘的这一票！

于是，三个还能动弹的小混混，在一个月黑风高的夜晚，尾随着下班回家的顾晓雨来到一条人烟稀少的街道。

"就是现在，冲啊！兄弟们，上！！！"

"站住，今天一定要把你打得哭爹叫妈！不然我跟你姓！"

"受死吧！啊——"

三人高喊着口号，朝前冲去。

顾晓雨吓了一跳，还没反应过来，前方转角处传来一声咆哮："不好，兄弟们，我们中埋伏了！跟我上啊！"

顾晓雨一脸迷瞪地看着转角处一伙四五人的小混混抄着棍棒冲了出来，无视了他这个手无寸铁的路人甲，朝着他身后的三人冲去。

"错了错了，你谁啊，我们不是找你们的！"

"你以为我们是傻子吗？打的就是你！"

双方在黑暗中短兵相接，打成一团，街道上顿时一片斗殴声。

　　热心市民顾晓雨，一溜烟跑出这条街，拨打了报警电话。

　　"喂，警察吗？我这里发现有两个黑社会团伙在斗殴，对的，没错，他们还带了武器！地址啊，地址是……"

　　帮助警察抓获了两个斗殴团伙的热心市民顾晓雨，在警察的接送下安全回到了 A 大的寝室中。

　　最近的治安是真的不太好啊，顾晓雨摸了摸下巴，心想。

　　咦，刚才有一伙人的声音还挺耳熟的……

　　算了，想不起来就不想了，最近他的实验有了点新突破，还是勤快点跑实验室吧。

　　顾晓雨轻而易举地把刚才的事情抛到了脑后。

　　幸运儿，就是这么自信！

第六章

特殊的
暴力炸鱼

　　司徒凛给柳行定下了七天的死线，但这并不意味着接下来的日子他就稳坐钓鱼台了。他知道自己必须不断地给柳行施加压力，不断地派人切断他的逃亡路线，封锁他的安全屋，让他意识到自己无论如何也不可能逃出封锁网，他才会把香香交出来。

　　"啧，烦死了。"司徒凛往椅子上一瘫，涌动在脑中的陌生又炙热的情感，强烈到让他觉得反胃。

　　虽然一开始他非常冲动，但是几天下来，他已经逐渐找回了被淹没在爱意中的理智。

　　他知道这种情况是极端不正常的，但有时候他又觉得这样没什么不好。

　　香香，真的很可爱啊。

　　只要想起它，荷尔蒙就违背了理性的指引，让他变成了一个"恋爱脑"。

　　他甚至构想着，如果要干掉谢际明、季泽熙和柳行的话，他该怎么下手。

　　其实，也不是做不到吧？

　　司徒凛静静地看着窗帘缝隙中的一缕阳光，眼中毫无温度。

　　书房的门被敲响了，顾晓雨探头探脑地看了进来："阿凛，季教授回来了，我要去一趟实验室。"

　　"知道了，我让人送你。"司徒凛没有回头。

　　"昨天教授给我打电话，说他有了新的思路，成品应该很快就可以做出来，到时候你就不会纠结香香了。"顾晓雨信心满满地说道。

　　"哦，那你赶紧的，再拖下去说不定我就要对情敌痛下杀手了。"司徒凛说。

　　顾晓雨哈哈笑了起来："不会的啦，第一天你一冲动说不定就干了，现在都好几天过去了，你应该冷静下来了，最多时不时幻想一下。"

司徒凛连人带椅子转了过去，惊讶地看着他："你还挺了解我？"

"那是，每次你说想吃什么东西，要么直接就跑去买了，要么说着说着就干脆放弃了，从来没有说了一会儿突然跑去买的。倒是季教授，他有什么想法经常憋着，憋了十天半个月突然对我说，开个新课题吧。我简直要吊死在他门口！"

司徒凛笑了笑，对他摆摆手："赶紧去吧，结束了打个电话给司机，最近你就住我家吧，别回寝室了。"

"为什么？"

"为了你的安全。"司徒凛说。

这句话让顾晓雨一路上都在思考，他有什么安全问题？是苏妍所在的那个 X 组织，还是他另外三个"备胎"女婿？

总之，听司徒凛的应该没错吧，顾晓雨心想，这家伙虽然经常看起来很不靠谱，但毕竟曾经救过他一命。

还是听话一点吧，星座是咸鱼的顾晓雨，心态奇好，从不叛逆，该听话时非常听话。

到了实验室，季泽熙已经在办公室了，一边给自己泡咖啡，一边请他坐下，给他倒了一杯奶茶。

"教授刚回来吗？"顾晓雨看他形容憔悴，不由得担心地问道。

"嗯，刚落地没多久，还没倒好时差。"季泽熙啜了一口没加任何东西的黑咖啡，面不改色地喝了下去。

"您还是去休息一会儿吧，实验我来。"

季泽熙摇了摇头："我心里惦记着，想睡也睡不着。"

顾晓雨一听，祸害了四个大好青年的愧疚感顿时上来了，不好意思吱声。

办公室里一片寂静，季泽熙捧着咖啡杯，像是静静地思考起了课题。

"你觉得，爱情的本质是什么？"他突然问道。

　　顾晓雨一下子坐直了，来了，季教授又想和他谈人生了！在顾晓雨看来，他的教授样样都好，年轻英俊有才华，性格还温柔，但就是有点老干部的癖好，据说每天早上五点起床慢跑，风雨无阻，自律到可怕。但就是这么个完美男神，他，特别喜欢和学生谈人生。

　　大到人生观、世界观、价值观，小到膳食搭配、营养均衡，一旦他开始谈，起步一小时，上不封顶。据说曾经有一位临近毕业对未来职业规划比较迷惘的学生，在和季教授谈了一天一夜之后，到某佛教名山出家去了。

　　对，出家去了，现在是该佛教名山中某一寺庙的住持。

　　有了这样的前科，顾晓雨见季教授想认真和他谈话，不禁心中惴惴，小心翼翼地斟酌着用词："我觉得，爱情是一种浪漫的奇迹。"

　　虽然初恋带给他的是欺骗与伤害，但是顾晓雨还是相信爱情的。

　　好的爱情，会让人变得更好。

　　季泽熙笑了笑，笑容很浅："我倒是觉得，爱情是一种激素紊乱的疾病。"

　　顾晓雨：教授，你……你这想法很不一般啊！

　　顾晓雨一脸无奈地听季泽熙侃侃而谈了半小时，最后总结道："人类从直立行走的猿人进化到如今用人造子宫自由控制人口的科技水平，却仍然无法摆脱人体激素的控制，这也是一种可悲吧。更可悲的是，人类竭尽全力为这种本能的繁衍欲望粉饰上一层文明的外衣，称呼它为爱情。"

　　"人类应该走向宇宙，走向永生，却一生都被这些低等的欲望左右着，在尘世间苦苦挣扎，得不到的寤寐思服，得到的弃如敝屣，这就是人类这个种族可悲的命运。"季泽熙叹了口气，捧着他的黑咖啡低声道，"我以为自己不一样，但其实，我和他们都一样。"

　　和谁？

　　顾晓雨一下子想起了柳行对他说过的，季教授家上一辈的故事，简直是个"狗血"八点档合集。可到底是什么样的八点档呢？这和季教授对爱情悲观乃至反感的态度有什么关系吗？

手机震动的声音传来，顾晓雨下意识地去摸自己的手机，却发现并不是他的手机在响。

季泽熙掏出手机看了一眼，神情一瞬间有些奇怪，他抬起头，对顾晓雨说道："我去接个电话。"

"哦……嗯。"顾晓雨目送着季泽熙走了出去。

这一次顾晓雨的手机响了，他看了一眼来电显示，是司徒凛。

"阿凛，怎么了？"

"荷尔蒙的事情有下落了。"

顾晓雨从椅子上跳了起来："在哪？"

"公海上的一艘游轮，将会拍卖一批从非法途径获得的爱情荷尔蒙，包括你的那一份。"

顾晓雨的心跳得飞快，几乎要从嗓子眼儿里飞出来。

电话那头传来一声自信满满的轻笑声："在我迎娶香香之前，先把你的爱情拿回来吧！"

顾晓雨的心一下子沉了回去："阿凛啊，你还没有记住自己有个'立FLAG就一定会被打脸'的人物设定吗？"

"……"

顾晓雨深刻地认识到了，自己最近大概是诸事不宜，至少是不宜搞研究，毕竟他还没走进实验室，就被叫回了司徒凛家。幸好季教授也有事情，请假异常顺利。

回到司徒凛家后，顾晓雨又被抓上了车。

"这是去哪儿？"顾晓雨茫然地问道。

"去见一个能帮上忙的暴发户。"司徒凛说。

顾晓雨好奇地问道:"谁啊?"

"到了你就知道了。"

顾晓雨不问了,拿出手机照例先刷了一下朋友圈,心情复杂地把谢际明的朋友圈偷窥一遍,谢家小哥哥的症状看起来更严重了,真叫人心痛。

切换到微博,也一样围观了谢总的新微博。

好家伙,他的"迷弟迷妹"们已经在微博成立了"猪猪这么可爱,你们怎么可以吃猪猪"协会,疯狂地分享着香香的可爱照片——它在谢际明那里才住了一两天吧,怎么留下这么多"艳照"?什么兔耳,什么蕾丝裙,什么军装制服 COSPLAY①,怎么这么可爱?!

不,不行,他又没有磕错药,怎么可以在微博疯狂"吸猪"?他可是一个要搞研究的大好青年啊!

咦,说起来,这群粉丝也没有吃错爱情荷尔蒙啊,为什么……

果然是因为香香太可爱了吧!

看看它这纯真的眼神,不谙世事的神态,还有一刻不停吃着东西的小嘴,真是言情剧中清纯毫不做作还有个吃货设定的女主角本人了!

"你在看什么?"司徒凛见他看得入神,问了一句。

"阿凛,你大概想不到,现在微博上竟然还有个'猪猪这么可爱,你们怎么可以吃猪猪'协会,这群人疯狂地'吸猪',觉得香香是世界上最可爱的小香猪,对谢际明大喊着情敌,组队寻找香香的线索想要把它抢回家……他们是不是有毛病?"顾晓雨绝望地问道。

司徒凛惊骇道:"什么,我的情敌又增加了吗?现在干掉他们还来得及吗?"

"住手啊,大兄弟,你还记得这是个法治社会吗?"顾晓雨绝望道。

---

① 指利用服装、饰品、道具来扮演动漫作品、游戏中的人物以及古代人物的行为。

司徒凛正色地回道："他们的眼光倒是不错，香香是世界上最可爱的小香猪，人人都爱她，这有什么问题吗？"

"不！不！不！没有，没有，其实我是兔派……对不起，打扰了！"顾晓雨果断放弃了和同样在"恋爱脑"状态中的好友争论，真的要争论下去的话，说不定会被这个猪派的家伙干掉啊。

话说，柳行从前是个猫派呢，现在"恋爱脑"上来了，大概已经抛弃可爱的小猫咪们，转投向猪派阵营了。真是广大猫派的耻辱！

哎，这可恶的爱情啊。

车在一栋湖滨别墅前停下了，顾晓雨下了车，对着眼前的秀美景色发出了一声赞叹，然后用贫穷的大脑思考起了这么大的草坪每天浇水和除草的费用需要多少钱？

司徒凛带着他往湖边走去，顾晓雨奇怪地问道："别墅不是在反方向吗？"

"那家伙现在鱼塘钓鱼，兴致勃勃地说要烤鱼给我们吃。"司徒凛说。

对不起哦，我家没钱承包鱼塘，感受不到你们有钱人浪漫的待客操作。顾晓雨默默地吐槽。

顾晓雨跟着司徒凛来到了湖边，这个人工湖的面积颇大，远远看去别有一番情致，湖面延展出去的甲板上，有个戴着帽子的人背对着他们垂钓，身后还站着两个穿着标准女仆装、身高傲人的女仆，一个拿着平板电脑，另一个在开遥控无人机。

"注意了，水下十一点方向，有条草鱼接近鱼饵。"拿着平板电脑监控水下鱼群动向的女仆 A 说道。

主人盯着浮标，岿然不动。

"是否需要空中支援？"女仆 B 问道。

"等等，看看它上不上钩。"主人说道。

半分钟过去了，女仆 A 看着屏幕中的草鱼在鱼饵旁绕了一圈，没有咬钩，而是大摇大摆地准备离去。

"报告主人，草鱼准备撤退。"

"立刻实施空中打击。"主人下令。

"是！"女仆B应声道。

无人机在空中旋转了半圈，一条绳索垂入水中，然后一阵电光闪过，水中浮出了一条草鱼死不瞑目的尸体。

草鱼：我要投诉，你暴力钓鱼，不按套路！

主人自己抄起网兜，从容地把鱼捞上来，叹气道："何必呢，老老实实地咬钩还能多活一下午。"

女仆A："是它不识好歹。"

女仆B："是它自作自受。"

主人笑眯眯地说："你们长得漂亮，说什么都对。"

司徒凛翻了个白眼，走上前拆他的台："你说你炸鱼就炸鱼，非拿一根鱼竿装什么样子，你有钓上一条鱼吗？"

那人回过头来，笑眯了眼："哎呀，你可算来了，这位小朋友是……"

"我哥们儿顾晓雨，上次和你说起过。这个暴力炸鱼分子叫蔚蓝，我朋友，副业是爱情调配师。"司徒凛介绍说。

顾晓雨惊讶地看着他，爱情调配师？他还是第一次面对面见到从事这个职业的人。这是一个非常特殊的职业，他们会在自然人提取出来的爱情荷尔蒙中加入各种不同的元素，例如忠贞、节制、自尊、傲慢、嫉妒、占有欲……让每一份爱情都独一无二。但因为爱情荷尔蒙的稀有，从事这个职业的人也是凤毛麟角。

"顾晓雨啊，听说你运气很好，来来来，帮我抽张卡，有个新活动我怎么'氪'也不出货，本月抽卡预算都快花光了，再不出我就要去告游戏公司消费欺诈了。"蔚蓝很高兴地把鱼竿递给了顾晓雨，自己掏出口袋里的手机。

顾晓雨帮他拿着鱼竿，低头看他在玩什么游戏，结果蔚蓝手指在屏幕上翻页，整整两页都是各式各样的游戏。

　　"你的游戏太多了，'肝^{①}'得过来吗？"顾晓雨担心地问道。虽然他自己不怎么玩游戏，但找他代抽的妹子们经常会抱怨某某游戏太"肝"了，自己都"爆肝"了之类的，所以他本能地为蔚蓝的肝担心。

　　"哦，不用担心，我只是有点收集癖，其实自己不怎么玩。每次开活动抽个新卡，至于活动就找人代'肝'，我有七八十个长期合作的专业代练。"蔚蓝说着，打开第一个游戏。

　　顾晓雨一脸疑惑："玩游戏还能这样？"

　　蔚蓝义正词严地说："那当然，我花钱'氪'齐了卡组，凭什么还要花时间去玩？是代练不好使还是时间有太多？"

　　顾晓雨的逻辑陷入混乱，最后总结：有钱人的世界，不是很懂。

　　"前方九点方向，有一条鲫鱼即将咬钩。"女仆A盯着平板电脑上的水下监控画面说道。

　　蔚蓝哇了一声："幸运儿就是不一样，帮我拿个鱼竿都能吸引到鱼。"

　　帮他拿着鱼竿的顾晓雨，一时间不知道该拉起鱼竿还是维持原状。

　　"你别动，等鱼咬钩了再提起来。"司徒凛出声道。

　　顾晓雨依言保持不动，浮标丛试探着动弹了一下，到剧烈抖动，蔚蓝兴奋地直拍木板："赶紧、赶紧收杆啊！"

　　上钩了！一条新鲜的河鲫鱼！

　　蔚蓝比顾晓雨还兴奋，双手抱着鱼陷入癫狂："我钓到鱼了！我终于钓到鱼了！活的！不是电死的！"

　　女仆A和女仆B面带笑容给他加油："主人，你好棒哦！"

　　敬业程度让人毫不怀疑，蔚蓝一定给她们开了超高的薪水。

顾晓雨无语：喂，这鱼是我钓上来的吧？

司徒凛看出了他的腹诽，搭着他的肩在他耳边低声道："这家伙运气不行，平常全靠'氪金'改命。"

顾晓雨想了想蔚蓝的手游列表，有不少难抽卡的游戏，他还坚持每期都抽到出货，果然是"氪"能改命了。

"顾小友，再来帮我抽张卡吧，这个垃圾游戏的新活动，我一张超稀有卡牌都没有出，'氪'了两万了！"蔚蓝把手机捧到他面前，满眼期待地看着他。

顾晓雨终于在土豪面前找回了自信："没问题啊，我今天还没帮人抽过卡，一定帮你抽到！你要几张？"

"五张是上限，但是一张我就满足……"蔚蓝看着卡池中接二连三飞出的超稀有卡牌，五张，正是他死活不出的那张卡。

"呼，运气不错，十连就抽齐了。"顾晓雨很满意，把手机还给了蔚蓝。

蔚蓝不接手机，而是握住了顾晓雨的手，深情款款地说："顾晓雨，你的忙我帮定了，咱们交个朋友吧。"

素来只听说"土豪，我们做个朋友吧"的顾晓雨，今天见识到了一种新的交易。

幸运儿，我们做个朋友吧！

好啊，好啊。

于是幸运儿和土豪狼狈为奸，这份友情建立在抽卡上，既不玩手游也没有超高幸运值的"FLAG 之王"只能在一旁默默烤鱼。

"你的事情我听说了。之前司徒凛让我帮忙留意你的那份爱情荷尔蒙，但是东西没经过我的手，毕竟是 X 的货，他们内部有严格的分工，也有自己的爱情调配师，好像还挺厉害，非常擅长调配特殊品种的爱情。总之从提取到调配X都能自行解决，只有拍卖这一步才会流通到外面。"蔚蓝见司徒凛烤的鱼快熟了，赶紧道，"那条河鲫鱼给我，这可是我钓上来的第一条活着的鱼呢！"

"这是你钓的吗？能不能有点自知之明？"司徒凛把烤熟撒好调味料的河鲫鱼递给了顾晓雨。

在老丈人面前，朋友算什么？！不存在的！

顾晓雨怪不好意思地说："给你、给你，我吃什么鱼都无所谓。"

蔚蓝嘿嘿一笑，吃起了烤鱼。

"那个叫X的组织，他们人很多吗？"顾晓雨问道。

"核心成员倒也不多，但是外围成员着实不少，还培养了自己的杀手团队，司徒凛给我看过上次袭击你们的那伙人身上的标记，确实是X的杀手团队。"蔚蓝说道。

这个人，好像对X很熟悉的样子。顾晓雨默默心想。

蔚蓝好像看出了他在想什么，笑眯眯地说道："你猜得不错，我的确和X很熟。从前，我是X杀手团队中的一员，弃暗投明了。"

"……"

顾晓雨看了看蔚蓝，又看了看司徒凛，一副难以置信的样子。

骗人的吧，这个看起来无忧无虑的土豪小哥，从前竟然是个杀手？

"而且我和你一样，是个自然人哦。"蔚蓝补充道。

"……总觉得，作为少数派，最近我认识的自然人数量超标了。"顾晓雨说。

蔚蓝冲他眨巴眨巴眼睛卖萌："你猜我为什么这么有钱？"

"祖传的？"顾晓雨瞎猜了起来。

"NO！NO！NO！我小时候住在贫民窟里，后来一夜暴富，就住在这里了。"

　　"……我特别想知道这个一夜暴富的方法了，要是能学习就更好了。"顾晓雨诚恳地说道。

　　虽然他运气好到经常能靠小额彩票混个生活费，但是那毕竟是小额啊，大额的彩票他只中过一次，幸运值立刻跌破字母表，吓得他赶紧把钱捐了。

　　"别想了，你没机会。这家伙的爱情荷尔蒙纯度高到不科学，卖了五个亿，差点破纪录。"司徒凛说出了真相。

　　顾晓雨感到呼吸困难。

　　啊，五个亿，五个亿，五个亿啊！

　　"别羡慕嫉妒恨了，吃鱼吧。"司徒凛又塞给他一条烤好的鱼。

　　顾晓雨默默地啃着鱼，说道："能拍卖到五个亿的爱情，一定是非常、非常、非常珍贵的爱情了。你一定很爱那个人吧？"

　　蔚蓝突然哈哈大笑："我有了五个亿啊，随便理财每年都能买下好几家游戏公司，一年三百六十五天吃喝玩乐买、买、买，谁他妈还管爱情啊！"

　　万万没想到蔚蓝是这种态度，顾晓雨一脸蒙。

　　"这家伙那会儿遇到了一起车祸，被送到医院的时候人已经不行了，他从前签过爱情荷尔蒙捐献协议，医院就当场把他的爱情荷尔蒙提取走了，结果他竟然意外地活了下来，康复出院了。所以捐献协议又作废，把拍卖爱情荷尔蒙的钱退还了他。只是有一点后遗症，提取爱情荷尔蒙的时候他因为缺氧等一系列原因，过去的记忆也一并丧失了，成了一个连自己叫什么都不知道又身怀巨款的傻子。"司徒凛解释说。

　　顾晓雨心中呐喊：我也想做这样的傻子，嫉妒让我面目全非！

　　"我被提取走爱情荷尔蒙的时候记忆也有些紊乱，不过后来恢复了，你呢？后来找到你的记忆了吗？"顾晓雨问道。

　　"啊，后来发生了很多事，算是把一切都搞清楚了。你绝对猜不到我的爱情荷尔蒙被谁买走了……"蔚蓝嘀咕了一声，因为声音太轻，顾晓雨没有听清。

"你说什么？"

"没什么，吃鱼、吃鱼。"蔚蓝笑嘻嘻地从司徒凛的烤鱼架上拿起了一条刚烤好的，递给顾晓雨。

几人又聊起了 X 的一些事情。

司徒凛的手下近期追踪到了一艘长期在公海上进行违禁品拍卖的游轮，这一次的拍卖货物均为爱情荷尔蒙，排除各种货品来源后，基本可以确定是 X 的货，其中极有可能有顾晓雨的那一份。

蔚蓝说道："这一次我就假装给自己的公司买合适的爱情荷尔蒙，调配后进行二次拍卖。司徒凛的辨识度太高，你又是被 X 专门盯过的目标，我虽然以前和 X 有点关系，但杀手互相之间并不认识，认识我的人已经死得差不多了，没什么问题。我的建议是你们两个乔装成我的随从一起进去。反正大家都知道我是个傻暴发户，专门糟蹋爱情荷尔蒙配出奇奇怪怪的爱情，我会去买黑市上的爱情荷尔蒙一点都不奇怪。"

顾晓雨在一旁使劲点头，冷不防地被司徒凛暴打了一下脑袋，疼得他抱着头委屈地叫道："干吗打我？"

"你倒是看看他的随从都什么样？"司徒凛没好气地说。

顾晓雨看着站在蔚蓝身后的两个女仆小姐姐，陷入了漫长的沉默中。

不，这样不可以！他已经扮过一次女装，不想再来一次了！一本好的作品是不会把同一个哏用两次的！

"有必要这样吗？"司徒凛拆穿了他，"这次公海拍卖全匿名，凭邀请函出入，所有人都戴面具，根本不需要这么折腾。"

蔚蓝失望地叹了口气："哎，可是大家都知道我喜欢带女仆的。"

"你见过我这样 187 厘米高的女仆吗？！"司徒凛咆哮道。

"我是不嫌弃小姐姐个子高的，越高越好。"蔚蓝一副被侮辱的样子，"你对我的审美品位有什么怀疑？我的女仆团平均身高有175厘米呢！"

说着，蔚蓝回头看了顾晓雨一眼，看得他毛骨悚然。

"你多高？"蔚蓝问道。

"四舍五入也有两米了。"顾晓雨机智地说道。

"哦，是吗？"蔚蓝摆了摆手，身后的两个女仆小姐姐走到了顾晓雨身边，一人一只手将他提起来站直。

站在两个一米八的女仆小姐姐中间的顾晓雨，真实身高无所遁形！

公开处刑，这一定是公开处刑！顾晓雨绝望地想。

"稍微有点矮，但也凑合了，就决定是你了，你旁边那个，就当是我的保镖吧。"

于是，有了"女仆"又有了"保镖"的暴发户蔚先生，带着两人奔赴现场。

> • • •

窗外下着大雨，云层中的闪电时不时亮起，紧跟在后的是遥远沉闷的雷鸣。

柳行靠坐在飘窗上，用蝴蝶刀削着一段木头，木屑从刀锋上刮落，隐约看得出这块木头被削成了一只小香猪的形状。

被他雕刻在木头上的原型正趴在不远处的床上，无忧无虑地呼呼大睡。

雨水打在玻璃窗外，蜿蜒地滑落，窗外灯红酒绿的世界倒映在水幕中，仿佛一场繁华而荒诞的迷梦，却与沉默地将心情寄托在木雕上的人格格不入。

手机响了，是安秀的电话，柳行削木头的手停顿了一下，收刀接起了电话："喂？"

"柳先生，三号安全屋已经被发现了，我从监控里看到有一群训练有素的人进入了安全屋，将里面翻了个遍，之后发现了隐藏的摄像头，将它掐断了，所以现在我没法继续监控三号安全屋里的情况。"安秀的语气有些焦急。

"知道了。"柳行平静地说道。他这一生得罪的有权有势的仇家数不胜数，所以安全屋的存在对他而言至关重要。每个安全屋都是他精心挑选的藏身之地，被发现一个都是巨大的损失，但是他却显得毫不在意。

"您和司徒家当家的有什么过节吗？"安秀问道。

"夺妻之恨，这过节可大了。"柳行说。

"……您要不要考虑近期出国暂时避一避风头？"安秀提议道。

"我走得掉，但是香香可没那么容易出国境，太危险了，我舍不得她受这个罪。"柳行说着，看了一眼睡着了的香香。

安秀轻叹了口气："您现在的情况，我也不好说什么，但是……您应该知道，自然人和新人类是不一样的，新人类被注射了爱情荷尔蒙之后，就很难提取出来，但您是自然人，造成您现在这种状况的主因并不是爱情荷尔蒙，而是引导剂。只要您愿意，您可以将爱情荷尔蒙与引导剂一同提取出来，这样您就不会受到爱情的影响了，如果您需要的话，我可以介绍专业的医生……"

"不用了。"柳行断然拒绝了安秀的提议。

虽然这么做是最简单也最一劳永逸的解决办法，他不会再对一只小香猪抱有迷恋之情，可以恢复到从前绝对理性的状态中，甚至未来都不会再被爱情影响。

可是，这也代表着他承认他是一个懦夫。

因为恐惧爱情，而断然舍弃自己的感情，会这么做的人，只会是个懦夫。

"安秀，冷酷和强大并不是一回事。如果做不到正视自己，只想着舍弃感情逃避到世外桃源里的人，永远不会是一个强者。"

"我明白了，接下来您有什么打算吗？"

司徒凛因为香香对他步步进逼，不断摧毁他的安全屋，迫使他无处可逃，不得不交出香香，柳行承认，他这么做是明智的，他可以不在乎被识破身份，也无所谓他的"罪证"被诉诸刑事，但他被逼上绝路的时候，他也只有将香香交出去，不为别的，只为了香香的安全而已。

他不能让香香跟着他居无定所地逃亡。

可是司徒凛忘了，其实他还有别的选择。

"对了，有线人透露说，司徒凛带着顾晓雨去了公海上的一艘游轮，那里长期在拍卖一些黑市上的东西，最近一期的主题是爱情荷尔蒙。"安秀说。

"嗯？把那艘船的具体情报发给我。"柳行说。

"好的。"安秀回道，"您还是觉得，司徒凛和 X 有关？"

"有所关系是一定的，但究竟联系到何种地步，他有没有主导 X 的所作所为，我现在不能下结论，我需要更多的证据。在那之前，我不会对他动手。"柳行抚摸着手中的蝴蝶刀，冰冷的钢刃让他心情平静，"安秀，我从来也不喜欢滥杀无辜。"

电话那头的安秀笑了："我知道啊，我一直都知道，您是一个正直有原则的人，就是因为有您这样的人行走在黑暗之中，才会让同样饱受黑暗折磨的我得到救赎啊。"

电话两头的人都没有说话，只有轻微的呼吸声在电波间传递。

"总之，谢谢您。"安秀说道。

黑暗中的柳行露出了一个真心的笑容："早点休息，挂了。"

挂掉电话，柳行靠在飘窗上，温柔地看了一眼被他的电话吵醒，正在床上翻滚的香香。

"饿了吗？我找点东西给你吃。"柳行去厨房找了点水果，用蝴蝶刀切了喂香香，香香一口一块水果，吃得美滋滋。

柳行抚摸着香香的后背，低声说道："明天我要出门一趟，你一个人待在家里要乖乖的，很快会有个人来带走你，他一定会对你很好。"

大雨吞没了这座繁华的都市，击打在玻璃窗上的雨声让柳行的声音模糊不清。

"对不起，是我保护不了你。"

柳行的眼眶湿润了，而让他这一刻心如刀割的香香却一心吃瓜，快乐得没心没肺，因为它什么都不懂。

手机震动了一下，是一条来自教授季泽熙的短信，上面只有一个字：好。

〉 • •　•

"没想到你会找上我，为什么？"季泽熙和柳行约在一个私人会所的包厢里，这是季泽熙见到他后提出的第一个问题。

"因为你是最合适的人选。香香是我从谢际明家偷出来的，自然不可能还给他，至于交给司徒凛，让他做梦去吧！我宁可和香香殉情也不会把她交给他。"柳行说。

季泽熙垂下眼帘，看着茶杯中一片漂起来的茶叶，淡淡道："说说你的条件吧。"

"时间。干扰司徒凛，给我争取时间。司徒家和X之间，绝对不是毫无关系的，我需要你干扰司徒凛对我的追踪，给我时间查清楚这件事。"柳行说。

季泽熙微微蹙着眉："我不知道你的依据是什么，但据我所知，他们之间并没有什么合作关系了。X和司徒家的合作从前的确有，这已经是司徒凛父亲时期的事情了，在司徒凛接手后，他下令司徒家与X之间划清界限，不再接受X那边出手的爱情荷尔蒙。为此X和他的关系相当恶劣，针对他的暗杀行动已经不是一两次了。"

"你怎么知道这不是表面文章呢？"柳行反问。

"所以，你的证据呢？"

"你知道司徒家有爱情荷尔蒙估价的业务吧？有一些恋爱中的自然人会去做这个咨询，通过提取微量爱情荷尔蒙，得到一份评估单，这个自然人就会知道自己的爱情荷尔蒙的大致价格。咨询商自然是鼓励自然人卖掉爱情的，的确会有很多自然人受不了金钱的诱惑，自愿卖掉爱情荷尔蒙，到目前为止，这一切都是合法生意。"

季泽熙点了点头："虽然从伦理上专家是反对这种买卖的，但是做爱情荷尔蒙生意的资本方掌握了话语权，让爱情成了一桩生意。"

"曾经有个委托人委托我处理一个爱情骗子，顺着这条线我摸索了下去，发现这些拥有高价值爱情荷尔蒙却拒绝卖掉的自然人，总是很巧地会遇上意外，被人强行提取走爱情荷尔蒙。我不相信这是巧合。"柳行说。

"这也有可能是信息泄露导致的。"季泽熙分析道。

"也许吧，但我还是觉得X和司徒家脱不了干系。"

季泽熙的指尖叩击着茶杯："对于X我了解得不多……听起来，你和这个组织有什么旧怨？"

柳行下意识地摸上了藏在袖中的蝴蝶刀，冷静之后他闭上了眼，深吸口气，低声问道："教授知道，什么样的爱情最容易被卖出高价吗？"

"从目前的研究来看，纯度最高的爱情荷尔蒙，多半是在自然人很小的时候产生，并且一直延续到成年之后。另外，用极端方法使得受害者对施暴者产生强烈的爱意，也会让爱情的纯度高得离谱，的确有人通过斯德哥尔摩综合征的方式折磨自然人，使其产生爱情。"季泽熙说。

"真他妈的恶心！"柳行将茶杯中的水一饮而尽，重重地放回了桌子上，起身往门外走，"香香的地址我会发给你，尽快去接她，如果让我知道你对她有一星半点的不好，晚上睡觉小心点。"

大门关上了，季泽熙一个人坐在包厢里，静静地坐着。手机的短信提示亮起又熄灭，他甚至不去看一眼。

那是柳行发给他的地址。

他在寂静中与自己对抗，他的敌人是人类最原始的欲望——爱。

他将它视为生平宿敌。

有什么意义吗？他已经一败涂地了，在他答应见柳行的那一刻，他就已经妥协。

一万分的理智，最终在爱情中被摧毁殆尽。爱情就是这样一种毒药，让人欲罢不能。

短信间隔提醒让手机的屏幕再一次震动亮起，季泽熙下意识地转过头看了一眼，就只是一眼。

待机画面上是他"PS①"的那张可笑的照片，他将谢际明"P"成了他自己，怀里抱着一只小香猪。

季泽熙伸出手，一把抓起手机，逃也似的冲出了包厢。

他要去把它接回来，就是现在，一分钟也不想再等。

他一边快步走，一边自嘲地想，他和那个人又有什么不一样？

不过是爱情的奴隶，狼狈地去追逐一场荷尔蒙带来的美梦。

什么责任？什么理性？什么克制？承认自己不过是个普通人，会被欲望左右，有什么值得羞耻的吗？

不，只要得到了，就什么都值得。

---

① 这里指图像处理。

第七章

**闭嘴，我们在
讨论爱情！**

"这不是蔚少吗？我是老王，这次看上哪个货了？"一个富商模样的男人摘下面具，满脸堆笑地对刚上船的蔚蓝说道。

"老样子，捡点漏，自己调配一下，看看能不能赚点差价。"蔚蓝笑盈盈地说着，玩儿似的转着手里的面具。

这一趟游轮拍卖是纯匿名的，上船的大部分人都戴着面具，但是蔚蓝偏不，他大摇大摆地上船，丝毫不介意周围人看向他的眼光。

"蔚少真是客气了，谁不知道你的眼光和手艺啊。咦，这次怎么不带你那两个长腿女仆了？换口味了？"富商看着蔚蓝身后戴着面具的两人，其中一个还是长腿——然而性别不对，穿着一身西装，一看就是个能打的；另一个虽然是女仆，但是腿也不算长，和之前那两个一米八多的女仆完全不是一个画风。

身为女仆，腿不够长也就算了，腿毛都不刮干净，真是"女仆失格"！

王姓富商忍不住多看了这位没刮腿毛的女仆两眼，越看越觉得"她"这身材有些愧对女仆这个职业……

"哎，老王你可别提了，我那两个漂亮小姐姐，私奔了！"蔚蓝唉声叹气，一下子就把富商的注意力转移了过去。

富商一脸疑惑，怀疑自己听错了："私、私奔？"

"对啊，她们嫌我姿势水平不高，丢下我私奔了！"蔚蓝捂住了胸口，一副受尽打击的模样。

"……蔚少，要我帮忙把她们抓回来处置吗？"富商好心地问道。

蔚蓝立刻一脸正色："老王同志，你这就犯了错误了。现在可是法治社会，她们只是给我工作，又不是卖身给我，既然有了真爱要辞职私奔，那我当然是选择原谅她们啦！"

老王惊呆了：我头一次见到被"绿"得这么从容的男人。

"毕竟小姐姐们那么好看，给我戴绿帽子又怎么了，反正也不是第一次了，我跟你说啊，我之前有个特别喜欢的女仆小姐姐，背着我劈腿劈成了蜈蚣精，从司机到健身教练一个都不放过……"蔚蓝自黑上瘾，兴致勃勃地要再给这位王姓富商讲讲自己的绿帽史。

富商尴尬地打了个哈哈："哎呀，时间不早了，我和朋友约了要一块儿聊聊，先走一步了。"

蔚蓝笑眯眯地把人送走，带着身后乔装打扮的顾晓雨和司徒凛，朝着自己的舱房走去。

"你和那两个小姐姐，真的是这种关系吗？"戴着面具又做女仆打扮的顾晓雨忍不住问道。

蔚蓝回头给他一个叩击："想什么呢，我和女仆小姐姐们之间是正经的金钱雇佣关系。"

"……不知道为什么，加入了'女仆'和'金钱'两个词语后，怎么听都不是那么正经了。"

蔚蓝瞥了他一眼："请不要有奇怪的联想。实不相瞒，其实我还是个处男呢，连女朋友都没有！"

顾晓雨的心情非常尴尬了："我不是很想知道这种个人隐私，毕竟我是个有过女朋友的人了。"

司徒凛加入了话题，指着蔚蓝说："虽然他现在没有女朋友，但是他有过一箩筐的故事。这一位幸运儿，虽然有过女朋友，但其实还是个处男。顺便一提，我也是。"

顾晓雨扶住了额头："都说了我不是很想知道这种个人隐私，不过真是没想到你这种看起来身经百战的竟然也是个处男……哦，等等，你说蔚蓝有什么？"

蔚蓝无辜地吹了声口哨："往事如烟，现在我只在乎五个亿。"

顾晓雨默默看着司徒凛，总觉得这家伙知道很多八卦。

司徒凛误会了他的意思，解释道："我只是觉得有必要向丈母娘汇报一下我的男女关系问题，我真的没有女朋友，男朋友也没有，我的身心对香香都是忠贞不渝的。"

蔚蓝笑出了声，自从知道司徒凛现在爱猪成狂，每一个夜深人静的夜晚，他都会躲在被子里颤抖肩膀——强忍着不要笑出声以免事后被司徒凛报复。

顾晓雨无语凝噎："都说了我不是很想知道你们的隐私问题。但是听到两个人生赢家'高富帅'都是处男，我竟然有一丝丝隐秘的幸灾乐祸。"

蔚蓝："你说出来了。"

司徒凛："你说出来了。"

"抱歉哦，实在是忍不住。"顾晓雨说着，又问蔚蓝，"你为什么要给那个姓王的富商编这么个女仆小姐姐的故事呢？"

蔚蓝耸了耸肩："这样效果多好，你看他的注意力一下子就被转移走了，半点都没有再纠结我为什么不带女仆反而带保镖。"

"……竟然被说服了。完了，我一定是被你家的无人机电坏了脑子。"顾晓雨幽幽道。

仨人一路小声交谈，很快来到了游轮上属于蔚蓝的舱房，是一个三室一厅带海景阳台的豪华套间，可以一百八十度无死角地欣赏海面风光。

顾晓雨在客厅的沙发上坐了下来，不安地摆弄着裙子的褶皱，这个女仆装的裙子总让他觉得两腿间凉飕飕的，而假发又让他觉得脖子毛扎扎的。

司徒凛从洗手间出来，递了一把一次性刮胡刀片给他："把腿毛刮一刮吧，刚才那个人注意到你的腿毛了。"

"不刮！男人刮什么腿毛？！！！"顾晓雨突然炸毛。穿女装他忍了，戴假发他也忍了，可是只有腿毛不能刮，腿毛是他最后的尊严！

"虽然你腿毛不多，但是女人穿裙子的时候通常会注意一下腿部毛发，建议你刮一下以免引起注意。"司徒凛看着没穿袜子的大腿正色道。

"你是变态吗？盯着男人的腿毛看个不停？！"

蔚蓝走了过来，手里拿着一条白色丝袜："不刮也可以啊，穿个白丝吧，这样就不用刮腿毛了。"

顾晓雨一脸大义凛然："我建议你们两个变态一人一条，反正我是不会穿的。"

蔚蓝摸着下巴，为难地说："哎，让我说什么好呢，这个房间里唯一穿着女装的男人，竟然指责另外两个男人是变态。"

司徒凛接道："这是道德的缺失还是人性的沦丧？"

顾晓雨面无表情地对他说："我现在就打电话给柳行，告诉他我这个老丈人批准他和香香的婚事了。至于司徒凛这个混蛋，他出局了，再见。"

司徒凛立刻扑上去抱住了顾晓雨的大腿："晓雨，你不能这样对我！晓雨，你还记得我们曾经的约定吗？我会帮你拿回爱情，你也要给我爱情！"

"什么爱情？呵，在你让我剃腿毛的一瞬间，已经没有了。"顾晓雨冷酷道。

蔚蓝在一旁一脸不适："恕我直言，你们这样有点'GAY GAY'的。"

"闭嘴！我们在讨论爱情！"顾晓雨和司徒凛异口同声地吼道。

蔚蓝默默闭上了嘴。

○ •• •

这是顾晓雨第二次坐游轮，上一次是司徒凛请的客，那时候他刚出院不久，记忆刚刚恢复正常，情绪一直不高，司徒凛家中刚从欧洲买了一个游轮系列，其中一条游轮的首航不对外公开售票，而是邀请了一些合作方来体验。载客量四千人的游轮，实际被邀请的人加起来还没有一百人，顾晓雨于是有了一次难忘的游轮体验——妈呀，游轮大得根本找不对路，服务员比客人还多，整个游轮歌剧院只有他和司徒凛两个人在听歌剧，中途司徒凛出去上了个厕所失踪整整一小时，这路痴一定是迷路了。

"这艘游轮，你觉得怎么样？"顾晓雨看着游轮商业区的热闹景象，忍不住问道。

司徒凛从设施、服务和装修等方面综合考虑了一下："平平无奇，显然不如我家的游轮。"

听到"平平无奇"四个字，顾晓雨心中咯噔了一下，不好，这个词也是个"FLAG"高频词汇。这句话莫非也是个隐藏的"FLAG"？在暗示这条游轮上藏龙卧虎？

没等顾晓雨判断清楚这句话算不算"FLAG"，司徒凛已经接了个电话走远了，他只好赶紧跟上去，生怕自己又在游轮内部迷路。

游轮已经起航，蔚蓝躺在舒服的大床上表示他今天要当一天咸鱼，说什么也不会出去了，于是两人抛弃了这个废物"主人"，自己出来走走。顾晓雨是单纯地走走，但司徒凛就不是了。

走在人流密集的地方，司徒凛和同样混入这艘游轮的手下联系着，嘱咐他们小心行动，在不暴露自己的情况下务必查清楚这艘游轮的主人，以及和组织X的关系，另外尽快锁定顾晓雨的那份爱情荷尔蒙，最好在拍卖前就买下来。

顾晓雨亦步亦趋地跟在司徒凛身后，一回头，看到了一个球形身材的土豪，身边跟着一个穿着高衩旗袍、身材婀娜的大美女。美女戴着猫咪面具，正吩咐店员把她要的东西包起来，汗流浃背的土豪手上拎了七八个包装袋，在一旁捂着瑟瑟发抖的钱包。

顾晓雨摸了摸自己脸上的面具，又扯了扯司徒凛的衣服："你看那边，包养美女也不容易啊。"

司徒凛刚好挂了电话，顺着顾晓雨指的方向看去，视线在那个旗袍美人的身上停顿了一下。

顾晓雨看不出来，可是他看得出来，那个女人的大腿外侧绑着一把匕首，非常轻薄细长，没有突出的刀柄，和她的大腿贴合得很好，应该是一把……蝴蝶刀。

蝴蝶刀？

戴着猫咪面具的旗袍美女回头瞪了土豪一眼，细长的高跟鞋往后一挪，不偏不倚地踩在了土豪的皮鞋上，疼得他脸色发青浑身发抖，但是动作异常利索地掏出信用卡，毕恭毕敬地交了出去。

美女藏在面具后的脸上露出了一个满意的笑容，俯下身在土豪耳边压低声音道："算你识相。"

不刻意伪装的声音，赫然是一个男人。

土豪欲哭无泪，他怎么就惹上了这么个灾星呢？图啥？图个色啊！可是"色"字头上一把刀，差点割了他的命根子。最惨的是，没有女色，只有男色，这男色还异常凶狠，稍有不合意就一顿毒打。

这男色还试会骗人，一开始他见猎心喜，以为是个大美女，背着老婆兴冲冲地带人上了游轮，想要度过一个愉快的假期，没想到一进房间，美女一脚把他踢到了墙边，先绑起来给他一顿好打，用的还是皮带！

可把他疼的，在地上来回滚动，吓得屁滚尿流，还以为要被打死了。

结果美女把皮鞭一放，从胸口扯出了两块硅胶假胸丢在地上，又脱了脚上的恨天高，假发一摘，衣服一脱，露出里面平坦的胸部和不太平坦的胯间，八块腹肌差点闪瞎土豪的狗眼。

原来不是美女，是个猛男啊，土豪绝望了。

"我来办点事，哥们儿，行个方便呗。"男人拔出绑在大腿外侧的蝴蝶刀，当着土豪的面玩了起来。

土豪委屈得不行："帮忙就帮忙，你干吗打我啊？"

男人没好气地哼了一声："不打你一顿，你现在会这么老实？"

土豪无语，真是太了解我了，壮士你以前都经历过什么啊……

"接下来几天我会跟着你一起行动，你还是管我叫香香宝贝，叫错了打你，你也别指望报警或者向别人求助，在你获救前我有一万种方法弄死你。"男人勾了勾嘴角，哪怕剃了大平头，没有卸妆过的脸蛋还是艳丽动人。

但是一看他的腹肌还有满身的旧伤，土豪顿时蔫了。

惹不起，惹不起。

于是这位可怜的土豪，开始了一段悲惨人生，走到哪里都要带着这位"佳人"，还要苦哈哈地向相识的人解释，这个小妖精太迷人啦，他现在一步都离不开她呢！

这位"佳人"，也就是柳行，翻阅着摆放在房间里的拍卖会资料，一页一页地看了过去，把每一件货物的描述都记在心里。

现在还不是时候，等到晚上了，他再去查探一番。

如果能拿到关键资料，接下来的事情就好办了。

反正，只要结束这个拍卖会就可以了。

柳行合上资料，替土豪解开身上的绳子，居高临下道："赶紧换好衣服，陪我出去逛逛。"

"啊，逛逛？好啊，好啊，逛逛好啊，爷，你想买什么？小的什么都买给你！"土豪赶紧表忠心。

柳行"哦"了一声，脸上露出了愉快的笑容："真的吗？"

"真的，真的，当然是真的！"土豪忙不迭道。

"成吧，那就出去走走。"柳行满意地开始梳妆打扮起来。

于是就有了开头的那一幕，球形土豪带着旗袍美女逛商场，差点被刷爆卡。

"哇，美女啊，你叫什么名字啊？哪里人？一个人吗？要不我们去喝杯咖啡吧？"

正要走开的顾晓雨和司徒凛，听到了熟悉的声音，双双回过头去。只见司徒俊，没错，司徒凛那个智障堂弟，顾晓雨的前情敌，哪怕他穿得人模狗样还戴了面具，但他的发色已经完全出卖了他。他欢欢喜喜地走到了旗袍美女的身边，开始"尬撩"。

"你堂弟？他怎么在这里？"顾晓雨捅了捅司徒凛。

司徒凛也在思考这个问题，他这个堂弟是个不折不扣的惹祸精，他叔叔司徒山海为了管教这个儿子不知道费了多少心思，但是没用，智障恐怕是个绝症。

猫咪面具的旗袍美人转过身来，深深地看了他一眼，嫣然一笑："好啊。"

这个声音并不耳熟，却让顾晓雨突然心中一动，这个人……这个人给他很熟悉的感觉。

虽然声音不对，但是身材还是很相似，难道说……

顾晓雨心有所感，这个人恐怕是柳行！

可是他怎么会出现在这里呢？

顾晓雨越看越像，无数个念头在脑中转来转去：柳行在这里做什么？香香呢？他有没有把香香带上船？司徒凛发现这个人是柳行了吗？柳行呢，他发现乔装打扮还戴着面具的他们了吗？

顾晓雨不敢把自己的发现告诉司徒凛，他可还记得司徒凛和柳行之间剑拔弩张的关系呢，他劝过司徒凛不要为难柳行，但是司徒凛并不觉得自己的做法有什么错，无论柳行有多少正义的理由去惩罚一个人，他的行为还是越过了那条界线。

不管柳行有没有发现，顾晓雨已打定主意要偷偷地和柳行接触一下，至少提醒他赶紧跑路，不要在司徒凛面前晃荡，最好还是把香香交出来吧，要是成了通缉犯就糟糕了。

前方的纨绔子弟搭讪神秘美女的戏码还在持续上演，司徒俊摆出一副"老子帅到日月无光"的样子，在旗袍美女面前吹嘘着自己，引着她往咖啡馆的方向走去，就连手机响了都不接，直接按掉。

跟在司徒俊身后看起来像是保镖的男人手机响了，他接起了电话，听了几秒后赶了上去，把手机递给司徒俊，低声说了什么。司徒俊一脸不耐烦地接过手机："什么？我不去，我忙着呢！哈？啧，烦死了，知道了、知道了，我去就是了。"

挂掉电话，司徒俊一脸不爽地把手机丢给了保镖，满脸堆笑地和旗袍美人要微信号码："美女，加个微信吧，我现在有点事，下次再约。明天怎么样？我把这里的咖啡馆包下来，我们明天边喝咖啡边聊啊……"

加到了微信，司徒俊骂骂咧咧地跟着保镖走了，旗袍美女拨弄了一下头发，回去捎上目睹了现场但一声不吭的绿帽侠土豪，从容地带着自己的购物战利品走了。

另一边的司徒俊可就没这么从容了，一回到房间，他就看到父亲司徒山海坐在沙发上，阴沉着一张脸。

"到底怎么了？一惊一乍的，度假都不让人安生。"司徒俊不敢冲他发脾气，嘴里嘟哝着。

司徒山海看着自己不成器的儿子，心烦地对手下说："把少爷送回家去。"

"哈，回家？开什么玩笑，船才开了半天！我不走，说什么都不走。"司徒俊惦记着还没泡到的美女，抱着手臂往椅子上一座，一副死猪不怕开水烫的样子。

"这可由不得你！把他带回房间关好，天黑了就送走。"司徒山海冷冷道。

西装革履的下属点头道："是。"

两个保镖立刻一左一右地架起司徒俊，强行把他拖回了房间，浑然不顾司徒俊的挣扎和叫骂。

等人被拖走，司徒山海一副头疼的样子，摘下眼镜放在一旁，无奈道："你说这都是什么破事，流年不利。"

西装男皱眉道："老板的意思呢？拍卖的事情要中止吗？"

"我刚才给他打了电话，老板的意思是拍卖继续。现在麻烦的是我那好侄子不知怎的也上了船，不知道是不是发现了什么？"司徒山海想起自己的侄子司徒凛就头疼。

他那好哥哥突然把偌大家业甩手丢给了独子，退居二线对生意不闻不问，和他父亲的作风不同，司徒凛这个人爱憎分明，几年来把司徒家的产业洗白了一轮，如今倒像是个道貌岸然的生意人。

"还是苏小姐发现的端倪。刚才查了一下，司徒凛是跟着一个叫蔚蓝的人一起上船的，这个蔚蓝……好像和我们有点关系。"西装男说道。

"不管是什么人，什么关系，赶紧给我查清楚了，不是说他身边还有个女人吗？一并查清楚了。总之机会难得，这一次一定要让他有来无回，那位先生已经等不急了。"司徒山海的眼中闪过一道凶光，咬牙切齿地说道。

顾晓雨可不知道自己会被人当成女人，眼看着疑似柳行的旗袍美女走远了，他决心试探一番。

"哎呀，我上个厕所，你在这里等会儿我。"顾晓雨说着，丢下司徒凛朝着旗袍美女离开的方向追了过去。

"当心迷路啊。"司徒凛提醒道。

"没事儿，我找不到路了给你发微信。"

顾晓雨挤开人群追了上去，跟在人家身后走了一段路，确定司徒凛看不见他们之后，他上前绕到了旗袍美女面前摘下面具，试探着对了暗号："香香？"

旗袍美女脚步不停，冷冷道："你认错人了。"

人已经走远了，顾晓雨在原地踌躇了一会儿，一时间不知道是真的认错了人，还是柳行不愿意暴露身份。

总不会是他伪装得太好，柳行没认出他吧？

不、不、不，不可能，柳行见过他男扮女装的。

难道是嫌他这身女仆装看起来像个变态？

不、不、不，柳行的打扮也没好到哪里去啊！

算了，先回去吧。

顾晓雨往回走，还没走几步就陷入了迷惘中：刚才，他是从哪个方向来的？

顾晓雨在原地绕了两圈后放弃了挣扎，给司徒凛发微信，说他迷路了，让他发个定位过来，微信发出去后他若有所感地抬起头，看到前方二层的露台上，一个穿着长裙戴着半片面具的女人正俯视着他，对他微微一笑，然后转身离去。

苏妍！

人来人往的画面仿佛在这一刻突然被按下了暂停键，顾晓雨呆呆地看着那个露台上的女人远去的背影，无数回忆中的画面在这片深蓝之海上漂过，如同一场浮光掠影的梦。快乐的、痛苦的、爱过的、恨过的回忆，在她出现的那一刻都翻滚着回到了他的脑海中，让他竟然说不出一句话来，只感觉到深深的厌恨和恐惧。

"晓雨？"司徒凛找到了他，拍了拍他。

顾晓雨这才从失魂落魄的状态中清醒过来，死死地攥住了好友的手，用发颤的声音说道："是她！苏妍、苏妍也在这里！"

司徒凛搂住了他的肩，带着他往旁边的休息区走去，让他坐下来。

顾晓雨还在抖，完全控制不住地颤抖，游轮商业区中明亮的灯光下，他好像回到了地下实验室里，那惨白的无影灯中，他的身体冷得像是一具尸体，有什么尖锐的东西从他的后颈里刺入，像是一只吻上了他的摄魂怪，将一切温暖的东西从他的身体里夺走，带来寒冷的死亡。

"没事了，晓雨，没事的。"司徒凛圈住了他的头，让他靠在自己身上，安抚地握着他的手，"不管她在不在这里，她都不能再伤害你了。"

司徒凛看着前方的人流，用眼神示意混在人群中的保镖不用上前。

"我向你保证，一定会平安无事。"他说。

⏵ • • •

"我打听了一圈，你的爱情荷尔蒙应该是编号 23 的那一份，起拍价一百二十五万，我假装对它有兴趣，去试探了一下能不能在开拍前买下来，现在还在等回复。"蔚蓝对两人说道。

顾晓雨有点心不在焉，自从见到疑似苏妍的人之后，他的心情就不是很好，但是好歹在司徒凛的安慰下平静了很多。

"尽量在明晚的拍卖会之前买下来，以免夜长梦多，我总觉得这次不会很太平。"司徒凛说道。

顾晓雨绝望地看着司徒凛："阿凛，你能不能管管你的嘴，你不知道你这张乌鸦嘴是开过光的吗？"

"请不要封建迷信。"司徒凛一副他只信科学的样子，让顾晓雨更绝望了，到底是谁还说过他这么幸运一定是会妖术来着？这会儿就把科学裱在脸上了？

呵，男人真是善变。

确定接下来的行动之后，蔚蓝就继续去忙了，临走前说会给他们带点吃的。

司徒凛给顾晓雨泡了杯奶茶："喏，喝吧。"

顾晓雨喝了一口，小声抱怨道："没有珍珠的算什么奶茶。"

"你就别挑剔了，回去随你喝个够。"司徒凛自己开了瓶矿泉水喝了一口。

"阿凛，你说司徒俊怎么会在这艘船上？"顾晓雨忍不住问道。

司徒凛喝着水，沉默了半晌后说道："不清楚。"

"你堂弟和你还真是一点都不像，要不是他自己跳出来说，我都没把你们联系在一起。"顾晓雨说道。

哪怕"司徒"这个姓氏很罕见，当初他都没想过司徒俊和司徒凛会是堂兄弟。

司徒凛似乎对这个话题没什么兴趣，应都没应一声。

"说起来，你那时候为什么会注意到我？因为司徒俊找你借人想揍我的关系吗？"顾晓雨问道。

"……算是吧。"司徒凛回答得很勉强。

"司徒俊说你没借人给他还揍了他一顿……"顾晓雨还想问下去，房间门突然被敲响了，他去开门，门外是个端着餐盘的侍应生，笑着说道："您好，一位姓蔚的先生给你们点的房间用餐。"

"哦，谢谢啊。"顾晓雨给了侍应生小费，因为说话的时候忘了控制声音，侍应生明显愣了一下，下意识地看向他的裙子。

顾晓雨尴尬地笑着，飞快地甩上了门。

"蔚蓝点的餐，赶紧吃吧。"顾晓雨将餐盘放在桌上，招呼司徒凛来尝尝。

司徒凛摆摆手："你先吃吧，我不饿。"

顾晓雨打开比萨的包装，又用吸管去捅杯装饮料——连续三次失败，吸管折了。

顾晓雨盯着饮料的塑封，陷入了沉思之中。怎么回事？他今天限量供应的幸运值又用光了吗？！

"怎么了？"司徒凛问道。

"有刀吗？其他尖锐的东西也可以。"顾晓雨问道。

司徒凛掏出了一把瑞士军刀给他。

　　顾晓雨捅开了饮料塑封，把整张塑封膜都撕开了，正要从容地喝上一口，"扑通"一声，他手里的瑞士军刀掉进了杯子里。

　　司徒凛："……"

　　顾晓雨："……"

　　看着一脸痛苦又难以置信的顾晓雨，司徒凛指了指另一杯没开封的："你喝我那杯吧，我喝水就可以。"

　　不知道为什么，看到幸运儿倒霉，司徒凛的内心竟然充满了幸灾乐祸的快乐。

　　顾晓雨皱着眉，不信邪地去捅第二杯饮料，这次倒是顺利地用吸管捅开了，他长长地出了口气，捧起饮料放到了嘴边……

　　"咚！咚！咚！"门又被敲响了。

　　顾晓雨瞪了司徒凛一眼，示意他去开门，司徒凛瘫坐在沙发上装死，不肯动弹。没辙的顾晓雨只好再勤快一次，放下杯子准备去开门——"哗啦"一下，手钩到了饮料，饮料掉在地上竟然爆开了，汁水洒了一地。

　　"啊——"顾晓雨抱头哀号，"我今天是怎么回事？和饮料有仇吗？！"

　　扶起饮料让司徒凛擦地，顾晓雨跑去打开门，门外是个捧着餐具的人："您好，蔚先生点的房间用餐。"

　　"可我们已经……"顾晓雨话刚出口，门内就传来司徒凛的声音："拿进来。"

　　顾晓雨疑惑地拿了第二份晚餐进来，惊讶地发现司徒凛的脸色异常难看。

　　"怎么了？"

　　司徒凛皱着眉闻了闻先前那份饮料的味道。

　　"有毒？"顾晓雨立刻福至心灵，紧张地碎碎念起来，"难怪我怎么也喝不上这饮料，一定是这个饮料不对劲，该不会是有人在里面下毒，想要毒死我吧？阿凛，闻出来了吗？是不是有毒？"

"没有仪器怎么检测？闻又闻不出来。"司徒凛鄙视道。

"那你闻什么劲啊？"顾晓雨疑惑道。

"你买西瓜的时候还不是抱着西瓜一通狂敲，难道你听得出声音不一样吗？"司徒凛反问。

顾晓雨竟无言以对。

"所以你刚才，就是在装吧？"

"……闭嘴。"

司徒凛给手下打起了电话，让人去查这两份餐饮到底是怎么回事，蔚蓝那边回复说他的确给他们点了餐，司徒凛让他赶紧回来不要乱跑。

顾晓雨看着两份一模一样的晚餐，紧张地问道："我们是不是暴露了？"

"有这个可能性，但也未必知道我是谁。"司徒凛看起来很镇定，这让顾晓雨的心情好了一些。

"要是知道了呢？那你现在的处境岂不是很危险？如果是上次追我们车的那伙人发现了你，他们一定会不惜一切代价弄死你，现在船在公海，想跑都没地方跑，这可怎么办？"顾晓雨担心起了司徒凛的安全。

"要弄死我可没那么容易。"司徒凛嘲讽地勾了勾嘴角。

"……大佬，求你这种时候就不要乱立'FLAG'了好不好？"顾晓雨心如死灰。

"我有办法，放心吧。"司徒凛淡定道。

"什么办法？"顾晓雨好奇地问道。

"这艘船上有很多重要人物，他们不可能简单粗暴地大开杀戒，最多用下毒、暗杀这类手法，这些都是可以防范的。接下来我会和你寸步不离，借我点幸运值吧，顾晓雨？"司徒凛对顾晓雨笑道。

恋
爱基因

被他认真地看着，好似真的需要向他借一些幸运值，顾晓雨愣了愣，怪不好意思地说："……你不是说不信嘛……好吧，好吧，我跟你一块行动就是了……你自己小心点哦，我可不想这么快女婿就死了一个。"

司徒凛微微一笑："我们的约定还没有完成，我可不会这么容易就死……"

顾晓雨手疾眼快，一巴掌呼了上去，正中司徒凛的嘴，他狰狞道："乌鸦嘴就该少啰唆，这是为你好！"

司徒凛："嗯、嗯？嗯嗯嗯嗯！"

● ● ●

蔚蓝回来了，司徒凛和他一起分析了一下，最后的结论是——这锅要给顾晓雨。

无辜背锅的顾晓雨："为什么是我？？？"

"因为苏妍发现你了，一定会调查你是怎么上船的，这就很容易查到蔚蓝身上，那作为保镖上船的我身份自然可疑。"司徒凛说。

蔚蓝点头："他们未必知道你是谁，下毒的目标可能是晓雨。毕竟你被司徒凛从地下研究所救走，他们没能把你灭口。"

"你也要小心。"司徒凛提醒道，"X里面，说不定有人知道你。"

"X的杀手团是独立部门，跟特工似的，互相之间并不认识，只有直系上司才知道这个小组里的所有人，而他已经和这个世界说再见了。"蔚蓝笑眯眯地说，像只偷到了鸡的狐狸，浑身洋溢着快活的情绪。

总之，很腹黑。

什么，暴力炸鱼的土豪原来是这种人吗？感觉从前真是小看他了……顾晓雨默默心想。

120

"我联系了手下，十二个小时后就会有人来接应，23 号爱情荷尔蒙恐怕是买不到了，如果真的是 X 的人，一定会非常警惕，我们试试硬抢，失败的话……"

"失败了也没关系，大家的安全最重要。"顾晓雨说道。

司徒凛深深地看了他一眼："抱歉……"

"没什么好抱歉的，这件事本来就是我麻烦了你，不管能不能成功，我都要谢谢你。"顾晓雨真诚地说道。

"那……"

"除了把香香嫁给你这种事情之外！我是不会拿女儿的终身幸福作为感谢礼物的。"顾晓雨严肃道。

"……哦。"

蔚蓝在一旁偷笑，自从好友成了一个爱香香的"恋爱脑"，他吃饭也香了，睡觉也香了，看戏都有劲了，人生充满了乐趣，比暴力炸鱼还有趣！

希望司徒凛清醒过来的那天不要把他这个好友灭口处理。

> ● ●　　●

入夜之后，司徒凛和顾晓雨一同出去了一趟，走的是人多的地方，两个人的认路水平很一般，绕了好几圈才绕到甲板上。

甲板上非常热闹，露天泳池附近有不少人在躺椅上欣赏星空，再往前走是甲板冲浪的活动区，这个点也有人在玩甲板冲浪，一大群人在围观，看到有人摔倒还会发出善意的哄笑。

走在人群中的顾晓雨有了安全感，然而司徒凛偏偏要张嘴："不错，人多的地方会安全很多。"

"……大哥，求求你闭嘴好吗？"顾晓雨露出了绝望的眼神。

事实证明，这个乌鸦嘴果真是开过光的，就在司徒凛说完这句话不到一分钟的时间，前方的过道就有一位侍应生走了过来，一只手背在身后。

司徒凛瞬间警觉了起来，司徒家的保镖身穿便衣跟在身后，随时准备冲上去挡枪。

"让一让，小心！"前方突然传来一声呼叫，已经掏出枪的侍应生紧张地回过头去，一个踩着滑板的年轻男孩闪避不及，一下将侍应生撞了出去。

旁边是游轮甲板的护栏，只有半人高，被撞飞的侍应生精准地趴在了护栏上，面朝大海，双脚离地，像只鹌鹑一样挂在护栏上反复扑腾，然后在目瞪口呆的顾晓雨的凝视下，重心朝外，投奔大海，留下了一句漫长的遗言："啊——"

肇事的滑板男孩也惨叫了起来："啊——"

顾晓雨也想尖叫，被司徒凛一句话堵了回来，他幽幽道："你果然是会妖术吧？"

顾晓雨在内心极力否认：不，我不会，我没有！

大概是受到了惊吓，顾晓雨感到了膀胱去库存迫在眉睫，赶紧找洗手间，司徒凛出于安全考虑，带他去了游轮内某个餐厅的洗手间，他在外面等着，顾晓雨进去——女厕所。

对，顾晓雨同学没有忘记在这艘游轮上是个女装大佬的形象，穿着一身羞耻的女仆装走进了女厕所。

刚一拉开洗手间的大门，里面就传来一声沉闷的响声——砰。

同一时刻，餐厅的灯突然熄灭，四周陷入了一片黑暗之中，尖叫声和桌椅拖动的声音此起彼伏，现场一片混乱。

司徒凛听到那声装了消音器的枪声，立刻冲进洗手间，在黑暗中抓住了一个人影，把他拽出洗手间，还重重地甩上了门。

跑出七八米远后，被他拉住手腕的人杀气腾腾地问道："司徒凛？"

餐厅的电源在这一刻恢复了，灯火通明中，穿着一身旗袍的柳行被司徒凛拉着手，一脸嫌恶地瞪着他，另一只手上还握着一把蝴蝶刀。

"该死，晓雨呢？"拉错了人的司徒凛一脸蒙。

"被你扔在厕所了！"柳行也意识到了问题所在。

抱着一线希望，司徒凛问道："刚才在女厕所里开枪的人是你？"

"不是我！我是被瞄准的那个！"柳行忍不住吼道，"你把晓雨和那个杀手扔在女厕所了，妈的智障！"

"该死！"司徒凛的心情是崩溃的，柳行也没好到哪里去，两人立刻折返冲过去救人。

——两个有战斗力的人，把一个菜鸟和一个持枪杀手关了在女厕所里，手拉手跑了。

这要是坑死了老丈人，他俩下半辈子都没脸做人了。

再看女厕所里，身穿女仆装的顾晓雨在灯亮之后"惊喜"地发现，对面是个拿着枪的黑衣人，显然，和一个持枪意图行凶的男人一起待在女厕所并不是个好主意。

顾晓雨紧张地举起手，试图表示自己人畜无害，体育都能不及格。

黑衣人的身后就是厕所门，他警惕地看着眼前的"女人"，怀疑他是来救白乌鸦的，于是便用低哑的声音问道："你和白乌鸦是什么关系？"

——小时候住过同一家孤儿院彼此坦诚相见过，大学时惊恐地发现好友变成了女装大佬还从事起了非法行当，自己还有四分之一的可能——是他未来的老丈人。

顾晓雨明智地捏着嗓子说道："没有关系。"

黑衣人审视着他的表情，似乎在检查他脸上说谎的痕迹。

最后，黑衣人冷冷道："你可能在说谎，可能没有，但无论你有没有说谎，很遗憾，我属于宁可错杀一千也不放过一个的敬业类型，多处理一具无辜的尸体总比放跑一个可疑分子来得好……再见了，小女仆。"

顾晓雨的心一下子提了起来，眼睁睁地看着黑衣人把枪口对准了他，准备扣下扳机——

"晓雨——"就在僵持之际，厕所门被人一脚踹开，门板准确地拍在了黑衣人的后脑勺上，原本已经准备开枪的黑衣人，吭都没吭一声，"扑通"一下扑倒在了顾晓雨的面前。

"你没事吧？"司徒凛和柳行一起冲进来，然后齐齐看向地上生死不知的黑衣人。

顾晓雨也看着这位扑街的黑衣大哥，如果他还能醒来，他很想告诉他：大哥，杀人前少啰唆几句，会让你的任务成功率大大提高。你们怎么就管不住自己这张嘴呢？

哎，反派总是死于话多。

⊙ •• •

穿着女装和同样穿着女装的朋友相遇在女厕所是什么体验？

这个问题顾晓雨现在可以回答了。

幸好两人都不是初次女装，其中一位已经可以说是经验丰富了，两人镇定地对视了一会儿，柳行再次问道："没事吧？"

顾晓雨幽幽道："我果然没认错人。那你在商场的时候干吗说不认识我？"

害他还纠结了半天。

"我在干大事，你就别来坏我的事了。"柳行说。

"……你到底有多少大事要干啊？！"顾晓雨吐槽他。

司徒凛见他没事，拿起手机给手下打电话，但眼神一直没有离开顾晓雨："那边情况怎么样？"

顾晓雨蹲了下来，用手指戳了戳被门板猛拍后脑勺晕厥的黑衣人，抬头问柳行："这人是谁啊？"

"来杀我的人。"

"干吗杀你？"

柳行抱着手臂，耐着性子给顾晓雨解释了一下："我偷了这次拍卖会的货源资料，这可是实打实的罪证，我已经传给警方了。这艘船很快就会被拦截。"

说着，柳行用眼角的余光看着司徒凛，想要观察他的反应。他仍然对司徒凛抱有怀疑，X 和司徒家的关系，绝对不是普通的交易伙伴而已。

司徒凛没有注意到他的眼神，他被电话那头传来的信息弄得非常头疼："什么叫 23 号不见了？"

顾晓雨竖起了耳朵："唉，我的爱情荷尔蒙……"

"全都不见了？"手下传来了一个更加糟糕的消息，司徒凛皱着眉不悦地问道。

柳行同样皱起了眉，他拉着顾晓雨走远了几步，对他耳语道："我不是让你离他远点吗？"

顾晓雨知道他对司徒凛和 X 的关系疑虑重重，但还是为司徒凛辩解："阿凛和 X 没有什么关系。真的，要是真有关系，阿凛也不用偷偷摸摸地和我一块儿混上船了，他是来帮我拿回我的那份爱情荷尔蒙的。而且 X 的人已经发现我们了，刚才我们就差点被干掉了，他现在的处境也很危险。"

"那他的堂弟司徒俊为什么会在这艘船上？"柳行问道。

"这个怎么看都是巧合吧，阿凛也没想到会在这里遇到他。"顾晓雨说。

就在柳行若有所思之际，他的手机也响了，柳行看了一眼号码，对顾晓雨说道："我得走了，你转告司徒凛，我在偷拍 X 的货源资料的时候，听到有人提到了一个名字，那人管他叫'司徒先生'，让他去查查他们司徒家到底谁是内鬼吧。"

说完，柳行远远地对还在通电话的司徒凛点了点头，准备离开。

"香香呢？"司徒凛放下手机问道。

"七天的时间还没有到。"柳行淡淡道，头也不回地离开了。

司徒凛又说了几句，挂断电话，对顾晓雨说道："我们也该走了，其他事情我路上再跟你解释。"

上船的时候他们乔装打扮混上来，跑的时候倒是很容易，上了接应的小艇之后，顾晓雨终于可以穿回正常的衣服了，再一看身后一群金链大哥也纷纷摘下假发，露出了锃光瓦亮的光头，他不禁觉得一阵好笑。

为了生活，打工的都不容易啊，不知道司徒凛到底给他们多少薪水。

蔚蓝正在和司徒凛汇报情况："再过半小时这艘游轮就会被拦截返航了。不过估计 X 的主要成员已经跑路了。"

"柳行盗窃资料的时候被发现了，打草惊蛇。"司徒凛对破坏了他好事的情敌非常不爽。

"你也别怪人家了，你自己也一样打草惊蛇了。"蔚蓝说道。

顾晓雨小声问道："我的爱情荷尔蒙呢？"

蔚蓝遗憾地说："被 X 的人带走了，包括拍卖会上准备拍卖的几十份爱情荷尔蒙一起，在他们撤退的时候一并带走了。"

顾晓雨有些情绪低落，还以为这一次一定可以把爱情荷尔蒙拿回来，没想到……

果然是司徒凛出发前立了个"FLAG"的错！

"哦，柳行临走前让我转告你一句话，他说他在偷拍 X 货源资料的时候，听到有个人提到了一个叫'司徒先生'的名字，他怀疑是司徒家出了内鬼。"顾晓雨说道。

不过会这么说，代表柳行相信司徒凛是无辜的了吧？

蔚蓝眯了眯眼，有些恍然地说道："听你说在船上见到了司徒俊的时候，我就有这个预感。当初我和你一起分析 X 的资料的时候，你说起过，这个组织和司徒家的生意之间有些算不清的地方，让你觉得很奇怪。如果 X 背后真的有个人姓司徒的话，那就说得通了。你父亲那边……"

　　司徒凛冷笑了一声："我那个死鬼老爹会顾念兄弟情义，睁一只眼闭一只眼，我可不会。况且一个处心积虑要干掉侄子的叔叔，我和他可没有亲情可言。"

　　"说起来，伯父现在做什么？"

　　"离家出走给我妈看坟去了，我看他干得挺高兴的，用不着惦记他。"司徒凛冷冷道。

　　"你啊……我真是搞不懂，你们父子俩就不能好好沟通一下吗？你也是，听说你小时候也玩离家出走这套？是遗传吗？"蔚蓝又好气又好笑。

　　顾晓雨也是，他知道司徒凛家的情况很复杂，但没想到是这种形式的复杂，有个离家出走的父亲，他自己小时候也离家出走……

　　离家出走？

　　顾晓雨突然想起了一段久远的回忆。

　　他曾经，也有一个离家出走的朋友啊。

　　◯ • • •

　　"老板，很抱歉，这次拍卖会被白乌鸦搅和了，不过您放心，拍卖的货我们都带回来了，警方那边没有证据很快就会放人。"司徒山海冷汗涔涔地对屏幕另一面的男人解释道。

　　视频电话中的男人没有说话，只是有一下没一下地用指尖摩挲着一叠资料。

"不是还有你的好侄子吗？"男人反问道。

"是是是，还有司徒凛，他这次是冲着一份拍卖品来的，是苏妍小姐弄来的一份爱情荷尔蒙，纯度很一般，只是刚好是他朋友的爱情荷尔蒙，所以他出手了。"司徒山海解释道。

男人翻了翻资料，视线在一张照片上停留了很久。

"姓顾啊……"男人意味不明地说道。

司徒山海没敢接话。

"我知道了。尽快把这批货出掉，下次再出这样的纰漏，我可不会这么放过你了。"男人说完，关掉了视频通信。

司徒山海心有余悸地吐出一口气，这一关算是熬过去了。

···

夜已经深了，一艘小艇和司徒家的一艘货轮接轨，几人上了货船，准备回到 A 市。顾晓雨趴在货轮的栏杆上，看着公海夜空上那一条清晰可见的银河，越看越觉得美得惊心动魄。

那时候，他也是和一个朋友一起，在一个夜深人静的夜晚，一起仰望这样一条银河。

只是不知道那个人现在哪里。

"大半夜的不睡觉，在这里看什么？"司徒凛的声音从他身后传来。

"阿凛，你看这个银河，真漂亮！在 A 市能看到几颗星星就不错了。"顾晓雨指着头顶的天空说道。

司徒凛也和他一样趴在了栏杆上："啊，还不错吧。"

"你和蔚蓝聊完了？怎么样？"顾晓雨问道。

"不怎么样。总算是有些头绪了吧。"司徒凛的口气听起来心情不佳，顾晓雨也理解。如果 X 组织的头目真的是他叔叔的话……

"你要是心烦的话，也可以跟我说说。"顾晓雨安慰道，"我保证不会说出去的。"

"我本来就没瞒着你啊。我又不是那种'为你好就一定不让你知道'的类型。"司徒凛说。

"嗯，那我们随便聊聊天吧。"

"你想聊什么？"

"聊点小时候的事情吧，我以前好像跟你说过一些。"顾晓雨记得，在司徒凛跟他"坦白"说自己的父亲是个小混混，母亲早就因病去世之后，他就痛快地和他交换了秘密。

"说了你的母亲，说了你的小哥哥，说了你怎么认识的季泽熙，还说了你在孤儿院里认识的小男生，就是柳行，对吧？"司徒凛说。

"嗯，是他。我小时候朋友很少……"

"就这些了？没有其他人了？你再好好想想。"不知道为什么，司徒凛的语气有点咬牙切齿。

如果换一个日子，顾晓雨可能真的想不起来，但是今天，他偏偏想起了一个人："其实吧，还有一个，不过我们认识的时间很短……那时候我妈妈已经病了，长期住院，我每天放学回家先要给她做饭，然后送到医院去照看她。就是那时候，我认识了一个离家出走的男孩子。"

司徒凛的语气明显愉快了起来："哦，你对他有什么印象？"

顾晓雨扁了扁嘴，深沉地说道："他啊，是个一头紫色头发、耳朵上有七八个耳洞、开口公鸭嗓的男孩。"

"……"

差点忘了，那时候的黑历史啊！

第八章
就算是酷哥型男
年轻时也有黑历史
（番外）

司徒凛，现年二十四岁，是个型男，脱衣有料，穿衣显瘦，八块腹肌能打能撩，一个电话能叫来一百号肌肉金链大哥，但不幸还是个处男的那种。

　　在他不算漫长的人生中，有一段时期是他迫切想要抹掉的——不是父母刚把他从生命工厂抱回来的婴儿期，而是一段更加惨不忍睹的黑历史。

　　严格说起来，这个锅一大半要给他的堂弟司徒俊。

　　当年，司徒俊小朋友还没有进化到如今这等智障程度，但也已经是一个清新脱俗的傻子了，这个快乐的小傻子成天缠着他堂哥，并将堂哥介绍给了自己的狐朋狗友。司徒凛一走进他们的KTV包厢，好家伙，赤橙黄绿青蓝没有紫，再来个紫色就能凑一个彩虹战队。

　　“兄弟，我们就差一个紫毛了！染发吗？烫头吗？耳钉耳洞了解一下吗？”

　　一开始司徒凛是拒绝的，然而当时家中情况复杂，母亲刚刚去世，父亲的生意有了起色，成天忙得见不到人影，空虚寂寞冷的司徒凛小朋友，在尝试打了个耳洞挂上铆钉耳环后，得到了疯狂吹捧一致好评。

　　在周围人令人着急的审美下，正处于变声期的司徒凛小朋友迅速把自己搞成了一个紫毛小男孩，然后用离家出走抗议老爹对他的冷暴力。

　　这是前情提要，事情要从司徒凛和父亲吵完架一气之下离家出走说起。

　　那时候司徒凛才十二岁，还是个除了家和学校不知道能去哪里浪的小男孩，出走时手机也没带，口袋里的几块钱只够坐公交车，在家门口绕了三圈之后，拒不向老爹低头的他咬咬牙，跳上了一辆不知道前往哪里的公交车，一直坐到了郊区。

恋
爱基因

和繁华的市中心不同，这个城市的郊区有一大片可以被称为贫
民窟的地方，大量自然人居住在这里，多数都只能从事非固定的行
当，比如打零工，生活比较困难，很多人甚至成了罪犯。

司徒凛也是第一次来到这种地方，一下车就蒙了，云里雾里不
知道要去哪里。

刚好有个看起来和他同龄的男孩子背着书包走过，他就跟了上
去，一路尾随人家穿过阴暗的小巷，越走越怀疑自己是不是要被卖
掉了，这地方看起来真的很不对劲啊！

看，竟然还有抢劫的小混混！

小混混的目标当然不是他，而是他尾随的那个小男生，小男生
看起来细皮嫩肉，一副一拳下去就要游戏结束的样子，战战兢兢地
说自己没钱。小混混当然不信，抢过他的书包搜出个钱包。

小男生怕极了，一把鼻涕一把泪地说这是他生病住院的母亲给
他的生活费，他还要用这点钱去买菜，给母亲做好饭送去。

小混混哪会在乎这个，抢了钱包就要扬长而去。

司徒凛实在看不下去，上前见义勇为，不料那两个小混混竟然
带了凶器，等司徒凛反应过来的时候胳膊已经被划了一刀。然后那
两个小混混就被吓跑了……

没错，他们不是被打跑的，而是被吓跑的。

司徒凛无语地看着高喊着"杀人啦，别抓我"的小混混，捂着
受伤的胳膊捡起了地上的刀。

"怎么办？你在流血，会不会死啊？"小男生看起来比他还紧
张。

"死不了。"司徒凛小时候见多了混混亲爹头破血流地回家，
对这点小伤浑然不在意。

"那不行，你跟我回家，我帮你包扎一下吧。"小男生说。

哎哟，饭票到手了。

132

司徒凛美滋滋地跟着小男生回了家，接受了粗糙的包扎治疗，然后过上了衣来伸手、饭来张口的离家出走生活。

——并没有。

小男生很忙，忙着做作业、做饭，然后带去给住院治疗的母亲，晚上回家的时候已经十点了，司徒凛百无聊赖地坐在破旧沙发里看着仿佛是上个世纪生产的电视机里无聊透顶的节目，感觉自己无法呼吸！

"你家没有电脑吗？"在小男生回家后，司徒凛第一时间问道。

"没有……"

司徒凛感到一阵绝望，他多想现在登录自己高贵的七彩钻会员账号，跟兄弟们炫耀自己竟然离家出走！然而他忘了带手机，这里也没有电脑，他只能躺在沙发里，看无聊的综艺节目。

"我们来聊天吧，刚才你走得太快了，我还没问你叫什么名字。"司徒凛说。

"啊，我叫晓雨。"顾晓雨说。

"小宇啊，了解。"司徒凛也没问这两个字怎么写，还以为这是个小名。

"那你叫什么名字啊？"顾晓雨问道。

"我？嗯……我的名字嘛……"司徒凛想起父亲再三叮嘱对陌生人不要说真名，随口给自己编了一个名字，"你叫我轩辕龙傲天吧。"

"……"

如果是二十五岁的顾晓雨坐在这里，看着这位刘海遮住眼睛的紫发少年，用变声期的公鸭嗓说出了一个羞耻的名字，一定会尴尬到无法呼吸！

然而这时候顾晓雨还是个单纯的孩子，他只是单纯地觉得这名字好像不太对劲。

"你名字好长啊，五个字呢。"顾晓雨干巴巴地说。

"我还有个朋友叫这个。"司徒凛把一串长长的"非主流"文字写给顾晓雨看。

顾晓雨："……"

两个同龄的少年很快熟悉了起来，虽然顾晓雨觉得救了他的这个男孩子真的很奇怪，但既然人家都救了他还受了伤，应该是个好人……吧。

本着这样的想法，顾晓雨收留了这位据说和父亲吵架离家出走并且坚决不与家里联系的轩辕龙傲天同学，并且好心地把自己一半的床位分享给了他。

司徒凛对这个丝毫没有戒心的"小宇"非常好奇："你就不怕我是坏人吗？"

"这个……不会吧？上周我倒是遇到了一个坏人，突然闯进了我家，逼着我把给妈妈看病的医药费转给他赌博，他拿到了钱也不走，坐在我家沙发上让我替他手机下注，说输了就宰了我，反正他已经欠了好多钱了。然后我一直赢、一直赢，到半夜的时候他说赌债够还了，就给了我好多钱，自己走了。"顾晓雨心有余悸地说。

十二岁的司徒凛，一脸蒙。他竟然觉得这个不甚高大的小宇同学的身影一下子伟岸了起来，他，该不会是有什么妖术吧？

很快，他就知道了，没错，他真的有妖术！

一转眼，司徒凛已经在这里住了一周了，除了断网之外，日子过得美滋滋，不用看老爹的脸色，他真是爽翻啦！然而给他提供食宿的少年却生于单亲家庭，家境贫寒，他母亲还生了病，长期住院时日无多，顾晓雨一个半大的孩子还要经常去医院陪夜，半个月下来又瘦了一大圈。

得知司徒凛是和父亲赌气离家出走，顾晓雨很羡慕地说："有爸爸是什么样的感觉？"

"切，他那副死德行，以前天天跟人打架斗殴，头破血流地回家，把我妈吓得半死，后来做生意，还亏了大钱，要不是我妈……我妈后来死了。总之我烦死他了，每天不见人影，见到了就是对我挑三拣四，看到他就烦。"司徒凛气愤道。

"他会管你，说明还是爱你的。不像我，我连我爸长什么样都不知道，家里连张他的照片都没有。"顾晓雨失落道。

司徒凛此刻才意识到，他拥有的东西，眼前的这个男孩子不曾拥有过。

而这个人，还即将失去他的母亲。

司徒凛甚至想，不如把他带走吧，反正老头子现在生意做得人模狗样，再养一个儿子也不是问题啊。他母亲的病是无论如何也治不好了，等到她去世之后，这家伙没人管，迟早要饿死。

然而司徒凛还是太天真了。幸运儿，是饿不死的。

"这个月妈妈住院花了好多钱，没有钱了……"顾晓雨打开空空荡荡的钱包，对自告奋勇充当他上下学保镖的司徒凛说。

司徒凛纠结了一会儿，认真道："晚上我偷偷回家一趟，把我存零花钱的银行卡偷出来，这样我们就有钱了。"

"没事的，你等我一下，我买点菜回去，你帮我拎点东西哦。"顾晓雨指了指旁边的超市，门口悬挂着"满20即可抽奖，最高可送888元免费购物券"的横幅。

"不是没钱了吗？"司徒凛纳闷道。

"马上就有啦。"顾晓雨自信满满地走进去，买了20块钱的蔬菜，结账后拿着小票去抽奖。

然后他中了特等奖——888元免费购物券，在本超市内无门槛使用。

目瞪口呆的司徒凛看着顾晓雨买足了生活用品，大包小包地回家了。

——爸爸,这位小宇同学,他可能,真的,会妖术!

——让他这个无所畏惧的紫发小男孩,竟有一丝丝恐惧!

（〉• • •

在"超市中奖解决本月生活费"的事件之后,司徒凛突然意识到了自己的这位同居少年是个多么可怕的人。

生活在治安糟糕的自然人贫民窟,上下学一个人徒步行走,从来没有被打劫成功——据他说,关键时刻总会有人出来救他,上一次是司徒凛。和病重的母亲相依为命,竟然拿得出生活费和医药费——生活费基本是通过各种抽奖活动得来的,因为手气好,顾晓雨在这一带都小有名气。

然而就算如此,司徒凛还是发现了说不通的地方。顾晓雨的母亲得的病是一种非常耗钱的绝症,基本是拿钱续命的那种,这半年来的治疗费用足够让一个中产家庭倾家荡产,从小住在这种地方的顾晓雨家到底是怎么支付得起这笔费用的呢?

"因为我妈妈以前收留过一个人,后来他回家了,他的爸爸妈妈给了我们很大一笔钱,其他的我不能说……"顾晓雨落寞地说。

司徒凛不喜欢他此时的表情,就好像失去了什么重要的东西,再也找不回来。

"你也收留了我,作为感谢,我也要给你一大笔钱。"司徒凛努力压了压嗓音,竭力想表达出自己的酷炫和可靠。

不能输给那个不知道叫什么还跟自己父母回家了的家伙啊!

可是在顾晓雨看来,这位比他还小一岁的六年级小学生,实在是有点……一言难尽。

"你等着,过两天我就把我存的压岁钱给你。"司徒凛说。

这时候,这位紫发少年还不知道自己是个多么厉害的"FLAG

之王"，顾晓雨也不知道。

第二天一早，司徒凛在把顾晓雨送到学校后，从顾晓雨藏私房钱的地方偷了两块钱的公交费，写了张字条说他要回家拿压岁钱。

"放心吧，我很快就带着钱回来！"十二岁的少年司徒凛信心满满地写下了这样的字条。

一个硕大的"FLAG"在这个破旧的小家中再冉升起。

在司徒凛的计划中，他会顺利溜回家，趁着父亲不在的时候拿到自己的压岁钱，然后再次顺利离家出走。

然而，他想得太美了。

一回到家，司徒凛惊恐地发现八个光头文身"工"字背心的金链大哥对他一鞠躬："凛少，得罪了！"

"你们要做什么？放开我！我爸呢？让他滚来见我！"

抗议无效，司徒凛被打包送上了飞机，飞往大洋彼岸。

飞机上，他父亲最信任的手下对他解释了一番，近期帮派斗争日渐激烈，他父亲虽然已经脱离帮会做起了生意，但仍然和道上有牵连，为了他这根独苗的安全，这几年他要在国外度过了。

气得司徒凛一下飞机就直奔美发店，把头发染成了绿色以示抗议。

行走在异国他乡的大街上，他就是一颗闪亮的大葱！

引无数人侧目。

年纪尚小的司徒凛无法忤逆父亲的决定，抗议无效之后，他只好找上他父亲的手下，拜托他将一张银行卡交给一个叫小宇的人。

半个月后他得到了回复。

那家人退租了，没有再租赁房子，不知道去了哪里。

司徒凛怅然若失。

在那之后，时光荏苒，十多年过去了，司徒凛的叛逆期在来到大洋彼岸的三个月内就过去了，之后的日子里他好像突然开窍了一般，开始认真读书，后来接手了家里的生意，一切都走上了正轨。

司徒俊已经无法理解这位走出了叛逆期的堂哥了：泡妞不好吗？你家做爱情荷尔蒙的生意，你竟然不给自己注射一份爱情荷尔蒙，你是不是有毛病？！

在这个新人类占据人口大多数的时代，大部分人已经把性和爱完全割裂了，没有注射爱情荷尔蒙的新人类无法享受爱情，但不代表他们无法享受性爱，相反，抛开爱情的束缚，他们比自然人更享受单纯的性关系。

但这不意味着新人类不向往爱情，在资本的宣传下，爱情荷尔蒙因为它的稀有和昂贵成了一种不折不扣的奢侈品。

只有你足够富有，你才有享受爱情的资格。

"其实我觉得这很没道理。"某个会议后，司徒凛对蔚蓝说，"从前的结婚宣言是这样说的，无论是好是坏、富裕或是贫穷、疾病还是健康，我们都彼此相爱，直到死亡将我们分开。你看，爱情本身就不应该被这些东西左右，它应该是一种天然的权利。"

"可是新人类无法分泌爱情荷尔蒙。"蔚蓝说。

"几百年前人类还都是从母亲的子宫里分娩出来的呢，谁知道以后会不会有人工合成的爱情荷尔蒙能够完全取代天然的。"司徒凛说。

"那你得转行了。"蔚蓝笑道。

司徒凛摸了摸嘴唇，淡定道："说不定，这是个新的生意。"

此时，距离司徒凛发现见证过黑历史的顾晓雨是他的同校校友，还有三个月。

要说这场重逢，还要感谢一个人。

没错，依旧是他，智障堂弟司徒俊。

自从司徒凛回国念了大学，高中肄业的司徒俊整个人都不好了，他抓狂地问司徒凛："是泡妞不好玩，还是生意不好做，为什么你还要读大学？！你是不是故意羞辱我们'学渣'？！"

司徒凛给了他一个鄙夷的眼神："和我谈生意的人没有高中肄业的'学渣'。坐在我会议桌对面的人，最次也是国内名校毕业，我不去上个大学，和你一样成天打架泡妞、惹是生非吗？至少先去念个大学意思一下。"

然后，随便念念大学意思一下的司徒凛，保研了。

司徒俊的内心是崩溃的。

更崩溃的事情来了，司徒俊发现自己最近追的漂亮妹子还有个死缠烂打的追求者，是个小白脸。

很气，非常气，小白脸也敢和他抢女人？

司徒俊迅速找上了自己的堂哥，要求借人干活儿，去揍小白脸一顿。

当时司徒凛正为高数抓狂，司徒俊带着一张照片屁颠屁颠地找到了他："哥，就是这个小白脸，和我抢女人，我要给他点颜色看看！"

司徒凛瞥了一眼照片，照片上是个白净秀气的男生，看着有点眼熟……靠，超眼熟！

"他叫顾晓雨，比你大一届，还是个自然人，手游抽卡手气不错，其他屁都不行，竟然敢和小爷抢女人，看我不给他个终生难忘的教训……"司徒俊想象着情敌被揍得哭着求饶的样子，兴奋之情溢于言表。

"顾晓雨？他说他叫顾晓雨？"这个名字勾起了司徒凛久远的回忆，他一下子愣住了。

"是、是啊……"司徒俊呆呆地看着堂哥拿起照片，审视着照片中的人的长相，那股认真劲儿让他毛骨悚然。

要不是他哥压根儿没注射爱情荷尔蒙，他还以为是个"基佬"对一个"直男"一见钟情了呢。

"还真是他。"司徒凛放下照片，轻声道。

恋

爱基因

"什么？"司徒俊没听清。

司徒凛挥手叫来了手下，指着司徒俊说道："这小子成天招猫逗狗惹是生非，迟早被人打死，带他去训练场锻炼锻炼拳脚。"

被拖走的司徒俊在当头一棒后惨叫了起来："哥，亲哥啊！我怎么招惹你了？！你好歹告诉我，我错在哪了？为什么突然揍我啊？！"

"等下。"司徒凛突然叫住了手下。

司徒俊听到了希望，希冀地看着司徒凛，就等他松口。

"看在这小子也算办了件好事的分上，给他留口气吧，别把人打死了。"司徒凛对手下说道。

"……哥！！！"

眼看着傻堂弟被拖走了，司徒凛走到镜子前整了整衣领，回头问另一个手下："我现在看起来怎么样？"

手下："……"

司徒凛又问："见老朋友合适吗？"

手下：……还以为你要见老情人呢。

"没问题，凛少。"

司徒凛在镜子前纠结了很久，既希望顾晓雨能认出他，又觉得那种黑历史还是删干净比较好，就在这样的忐忑中，一对分别了十多年的朋友以全新的面貌重逢了。

此时，距离爱情荷尔蒙失控事件，还有半年。

第 九 章

**看这情形
他最好还是提前买个
风水好的公墓吧**

游轮事件结束了，顾晓雨回到了学校，日子终于能回到平常的状态了——才怪。

返校第一天，顾晓雨就被谢际明堵在了校门口。

A大知名校友谢氏总裁谢际明，财经版常客，家财亿万，年轻能干，除了最近抽风爱猪成魔之外没有任何黑点，就是这样一个长得帅、家世好的标准总裁，在校门口堵一个大学男生，这像话吗？

非常不像话了，被保镖请上豪车的顾晓雨痛苦地心想。

不要小看A大校友们的八卦能力，明天他被霸道总裁包养、校门口豪车接送的传闻就要传遍A大了！

哎，世风日下，人心不古。

"香香在哪里？"谢际明一副好几天没有休息好的样子，见到顾晓雨的第一句话就是问香香。

顾晓雨很心虚，虽然他不是主谋，但也是共犯，还是那种混进别人家里把人绑起来当场抢走"未婚妻"的混蛋共犯。

不管怎么说，谢际明现在这副样子都是因他而起，顾晓雨没法做到置身事外。

"柳行把香香带走了，现在我也不知道他在哪里。"顾晓雨说道，努力用诚恳的眼神表达自己没有说谎。

谢际明沉默了许久，幽幽道："我已经定好婚期了。"

顾晓雨的表情一下子从正经变成了抽搐：哥，你认真的吗？

"结婚地点也定好了，在太平洋的一个小岛上，前年我买下来的，风景很好，我本来想邀请你，请帖都写好了。"

顾晓雨扶额道："我不知道说什么好……作为好朋友，我不接受你娶一只小香猪，作为小香猪的主人，我不同意她给我找个两条腿的女婿，总之我反对这门婚事！"

谢际明拿过公文包，在里面摸索了起来，顾晓雨看着他的动作，怀疑他是想掏出一把刀把他这个老丈人给捅死了事。

当然没有，身为霸道总裁，怎么能干出黑化男主角的事儿呢？

谢际明在公文包里摸出了一叠支票，诚恳地问道："您觉得彩礼多少钱比较合适？"

"多少钱都不合适！这不是钱的问题！"顾晓雨抓狂，对这个一言不合就写支票的朋友绝望了，他从前不是这样的人！

"那是什么问题？"

"是种族的问题啊！你们有生殖隔离！"顾晓雨破罐子破摔地喊道。

谢际明顿了一顿，问前面的司机："哪里可以做变猪手术？"

司机的冷汗下来了："没有这种手术，少爷。"

顾晓雨的眼神死了：谢际明已经完了。

"再说了，这个……香香还小嘛，才两个月吧，两个月这是童婚！不合法的，你至少等香香成年！"顾晓雨垂死挣扎。

谢际明又顿了一顿，继续问司机："猪几岁成年？"

司机的眼神也死了："我对这种问题没有研究，少爷。"

谢际明又问："谁有研究？香香的专业团队里必须有这样的人才。"

司机的心大概也死了："畜牧局吧。"

谢际明立刻给助理打了个电话，表示香香团队要增添几个新人，主要研究母猪的生长周期和适婚适配年龄。

哪怕隔着电话，顾晓雨都感觉到了对面助理崩溃的心情。

几分钟后，助理回了电话："少爷，畜牧局表示他们那里的人才主要研究的是母猪的产后护理。"

谢际明当即变了脸色："我是不会让别的猪玷污香香的清白的！香香可是我的小仙女啊！"

顾晓雨瘫在座椅上，心想他到底是造了什么孽啊，等谢际明的爱情荷尔蒙代谢掉之后，他会不会被杀掉灭口啊？

一定会的吧？

啊，人生啊……

⟩ • • •

谢际明最终也没把他怎么样，在确定顾晓雨和柳行没有联系之后，谢际明让司机把他送了回去。

再次回到学校的顾晓雨已然奄奄一息，见到季泽熙教授的第一时间就跟他告了状："教授，谢际明真的疯了，他绑架我！"

季泽熙吃了一惊："绑架？"

"嗯，光天化日朗朗乾坤，在校门口劫持我逼问香香的下落，还企图给我开支票买断香香所有权！"顾晓雨委屈道。

季泽熙笑了："老谢一恋爱，整个人都变了，以前多冷静理性的一个人啊。"

顾晓雨心虚地干咳了几声。

"出去几天，情况怎么样？爱情荷尔蒙拿回来了吗？"季泽熙问道。

顾晓雨的心更苦了，跟季泽熙把游轮上的事情简单说了一下，当然省略掉了柳行和司徒凛那些不能说的事情，只说拍卖会没能举行，他们提前溜走，荷尔蒙没有到手。

"对不起哦，教授，又耽误进度了。"顾晓雨捧着季泽熙给他泡的奶茶，愧疚地说道。

季泽熙微微一怔，温柔道："我倒是有一个好消息要告诉你。能够代谢人造爱情荷尔蒙的代谢剂我已经做出半成品了，如果符合预期效果，那一切问题就可以解决了。"

顾晓雨惊喜道："真的吗？教授，你太厉害了，这效率棒棒的！"

"有人造爱情荷尔蒙的成品，做出针对它的代谢剂本来就不难。"季泽熙说。

天然的爱情荷尔蒙很难被人体代谢，但是人造爱情荷尔蒙却不一样，它是一种稳定性不强的荷尔蒙，就算不用代谢剂，也会在人体中自然代谢，只是花费的时间比较长而已。

"等爱情荷尔蒙代谢掉之后，引导剂的效果也会消失了吧？"顾晓雨问道。

其实假如顾晓雨没有在人造爱情荷尔蒙中加入引导剂，这一团乱的情形根本不会发生。因为爱情荷尔蒙的本质是让人拥有爱的能力，但是引导剂却让这种能力成为了祸端，因为它的作用是让爱情荷尔蒙对特定对象产生情愫，也就是说，只有加入了特定引导剂的爱情荷尔蒙，才会让人爱上特定对象，否则哪怕用了爱情荷尔蒙，你也不知道自己什么时候、会对谁产生心动的感觉。

"当然，不过柳行那里可能会有麻烦，他是自然人，人造爱情荷尔蒙本身没有对他产生作用，让他失控的是引导剂，哪怕代谢了人造爱情荷尔蒙，他体内还是有天然爱情荷尔蒙存在，依旧会使得引导剂产生作用，除非他抽走体内的天然爱情荷尔蒙。"季泽熙说。

大佬，我对不起你！你的"恋爱脑"看起来不好治啊！

顾晓雨想了想，特别痛苦地说："就算他抽了天然爱情荷尔蒙，里面还含有指向香香的引导剂，这……这怕是卖不出去！"

季泽熙严肃地点头。

大佬，我对不起你！你的爱情荷尔蒙被我祸害得一文不值！错过了一个和蔚蓝一样发家致富净赚五个亿的机会啊！

看来还得研究针对引导剂的代谢药剂了，顾晓雨心想。爱情荷尔蒙本身是没有错的，错的是引导剂，他必须解决这个问题，只要引导剂能被代谢掉，他们就可以拥有正常的爱情了。

亡羊补牢，赶紧亡羊补牢！

他是不是在这群人的"恋爱脑"治好之前就应该提前研究哪里

的公墓风水好啊，不然等他们集体痊愈，谢际明负责出钱，司徒凛家的金链大哥们负责开道，柳行负责拿刀杀他祭天。

怕了怕了，要不还是抱紧季教授的大腿求他照应一把吧，毕竟教授是个恋爱中都理性到不留黑历史的人啊！

哦，除了手机和电脑桌面上的香香之外。

人造爱情荷尔蒙的项目早已立项，现在已经到了专利阶段，开始进行一期临床实验，季泽熙教授一边负责这个项目，一边在进行代谢剂的实验，忙得不可开交。导师都忙成这样了，顾晓雨自然也没可能闲下来，他白天实验晚上写论文，头发大把大把地掉，干脆辞了兼职睡在实验室了。

奇怪的是以前时常把实验室当成家的季教授竟然每晚都坚持回家了。

几天下来，顾晓雨完全把谢际明找过他的事情忘到了一边，直到某天他在实验室里接到了谢际明的电话，对方在长达半小时的时间里对他疯狂倾诉自己对香香的思念之情，顾晓雨一边采集实验数据一边心不在焉地应和着。

挂了电话之后，他惊恐地发现整个实验室的同学都默默看着他，跟一屋子的丧尸看着唯一一个活人似的，把顾晓雨吓得够呛。

在同学们充满八卦欲望的拷问中，顾晓雨得知自己已经上了学校论坛的八卦区了，他战战兢兢地点开了一个帖子："是幻觉吗？我好像在校门口见到了我校知名校友谢大佬"。

这个三天前的帖子现在都没沉下去，顾晓雨既好奇又不敢看，每往下拉一点都生怕自己被扒出来，可是哪能不被扒出来啊，毕竟谢际明在校门口等了他好一阵，路过的学生十有八九会拍照留念，见到他的人数以百计。而顾晓雨在学校里也小有名气，不少人知道这位姓顾的自然人小哥是个抽卡小能手，一天能代抽三次，先到先得！他还不收费，随便投喂点零食饮料都行，不给也无所谓，简直是人形抽卡机。

就是一天只抽三次，据说是因为一天的幸运是限量供应的，抽完三次之后就没有了。

果然，不到十楼就有人在猜："我路过的时候看到了一张侧脸，被逮上车的是不是某个幸运儿？号称不管官方掉率多低只要有理论上的可能性就一定能帮你抽出这张卡的幸运儿？"

顾晓雨的心里"咯噔"了一下。

下面飞快地对起了暗号，迅速把他扒了出来，然后开始大胆猜测谢际明和他的关系。还有人扒出了谢际明的网红小香猪香香是他的宠物，然后由此推断出了许多曲折离奇的故事。

例如在230楼校友的猜想中，邪魅狂狷的谢总对平凡无趣的自然人顾晓雨一见钟情，追求未果，精神受创黑化，抢走了顾晓雨的小香猪，一边在微博上疯狂示爱小香猪，一边告诉顾晓雨：要是你不从了我，我就把你的小香猪烤了！顾晓雨委委屈屈哭哭啼啼，屈服于霸道总裁的淫威，两人过上了"有时两次有时三次"的生活。

楼下发出抗议：这不能解释谢总突然抽风狂发微博表示想和小香猪结婚！

于是300楼又有了新思路：事情是这样的，邪魅狂狷的谢总听说了幸运儿是个隐藏在普通人群中的超能力者，为了谢氏千秋万代一统商业帝国，他不择手段地要得到幸运儿，然而幸运儿岂是会被金钱打动的人？他宁死不屈抵死不从，然而有一天谢总发现原来幸运儿并不是超能力者，他的幸运来自一只小香猪，于是抢走了小香猪，这个秘密又被那位潜入谢家偷猪、把猪拴在裤腰带上被人拍下照片的神秘女人知道。为了夺回小香猪，幸运儿和谢总合作了。

恋
爱基因

楼下再次发出抗议：这只小香猪看起来才几个月大，而幸运儿的传奇已经在校内有数年历史，时间对不上。

下面还有更离奇的猜想，还把顾晓雨从前就去过谢家做客的事情扒了出来。但是再疯狂的猜测也无法还原真相，因为真相只会比网友的猜测更荒诞离奇。

顾晓雨看了半天论坛，心虚地关掉了。

看着实验室里的同学们好奇的眼神，顾晓雨毅然装傻："不是啊，上面都是瞎说，我以前就和谢际明认识啊……"

众人一脸"你在说谎，你们一定有情况"。

哎，谣言就是这么产生的。

要是让这群人知道谢总是被他坑的，估计他会被谢总的狂热粉丝们撕成碎片吧。

害怕害怕。

总之，这天是顾晓雨回归校园之后最心累的一天，他蔫头耷脑地干活，到晚上十点之后同学们也都回去了，顾晓雨还在实验室里忙活儿。

季教授也要回家了，临走前和顾晓雨打了个招呼。

"最近教授每天都回家呢。"顾晓雨无意间说道。

季泽熙脸上的微笑纹丝不动，从容道："反正离得也不远。"

"也是，教授再见！"顾晓雨对他挥挥手，目送季泽熙离去。

季泽熙的车从车库里驶出，先去了一趟超市，回到家中的时候手上拎了两大袋水果和蔬菜。

季泽熙打开家门，漆黑一片的复式公寓里一片清冷寂静。

顶灯亮起，照亮了偌大的客厅，里面空无一人。

季泽熙对着这空旷的公寓，温柔地说了一声："我回来了。"

没有人回应他。

季泽熙换好了鞋子，走到厨房开始清洗蔬菜和水果，然后拿着装好的食物走上了楼梯，打开了二楼一间上锁的房间。

房间里一片漆黑，清脆的声响传来，好像有什么人在啃东西。

灯开了，一只趴在床上的小香猪飞快地跳了下来，跑到季泽熙的脚边围着他转圈，似乎知道他带来了它喜欢的食物。

季泽熙蹲下来，抱起小香猪亲昵地摸了摸它的鼻子："抱歉，回来晚了，作为补偿，今天给你带了好吃的香瓜，喜欢吗？"

香香已经闻到了香瓜的味道，扑腾着要下去吃瓜，它已经迫不及待了！

季泽熙放走了它，手把手地喂它吃，香香吭哧吭哧吃得可香了。

"明天恐怕会更晚回来。不过没关系，很快一切就会结束了……"季泽熙温柔地看着一心吃瓜的香香，轻声说道，"等代谢剂完成，他们很快就会抛弃这份感情，不会再有人关心你的下落，晓雨也不会，他很快会有新的宠物。你看，人类总是很擅长放弃和遗忘。"

"但是我不会。"季泽熙的眼中倒映着香香的身影，他喃喃道。

"这个世界上，只要有我一个人爱着你就足够了。

"香香，永远和我在一起吧。"

> ● ● ●

早晨六点，季泽熙的电话响了，这是个不合时宜的时间，对大多数人来说，这个时间点他们多半还在梦乡中。

但对于每天准时五点起床慢跑健身的季泽熙来说，这个时间刚刚好。

来电没有显示号码，但季泽熙知道是谁。

"有什么事吗？"正在给香香准备早餐的季泽熙问道。

"怎么，没事就不能给你打电话了吗？还是说我打扰到了你和香香的独处？"电话那头的柳行语气可不怎么好。

"有话直说吧。"

"我已经和司徒凛联系好了，明晚午夜时分，我会在临港旧码头那里把'香香'交给司徒凛。另外我会想办法把这件事透露给谢际明，他一定不会放弃，就让他们两个去抢吧。"

"你打算怎么糊弄过去？"季泽熙问道。

"待会儿你看邮件就知道了。"柳行说着，挂掉了电话。

很快，季泽熙的邮箱里出现了一封新邮件，里面是一只小香猪的照片，无论怎么看都和香香长得一模一样，难以区分，也不知道柳行是从哪里找来的。

引导剂和爱情荷尔蒙一起使用，会让人产生对特定对象的爱意，但这种爱意是盲目的，如果你的眼睛骗过了你的大脑，那么在你意识到这件事之前，你是无法做出理性区分的。也就是说，只要司徒凛和谢际明没有认出眼前的这只小香猪并不是香香，那么他们就会把它当作香香来喜欢。

因为在他们眼里，这就是香香。

季泽熙删掉了邮件，拿着食物走上二楼。

看着香香吃得正香的模样，他露出了一个微笑。

这一刻，他突然觉得自己理解了他的父亲。

褪色的红玫瑰，又怎么比得上在记忆里一日日鲜活起来的白玫瑰？爱情这种感觉，原本就是毫无理性的疯狂，为了它，所做的一切决定，都是值得的。

这段时间顾晓雨一直暂住在司徒凛家，今天一早起来，他突然有种不祥的预感。

因为他打开手机上了一下微博，发现自己没有收到转发抽奖中奖的私信，一封都没有！

这不科学，他平均每天蹭几个转发抽奖，照理来说总会被抽到一两个，但今天，一个都没有！

然后早上刷牙的时候，挤在牙刷上的牙膏掉进了洗脸台，刮胡子的时候刮破了下巴。

不妙啊，很不妙啊，这是不祥的预兆。

难道是最近哪个彩票中了大奖，一下子把他的幸运值透支了？

顾晓雨已经总结出了一套幸运值使用指南，他的运气是比一般人好得多，但这是有限额的，他的幸运是定量供应的，就像他曾经中过一次彩票大奖，结果之后就一直接连倒霉，他不得不把钱全都捐掉，这才让幸运值回归正常。

走出房间下楼的时候，顾晓雨看到司徒凛从楼下走过，他刚喊了一个名字，自己一个脚滑，从楼梯上咕噜噜地滚了下去，把司徒凛吓了一跳。

幸好小伙伴身手过人，竟然一个健步冲上来把他捞住了："你走路都不看路吗？"

"失误失误，今天情况有点特殊，我的幸运值好像不太对劲。"顾晓雨说。

"哪里不对劲？"司徒凛问道。

"我今天打开微博，竟然发现自己没有中奖，这不正常啊。"顾晓雨拿着手机正色道。

司徒凛满脸问号：你们幸运儿能不能给人一条活路？

"然后我刮胡子还刮出了血！"

"那是你手残。"

"我刚刚还摔下了楼梯！"

"这是你脚滑。"

"阿凛，你今天是不是'大姨妈'来了？怎么这么抬杠呢？"

"……滚。"

一直到吃早餐的时候，顾晓雨才知道今天司徒凛有点过度兴奋的原因——因为柳行和他约定了时间地点要交付香香小公主了！

顾晓雨吃着煎蛋，一脸苦闷：这群女婿看来已经完全忘了香香是谁的女儿！竟然自顾自地分配起了香香的所有权！

好气啊，他要赶紧回实验室把代谢剂搞出来，看他治不好这群"恋爱脑"！

怀着这个想法，顾晓雨精神百倍地去了学校。

司徒凛家的司机把他送到了距离学校还有半条街的地方，因为顾晓雨坚持不让他送到校门口，他最近深陷谣言之中，竟然还有司机接送上下学，这看起来就更有问题了！

距离校门还有几百米，顾晓雨慢吞吞地走着，猛然看到路边停着一辆豪车，车牌号还很吉利，不由得多看了两眼。

车窗突然降了下来，坐在驾驶座上的男人深深地看着他，他看起来有些年纪了，眼角已经有了细纹，可是这点岁月痕迹却丝毫没有折损他的魅力，反倒让他充满了成熟稳重的气质。

"是顾晓雨吗？"男人问道。

顾晓雨纳闷地点了点头："您是哪位？"

男人看着他的眼神里充满了复杂，像是在透过他看着另一个人。

"我叫顾宇，宇宙的宇。"男人说。

名字和我有点像啊……顾晓雨心想，随即一个可怕的念头涌入了他的脑海中，他不禁仔细打量起了眼前的这个男人，然后惊讶地发现，他们长得还有几分相似。

顾宇打开车门走了出来，他比顾晓雨高一些，眉眼也更硬朗一些，可是当他们站在一起的时候，旁人很容易发现他们的相似。

"你妈妈从来没跟你提起过我吗？"顾宇问道。

顾晓雨愣愣地摇着头，大脑已经因为某个疯狂的想法陷入了死机中。

"这么多年来，我一直不知道你的存在，没能参与你这么多年的人生，我很遗憾，也很抱歉。"顾宇的眼中流露出显而易见的伤感。

顾晓雨突然想转身逃跑。

小的时候他无数次地问过母亲，他的父亲呢？母亲笑着告诉他，他是她一个人的孩子。再长大一点，他知道了这个世界上有无数诞生于生命工厂父母不详的新人类，逐渐释怀。再后来，母亲去世，他被送进了孤儿院，也曾经幻想过自己的父亲突然出现，将他带走，可一直到他成长到了不再爱幻想的年纪，他也没有见到这个人。

可为什么，在他已经接受了这个事实的时候，这个人突然出现了。

顾宇静静地看着他，摸了摸他的头："晓雨，我是你的亲生父亲。"

⟩ • • •

我有爹了！亲爹！这个巨大的弹幕在顾晓雨的脑中刷屏而过，震得他一整天脑子都像是泡在了糨糊里。

穷困了二十五年后超有钱的亲爹喜从天降是什么样的体验，顾晓雨现在可以去回答这个问题了。

顾晓雨请了半天假——没错，哪怕是亲爹找上门这样的大事，他都忙得请不出一天假。他还没想好怎么跟季教授说这件事，只是含糊地表示有点急事要请半天假，季泽熙答应了。

在这半天的时间里，顾晓雨被新鲜出炉的天降系父亲带到了一家看起来很高端洋气上档次反正他绝对不会走进去消费的会所，听他讲起了过去的故事。

恋
爱基因

顾宇是个新人类，不是由一对夫妻提供生殖细胞孕育出来、出生后就会被父母带走的那一种，而是由互不相识的陌生人强制捐献生殖细胞后，诞生于生命工厂的那种。

和绝大部分被社会化抚养的新人类一样，他从出生起就不知道父母是谁，在新人类统一教育所长大，早年对"父母"这个课本上的词语毫无概念，最接近这一身份的是他的生活老师。

步入社会后他从事爱情调配师行业，很快自己经营起了一家公司，为了更好地体会爱情的与众不同，使得自己调配出更加出色的爱情，他给自己注射了爱情荷尔蒙，之后与顾晓雨的母亲恋爱了。

"你的母亲是自然人，非常温柔也非常善良，硬要说有什么缺点的话，因为小时候父母感情不和的关系，她稍微有些敏感多疑，缺乏安全感。我们在一起有两年多的时间，经历了很多事情，起初我并没有结婚的打算。因为我自己没有父母，不知道一个正常的家庭应该是何种模样，我觉得我无法成为一个合格的丈夫，一个合格的父亲。你的母亲教会我很多东西，怎么样去爱一个人，怎么样去经营一份感情，这些都是我从前不会的东西。"顾宇将事情娓娓道来。

顾晓雨转动着桌子上的杯子，看着里面的咖啡轻微地晃动着，让倒影在上面的画面变得斑驳模糊。

他忍不住问道："你们是因为什么而分手的呢？"

顾宇轻叹了一口气："因为我们终究是不一样的人。她渴望婚姻，而我犹豫，这份犹豫伤害到了她，到我意识到的时候，她已经心灰意冷决定离开。"

"我不太明白，听起来，直到你们分手的时候，你们还是有感情的。"顾晓雨困惑，并且隐隐地感到失望。

他甚至自私地想着，如果他们没有分开，那他就会出生在一个健全的家庭里，不会从小跟着母亲一次又一次地搬家，也不用在同

154

龄的自然人同学讨论家庭时保持沉默。

顾宇遗憾地说道："我也很想亲口问问她，只是没想到，已经没有机会了。"

这对新认的父子沉默了，短暂的寂静之后，顾宇看着他，问道："能带我去看看你妈妈吗？"

顾晓雨点了点头。

公墓距离Ａ大只有一小时的车程，顾晓雨每年都会来一两次。前一次来的时候，他很高兴地告诉她，他有女朋友了，他很喜欢她，喋喋不休地说了一早上，带着满腹的欢喜离去；上一次来，他什么也没有说，只是在墓前静静地坐了一下午，心里空荡荡的，好像墓园的风从他空缺了一块的胸口穿过，让他浑身发冷。

再一次站在母亲墓前的时候，顾晓雨才意识到，她原来已经离开了那么多年，他将近一半的人生都没有她的参与，他已经快要习惯了。

顾宇看着爱人的墓碑，轻轻叹了口气："她改名换姓了，怪不得我一直找不到她。"

"那你是怎么找到我的？"顾晓雨问道。

顾宇俯身将花放在了墓前，看着墓碑说道："其实也是个巧合。前几天我在Ａ大附近路过，看到你和一个同学走在一起，他叫你顾晓雨。我让司机停了车，在车里呆呆地看了你很久。说不清楚为什么，当时我脑中只有一个念头，如果我和她有孩子的话，一定会长成这样吧。那时候我很想下去跟你搭个话，但又担心会被你当成坏人，就私下让人调查了你，抱歉。"

"……不会觉得很奇怪吗？突然间多了个已经这么大的儿子。"顾晓雨问道。

顾宇笑了笑，再一次摸了摸他的头："我只觉得很幸运，庆幸着命运把你送回了我的身边。"

　　这一早上发生了太多的事，下午顾晓雨回到学校的时候还感觉自己在做梦。

　　他迷迷糊糊地敲开了季泽熙办公室的门，被投喂了一杯奶茶，一边喝一边掏出了顾宇临走前塞给他的一张黑卡。

　　"教授，我有爹了，他给了我这个。"顾晓雨把卡拍在了桌上，一脸凝重地说道。

　　正在喝咖啡的季泽熙没稳住，被呛了个正着，咳嗽个不停。

　　等他平复下来，季泽熙握住了顾晓雨的手，对他郑重其事地说道："晓雨，你是我未来妻子的父亲，我会和香香一起好好照顾你，你千万不要想不开为了钱做这种事。"

　　顾晓雨一脸凝滞："不，我不是，我没有……"

　　季泽熙从皮夹里抽出一张卡，推到他面前："这张卡里有几百万你先拿去花了吧，就当是提前给你的聘礼。"

　　顾晓雨一阵窒息：不是很懂你们有钱人的操作。

　　"是我失散多年的亲爹……"顾晓雨小声辩解道。

　　季泽熙疑惑地问道："可我记得……"

　　"嗯，我从小就没有见过我父亲，妈妈也没跟我提过。可是今天他突然出现了，我们长得确实有点像，他还给我看了亲子鉴定报告，应该不会错吧？"顾晓雨说着，自己都觉得有点生疑。

　　突然出现的亲生父亲，看来还很有钱，非要认回他这个已经成年的儿子。

　　怎么感觉像是某种新型诈骗手段？顾晓雨突然心生警觉。

　　天上掉馅饼的事情总归不太安全……不，他的人生里天上掉馅饼的事情太多了，根本不稀奇。甚至有一次他身无分文手机欠费快要饿晕在路边的时候，还真被一个从天而降的馅饼砸中过，不小心用馅饼砸中他的路人还不好意思地赔了他洗衣费，于是他既填饱了肚子，又有钱充手机话费了。

顾晓雨将事情经过一一道来，说到最后，他自己都有点迟疑："教授，你说这件事……是真的吗？"

"别担心，我会帮你留意一下，如果是假的，那也不难拆穿，下次你见到他的时候问他要一根头发吧，那个亲子鉴定还是要重新做一次的。"季泽熙说。

顾晓雨点头。

"总之保护好你自己，有什么事情一定要告诉我。"季泽熙说道。

"嗯！"

"好了，先去做实验吧，还有三个大好青年等着我们去拯救呢。"季泽熙笑着说。

顾晓雨连连点头，走出门外了才突然想起，为什么是三个，而不是四个呢？

因为今天发生了很多事，季泽熙让顾晓雨早点回去了。

回的自然不是他在 A 大的宿舍，而是司徒凛家。

晚上一见到司徒凛，憋了一下午的顾晓雨就兴奋地把黑卡拍在了司徒凛面前："看，黑卡！"

司徒凛淡定地看了一眼，掏出瑞士军刀："这张是副卡，以后捡到这种卡的话直接剪掉。"

吓得顾晓雨一把抢过了黑卡："别、别、别，这是我爹的卡！"

司徒凛狐疑地看着他："你哪来的爹？"

"今天刚认的。"顾晓雨有意逗他，一脸正色地说，"可有钱了，长得还很帅！儒雅大叔一个！"

　　司徒凛犀利地盯了他一会儿，从头看到脚，看得他"菊花"一紧。

　　"这种长得帅还有钱的大叔，根本没必要出钱包养男大学生，哭着喊着扑上去的人够把你这个小胳膊小腿的家伙踩死在路边了。他花大价钱要包养你，要么是他有什么变态的嗜好，要么就是有不可告人的阴谋。他叫什么名字？几岁？哪里人？我先查查他的底细。"司徒凛已经拿出了手机。

　　顾晓雨赶紧解释道："我开玩笑的，那是我亲爹，有血缘关系的那种。"

　　司徒凛的眉头皱得更紧了："你家连张你爸的照片都没有，这个爹是哪里冒出来的？"

　　顾晓雨愣了愣："你怎么知道我没见过我爸照片？这种事情我没有跟你说过吧。"

　　虽然他的确和司徒凛说过小时候的事情，但是绝对不包括这种细节。

　　司徒凛语塞了一下，气愤地说："你说过的！"

　　"我没有！"

　　"你有！"

　　"没有！"

　　"你有！"

　　两人毫无意义地你一句我一句，最后顾晓雨白了他一眼："阿凛，你这样真的很小学生，成熟一点好吗？"

　　到底是谁幼稚啊？！司徒凛无语。

　　"反正你自己好好想想！"司徒凛别开了眼，不耐烦地说道。

　　顾晓雨思考了起来。可能知道这件事情的，季泽熙是一个，谢际明也知道，柳行大概也听他说过，但是司徒凛和他认识的时间最短，到现在也就半年多。已经是研究生的顾晓雨不会和司徒凛这么详细地说起小时候的事情。

越想越是困惑，顾晓雨纠结地看着司徒凛的侧脸，他扭头看着旁边的窗户，不吱一声。

顾晓雨盯着他的侧脸，脑中的思路慢慢飘远了，从回忆一直飘到了眼前：司徒凛的耳洞还真不少啊，右边这只耳朵就有三个呢，但是从没见过他戴耳环。

他堂弟司徒俊还爆料过，他以前不但打耳洞，还闹离家出走呢。

真是人不可貌相。

等等，耳洞，烫头，离家出走……

这个侧脸和记忆里那个陪他一起看过星星的出走少年重叠在了一起，顾晓雨的嘴越张越大，最后大喊一声："是你？轩辕龙傲天！！！"

司徒凛顿时大喊了一声，脸上爆红一片，一秒否认："你认错人了！"

顾晓雨上前一步，遮住了他上半张脸又比对了一番："没错，就是你！你那时候染了紫色的头发，刘海遮住了眼睛，带了七个耳钉，还在变声期！小学六年级，没错吧？！是你，是你，绝对是你！轩辕龙傲天！"

羞耻到面红耳赤的司徒凛炸了："该死，你现在这么确定了吗？以前我明示、暗示你多少次，你怎么就瞎了呢？"

顾晓雨扁扁嘴，以静制动："所以你现在是傲娇了吗？傲天啊，你以前没有这种傲娇性格的。"

司徒凛越发暴躁："滚！我有事，走了！"

说着，司徒凛竟然转身就走，他需要静静，平复一下被人爆出青春期假名的羞耻尴尬。

顾晓雨哪能放他走，一边欢快地笑着，一边追在司徒凛身后，一口一个"傲天"，一直追到了门口。

司徒凛一个转身把顾晓雨堵在了墙边，捂住了他的嘴："再喊我就不客气了！"

顾晓雨使劲眨巴眼睛表示自己会乖乖听话。

用人刚好走了过来，对他说道："凛少，你堂弟来了。"

司徒俊一溜小跑过来了，高声喊道："哥，亲哥，你一定要救我啊，我爸那个老不死的要把我送出国念书！让我念书我要死了，你一定要救我啊！"

于是，智障堂弟司徒俊，在自己堂哥家中目击到了这一幕：他英俊潇洒只是突然抛弃了小伙伴染黑了头发还念起了书的堂哥，捂着他情敌的嘴，把人堵在墙边。

司徒俊脑中飘过了无数粉红色的泡泡，还有满脑子的弹幕，连脑内的背景音乐都变得妖娆起来。

这一刻的司徒俊内心是崩溃的！

"你们……我……小白脸，你果然'泡'了我哥！！！"司徒俊愤怒了。

顾晓雨歪过头，看到情敌崩溃的脸，心情分外愉快："没有，没有。不要惊慌，我们这只是男人之间的友谊。"

然后在心里补充了一句：也是老丈人和女婿的友谊。

无辜的司徒俊表示，自己从未见过这样的男人之间的友谊，难道他不是男人？

他堂哥还在一旁点头："我的一生挚爱是香香。"

听到了一个陌生的女人名字，司徒俊一下子精神起来："香香是谁啊？我未来的大嫂吗？照片给我看看，一定很漂亮吧！"

这么想着，司徒俊鄙视地看了一眼顾晓雨：哼，小白脸，你是当不了我大嫂的，迟早被我哥甩了。

司徒凛面带笑容地掏出了手机："当然了，香香可是人间绝色！"

司徒俊于是激动地看向他的手机屏幕，一只憨态可掬的小香猪正冲着他"微笑"。

这一刻，司徒俊的笑容龟裂在了脸上。

"漂亮吧，你从未见过这样可爱的小香猪，以后要尊敬地称呼人家为嫂子，知道不？"司徒凛教诲堂弟。

司徒俊深情地握住了堂哥的手："哥，从前我歧视同性恋，我错了，我真的错了，以后我肯定不会了，我举双手支持你们，谁说你们不好我就打谁！忘了香香吧，你们不合适，不会有幸福的。你回头看看你身后的顾晓雨同学，你们不但物种一样，性别也一样，百分之一百地般配了，简直是天作之合！"

说完，他深情又嫌恶地拉住了顾晓雨的手："大嫂你好，小弟以前多有得罪，希望你大人不记小人过。但是既然你跟了我大哥，以后就不要和女人勾勾搭搭了，影响多不好。最后我问一句，阿妍最近联系过你吗？我是真的很想她。"

说着，司徒俊竟然老泪纵横：他真的不想要一个会长到三百斤的大嫂啊！

第 廿 章

**土豪们的骚操作
真是层出不穷**

第二天的夜里下起了雨，黏腻又阴冷，灌了三杯咖啡的顾晓雨被拖到了A市的临港旧码头。

这是个已经废弃多年的码头，夜幕降临之后，除了暂住在这里的流浪汉和时不时会来巡查的警察之外，鲜有人来，因此成了道上一个有名的交易地点，也是一个走私货运的中转处。

顾晓雨是被拉来做见证的，按照司徒凛的话说，他身为香香小公主的老父亲，必须亲眼见证这一幕。

顾晓雨长叹了一口气，女婿们一个个丧心病狂，有没有考虑过他这个老父亲的感受？他女儿当着他的面被人巧取豪夺！猪生坎坷，命途多舛，堪比"玛丽苏"小说的女主人公！

这么一想，香香还真是女主人公的设定，天真纯情又可爱，看她白里透粉的皮肤，一双无辜的大眼睛，还是个没心没肺的小吃货，真是纯情迟钝系女主人公本人了。

要是香香真的是个女孩子的话……顾晓雨不禁脑补了起来，啊，这四个男人与一个美少女的血雨腥风，可以拍一百二十集狗血连续剧。然而很遗憾，香香只是一只小香猪啊！

但即便是一只小香猪，这个故事也毫无疑问地展开了，可见有时候，主角是人还是猪并不是那么重要。

"其实吧，我真的不是很想参与这件事。不管香香落在谁手里，反正你们都不会把它还给我。"顾晓雨委屈地说。

这女儿可是他花了二百五十块钱在某宝上买来的呢！

"想开点，香香在我这里，你好歹看得见也摸得着，在别人那里可就说不定了。"司徒凛淡定道。

"好像有道理哦……"顾晓雨思忖道。

时间一分一秒过去，司徒凛调兵遣将让几百号金链大哥把整个码头围成一个铁桶，确保这场肮脏的交易安全无虞，今晚他势必要把心爱的猪猪女孩抢回家！

　　雨越下越大，时间已经走到了零点，一辆车在司徒凛手下的放行下来到港口码头边，难得一身男装的柳行孤身一人下了车，手中提着一只宠物箱，也不打伞，径直走到了司徒凛的车前。

　　司徒凛看着他手中的宠物箱，神情竟有些许紧张。

　　柳行冷冷道："今天这里没什么黑帮交易吧？警察呢？我可不想被'条子'当成交易'白货'的。"

　　司徒凛皮笑肉不笑："放心吧，这里安全得很，你担心的意外是不可能发生了。"

　　刚下车的顾晓雨吓得双腿一软，这家伙怎么就管不住这张乌鸦嘴呢？还谜之自信觉得自己万无一失，到底是谁给他的勇气？！

　　柳行把箱子放在了地上，杀气腾腾地说道："我把香香交给你，不代表我认输。"

　　司徒凛嘲讽道："手下败将还这么嘴硬。"

　　顾晓雨心如死灰：求求你了，轩辕龙傲天先生，不要再嘲讽了，大佬是真能杀人的！

　　果然，柳行气得脸都青了。

　　司徒凛可顾不上理会情敌的心情，手下已经将柳行带来的宠物箱打开，抱出了一只吭哧吭哧的小香猪。

　　顾晓雨惊喜地叫唤了一声："香香！"

　　然而香香不懂老父亲的心情，压根儿没理会他。

　　司徒凛接过香香，抱在怀里狂亲了几口，喜悦之情跃然纸上。

　　香香挣扎无效，一副生无可恋的样子。

　　心爱的小香猪到手了，司徒凛根本不想再理会柳行，抱着香香就上了车。

　　柳行目睹司徒凛带走香香，雨中，浑身湿透的他失魂落魄，这一场大雨好像连同他的灵魂也一起浇透，他迷茫得像是找不到回家的路。

　　"这几天还好吗？"顾晓雨怀着愧疚之心，将伞罩在了他的头顶，问道。

"凑合吧。"柳行声音沙哑地说道。

凑合吧——这个回答含糊不清，说不上好，也不算太坏，马马虎虎的样子。

可这是真的吗？

顾晓雨想起他曾经问过柳行，他被领养后过得怎么样？柳行是怎么回答他的呢？

凑合吧。

那时候的他对这位童年好友背后的故事知之甚少，直到现在也仍然模糊不清。仔细想来，这一起爱情荷尔蒙的乌龙事件就好像一把钥匙，打开了他的朋友们隐藏着的真实，让他得以窥见他们面具下那张真正的脸。

如果没有这样的意外，他也许一生都不会知道……

即便他们是朋友，可朋友与朋友之间，还有无数个陌生人的距离。

没有人能轻易走进另一个人的心里。

"晓雨，走了。"司徒凛催促他。

顾晓雨低头看着自己的鞋子，将伞塞到了柳行的手里，对他说道："你要保重。"

柳行接过了伞，默默地点了点头："你也是。"

大雨哗啦啦地落在伞面上，这对曾经无话不谈的童年好友突然间竟然只有道别可以讲。

顾晓雨知道他要离开了，白乌鸦的身份已经暴露，他不可能再留在 A 大，他会前往别的城市，用新的身份继续他要做的事。也许他们这一生都不会再相见。

"我知道，你有你的准则。可是……可是有些事……早点结束吧。"顾晓雨鼓起勇气对柳行说道，"我不想看到你永远在黑暗里走下去。"

因为不会快乐。他希望柳行能过得快乐。

哪怕只是蒙上双眼后最平庸的快乐，那也好过行走在布满荆棘的黑暗里。

柳行低低地笑了起来，笑声在暴雨中被无情打散。

"不，你不知道。你只知道和你在幼儿园里一起削木头养野猫的柳行，却不知道离开那里之后的白乌鸦。他的为人，他的经历，他的诉求，他的所作所为，你全都不知道。"

柳行平静地看着这位从来都天真的好友，对他说道："你还抱着能回到过去的幻想吗？不会有了，没有人能够回到过去。你不可以，我也不可以。东西不可以，感情也不可以，什么都不可以。"

说完，他带着这把雨伞转身离去。

顾晓雨一把拉住了他的手腕，大声说道："这不公平，明明一直隐瞒着的人是你，你却指责我对这些一无所知。那你告诉我啊，把一切都告诉我，有什么我可以帮到你的，我一定会帮你，因为我们是朋友啊！"

柳行只回了他两个字。

他不能回应的两个字。

"爱情。"

顾晓雨突然说不出话来，任由柳行挣开了他的手，走入暴雨之中。

回到车上的时候，顾晓雨还没缓过来，萎靡地坐在座位上，连香香都没搭理。

司徒凛抱着香香愉快地撸猪，见他失魂落魄的样子，不由得问道："怎么了？"

"不，没什么。"顾晓雨心情郁郁的。

司徒凛把香香塞回了宠物箱，让后排的顾晓雨看好，他发动了汽车往家的方向驶去。

"没想到这次这么顺利，真有点意外。"司徒凛说。

对哦，竟然一点幺蛾子都没有，这不正常啊，顾晓雨突然意识到。

车子已经驶出了港口，顾晓雨看着窗外飞速被抛下的路灯，过往的旧时光在这个雨夜中反复回溯。

那时候他十三岁，刚到自然人孤儿院，和身材瘦小的柳行一同被视为可以欺负的对象，他运气好，有人想整他的时候总会很凑巧地遇上意外，于是两个同寝室的人迅速成了好朋友。

小时候的柳行非常腼腆安静，话很少，没事情的时候就一个人蹲在没人注意的角落里用蝴蝶刀削木头，后来混熟了，顾晓雨还帮他一起削过。

两人还曾经有过一个共同的秘密——他们收养了一只断腿的小野猫。两个半大的孩子在孤儿院的后院林子里给它做了个窝，每天带着食物去看它。

很多个温暖的午后，他们一起躺在树荫下，野猫就趴在他们头顶的树枝上，一同享受着宁静温柔的时光。

这片林子里有很多乌鸦，赶都赶不走，顾晓雨很烦它们。

"为什么乌鸦都是黑色的呢？"有一天，躺在草地上晒太阳的柳行问顾晓雨。

"如果是白色的话，就太与众不同了吧，会很奇怪的，而且很不合群呢。"顾晓雨怎么想，都觉得白色的乌鸦很奇怪。

柳行却思索了起来："如果真的有白色的乌鸦，那一定很耀眼吧。"

午后的阳光穿过树叶之间的缝隙，照耀在草坪上。睡在树上的野猫伸了个懒腰，轻盈地跳了下来，足垫落在草坪上，几乎没有发出声音，看不出之前它的腿还断过。它转着圈在两人的身边嗅了嗅，"喵"了一声，然后淡定地离开了。

那时候，他们并不知道这轻描淡写乃至敷衍的告别，其实是他们最后一次见到这只野猫。

就像在某个下午偷偷跑出孤儿院，前去寻找谢际明的顾晓雨并不知道，他多么幸运地逃过一劫。

恋
爱基因

而那个不够幸运的男孩，被人从孤儿院带走的男孩，喜欢用蝴蝶刀削木头的男孩，在不久后的一个暴雨天里挣扎于生死之间。

雨淋淋的，血淋淋的。

一群黑色的乌鸦里，一只染血的白乌鸦飞了出来。

那是血与泪的耀眼。

深夜，街道上的车辆已经很少了，司徒凛开着车，载着梦中情猪和好友回家，后面还跟着几辆金链大哥的车，其余的人都已经解散了。

顾晓雨听到他打电话让人解散，好奇地问道："这群大哥平常都做些什么？总不会是你家拿钱养着不干事，关键时刻出来镇场子吧？"

"怎么可能，我家不养闲人，他们月薪两万起步，平常很忙的。"司徒凛说道。

顾晓雨惊了："忙什么，到各大店铺收租子吗？"

司徒凛鄙视道："收租需要这么多人？我没收过租都知道，这种事情给个二维码每个月群发一下转账收款就好了，还要人上门吗？思想先进一点！"

顾晓雨更好奇了："那到底是干吗呢？"

司徒凛给他解说了起来："分两种，一种是职业保镖，我家有个安保公司你是知道的，这些人基本是退伍转业的，还有一些是职业雇佣兵，在国外上过战场的那种；其他都是正儿八经的企业员工，大学本科以上学历，一大半都是研究生以上，工作能力很强。"

顾晓雨感到整个人都不好了："原来大哥都是高学历人才！失敬、失敬！"

司徒凛正色道："看人不要只看表面，多关注一下人家的内涵。比如我经常带在身边那个身强力壮左臂青龙右臂白虎的强子，名校

168

海归博士，谈判水平一流，每年给公司拿到大量订单，百万年薪还拿了股份。"

顾晓雨回想着那位强子大哥的模样，一脸疑惑："这位学霸博士为什么会答应你剃光头？"

司徒凛得意地笑了起来："因为我面试他的时候，他已经念书念到头秃，发际线和地中海连成一片，形成大光明的局势，可谓聪明绝顶。身材更是白斩鸡一只，一块腹肌浑圆柔软，惨不忍睹。我实在看不下去，给他改造了一下形象，你看现在是不是好多了？"

——这就是你把人家改造成金链大哥的理由？

"头发还好说，既然秃到无法挽救，那还不如剃光了事。但是身材是怎么练的啊？强子哥那腹肌，厉害了。"顾晓雨说。

司徒凛更得意了："我给他请了个私教，每天给他打电话催他去健身。他一开始拼命找理由，今天说路上车祸要去修车，明天说亲戚死了要去奔丧，半个月下来亲戚都死了一圈了，健身房还没进去过。"

"然后呢？"顾晓雨好奇地问道。

司徒凛的笑容邪恶了起来："然后我给这位私教配了两个专业助手，从安保公司调过去的前雇佣兵。这两位身材也很棒，在他们先进带后进的作用下，一下班就被逮走的强子每天至少泡在健身房三小时，彻底爱上健身。如今他已经是个制霸健身房的大'肌霸'了，站在那里都有无数人跑过来要求摸他的肌肉。现在他在公司到处抓人一起健身，要把他们部门改造成'肌霸'天团，我很看好他，给他加了薪。"

——感觉像是加入了什么了不得的肌肉传销组织。有钱真是为所欲为……

还有，阿凛啊，你的审美实在是……让我说什么好呢。

"那……那个文身呢？这也是你手下的标配吗？"顾晓雨继续追问。

恰好前方是个红灯，车停了下来，司徒凛转过身来撸起袖子给顾晓雨看自己手臂上的龙形文身，别说，还挺有设计感的。

恋
爱基因

顾晓雨纳闷地问道："刚文上的？以前没见过啊。"

司徒凛一脸"你真是天真"的笑容，当场给顾晓雨表演了徒手洗文身的操作，手指在皮肤上暴力揉搓，一下子把龙搓掉了一个头。

顾晓雨："……"

司徒凛的声音里都写满了得意："我们家有请专门的设计师团队，每季度都要推出最新、最潮的文身设计，让人群中的你最时髦！街头那群文龙文虎文得像凯蒂猫的混混团，跟我们家的团队没法比，根本不是一个档次！"

"……你们司徒家的骚操作还真多。还有啊，阿凛，我已经发现了，其实你的叛逆期根本没有过去吧，只不过你隐藏得更好了。不愧是曾经叫轩辕龙傲天的男人。"顾晓雨面无表情地说道。

哪怕没有紫色的头发，没有七八个朋克风格的耳钉，司徒凛的内心仍然有一股奇怪的情绪在骚动，这是无法掩饰的骚。

"闭嘴！别提那个名字！"司徒凛涨红了脸吼道。

顾晓雨偷笑了起来："好了好了，不说就不说嘛。我还有最后一个问题……"

司徒凛迟疑地说："你想让我回答什么？爱过？那可不行，我现在还是深深地爱着香香，这份爱不会轻易死去！"

顾晓雨无语道："不，你想多了，请不要随意玩这种过时的哏，很冷的。我只是想问问你，大半夜把手下叫出来，他们是怎么答应的？"

"因为我给加班费，还给调休，良心老板。"司徒凛说。

"……哦。"

前方有交警正在检查酒驾，守法市民司徒凛停了车，下去测酒精。然而就在这猝不及防之间，穿着制服的两个交警以迅雷不及掩耳之势，一左一右地上了车，一脚油门把车开走了。

迷茫地站在原地的司徒凛呆立当场，这一刻他内心的第一反应是：妈的，车里藏了冲锋枪，这要是被抓进局子，强子来捞他的时

170

候怕是会笑死。

第二反应：该死，香香还在上面呢！！！

这他妈的是假交警！假的！假的！

站在暴雨中的守法市民司徒凛先生，掏出手机喊人："老婆和老丈人被人劫走了！快追啊！"

再说被劫走的顾晓雨和香香，眼看着司徒凛下车去测酒精，两个交警突然上了车，把车开跑了。

顾晓雨的大脑死机了一会儿："……你们，干吗？"

坐在副驾驶座上的交警转过身来，拿了一把枪指着他："请配合我们工作。"

"……你们是扫黑除恶的警察吗？"顾晓雨瑟瑟发抖。

"不，别害怕，我们只是抢劫的。"交警说道。

"……"更害怕了！！！

顾晓雨的内心在尖叫，这他妈是怎么回事啊？！难道是有人知道了香香的存在，想要绑架这只神一般的小香猪，威胁谢际明他们出钱赎猪，不然就把它做成烤肠？这他妈要价五十亿元都有人出吧？四个人每人敲一笔，发家致富就在今晚了！

竟然还真有点心动……不，晓雨，你冷静一下，卖女儿这种事情是可耻的。你现在能做的就是保住自己的小命，毕竟人家的目标是你的猪，你只是被顺带的，说不定会把你干掉。

看着黑洞洞的枪口，顾晓雨感到了命运的恶意：果然，这一切都要怪司徒凛这个乌鸦嘴！好好的为什么要立"FLAG"啊！

在顾晓雨二十五年的人生里，遭遇过许许多多奇怪的事情。

被混混围堵却安然无恙反倒成了热心市民，被入室抢劫非但没有被抢走一毛钱反而赚了一笔零花钱，被人投毒、追杀、用枪指着脑门却屡次用幸运值化险为夷。然而清醒着被人绑架还是第一次。

这绑架现场战况还很激烈，一整个车队在夜深人静的马路上疯狂飙车追赶他，很快连枪声都响了起来。

坐在车上的顾晓雨不禁思考着，司徒凛到底给他们出了多少加班费，才能让员工这么死心塌地地卖命，这企业文化和凝聚力真是太可怕了。

人家加班是坐在电脑面前用手指疯狂敲击键盘，最多也就是猝死穿越到异世界；而他的员工可是深更半夜在马路上一边飙车一边扫射，这可是真正的玩儿命啊！

司徒凛家一定有一套独特的洗脑方法，这功效堪比加了引导剂的爱情荷尔蒙了。

然而员工的敬业并不能挽回老板的梦中情猪，绑架他和香香的这一方显然也是有备而来，很快更多车子加入飙车战中，让这辆载着命中注定是个"玛丽苏"女主人公的香香以及她爹的车顺利逃走了。

摆脱了追兵的车子在空旷僻静的地方停了下来，顾晓雨被勒令带着香香下车，他只好从箱子里抱出不情不愿的小香猪，走出了车门。

暴雨已经停了，地上积满了水，借着路灯的光芒，顾晓雨看到前方驶来一辆车，在他面前停下来。

谢际明从车里走了出来。

看到他的一瞬间，顾晓雨什么都明白了。

一定是谢际明知道了柳行和司徒凛的交易，所以设了个局，在司徒凛成功带走香香放松了警惕之后，将香香一举抢走。

还捎带了一个无辜的他。

谢际明一见到他……怀里的香香，顿时激动得不能自已，以百米冲刺的速度扑了上来，一把将他连人带猪抱在了怀里，咆哮道："香香，我想死你了！！"

"我知道你很感动，但能不能放开我，我和香香都不能呼吸了。"顾晓雨艰难地发出了吐槽的声音。

被勒在两个大男人之间的小香猪无语：我已经是一只废猪了。

谢际明终于领悟到，男女主人公在久别重逢后的那个拥抱，其实也要讲究力度。

然而情话不用讲究尺度，于是他松开了手，抱起了小香猪，给了它一个肉麻的笑容："啊，香香，为什么你是香香呢？在离开你的日子里，我茶不思饭不想，每天回忆着你的音容笑貌……"

顾晓雨看不下去他的语文水平："我插一句，音容笑貌多用于死人，而且香香哪来的'音容笑貌'，人家只是只小香猪啊。"

谢际明默默看着他，顾晓雨回以无辜的眼神，比香香还无辜。

小香猪对搂着它还叨叨个不停的男人感到生气，一口咬住了他的手腕，咬得人鲜血直流。

谢际明竟然很惊喜，对顾晓雨喊道："你看，香香咬我了，它多有劲啊！"

顾晓雨为他的"恋爱脑"感到窒息："你都出血了，请你先包扎一下好吗？"

香香以前从来不咬人的，今天也不知道怎么回事？

"少爷，司徒家的保镖追过来了。"保镖在一旁提醒道。

"先回家。"谢际明抱着怒气冲冲的小香猪，示意保镖带上同样茫然的顾晓雨。

顾晓雨又坐回了车里，这次是谢家的车了，坐在前排的谢际明包好了手之后还是抱着香香死不撒手，气得香香对他又踢又蹬，后排的顾晓雨和一个人高马大的保镖坐在一起，对这起罕见的宠物猪对"高富帅"的家暴熟视无睹。

等到小香猪的情绪稳定下来，谢际明才说："抱歉把你也牵连进来。现在已经很晚了，到我家休息一下吧，之后我不会限制你的人身自由，你随时都可以离开，但我也欢迎你在我家住几天，最好住到我和香香举行婚礼，只要你不伙同别人带走香香。"

顾晓雨小声嘀咕："香香是我的宠物。"

谢际明肃然道："对你来说，它只是一只普通的宠物，对我来说，它却是一切。"

顾晓雨沉默了几秒后，说道："可它并不属于你。"

谢际明问了一个让他惊得说不出话来的问题。

他问："多少钱？"

顾晓雨怔怔地看着他，就好像看着一个陌生人。

明明他的脸上还依稀有年少时的模样，可是长达十数年的时光已经将曾经和他亲密无间的人改造成了一个彻头彻尾的陌生人。

哪怕他们重逢了，分别的遗憾好像得到了弥补，但他们早已不是一个世界的人。

——你只知道和你在幼儿园里一起削木头养野猫的柳行，却不知道离开那里之后的白乌鸦。他的为人，他的经历，他的诉求，他的所作所为，你全都不知道

就像柳行对他说过的那样，他永远在幻想着回到过去，幻想着一切都不会改变，他以为他的朋友永远停留在过去，可事实上，他们早已走得很远。

"开个价吧，多少钱你才肯把香香卖给我？"谢际明像是在谈论着一桩生意一般，平静地要求他给出报价。

顾晓雨一时间竟不知道是气愤更多，还是伤感更多。

"这不是钱的问题。"他闷闷地说道。

"没有钱解决不了的问题。问题只在于钱够不够多。"谢际明冷冷道。

顾晓雨反驳道："这个世界上有很多事情，是钱无能为力的。"

谢际明笑了，反问："那你有尝试过拿着足够的钱去解决这些

问题吗？"

顾晓雨回答不了，因为他没有。

"我现在告诉你，我用一个亿买下香香，你可能会拒绝，因为你不了解这是一笔多大的数字，也不清楚这能给你的人生带来什么样的改变。没有拥有过的人总是很容易大义凛然地说出拒绝的话，但这份轻率的勇敢只能说明，你很天真，仅此而已。"

谢际明回过头，看着这位童年的好友，对他说道："在你做出决定前，来体验一下这种感觉吧。"

　　· ·　　·

其实一开始，顾晓雨并没有反应过来谢际明到底要干什么。

反正就是想用糖衣炮弹腐蚀他的革命意志吧，顾晓雨心想。

谢家新上任的管家笑眯眯地告诉他："少爷的意思是，他要用肮脏的金钱腐蚀你纯洁的心灵。"

顾晓雨看着这位年轻英俊的管家先生，双手对他比了个叉："我并不觉得金钱肮脏啊，我的心灵也不纯洁。另外，你是新来的吗？上次我来谢家的时候，管家是一位年过七旬的老爷子。"

"哦，是的，鉴于上次你们乔装混入谢家并捆绑了他，导致他受到了极大的惊吓，现在退休疗养去了，我是刚刚提拔上来的。"管家微笑着说道。

"……对不起哦。"顾晓雨感到不好意思。

"您不需要跟我道歉，事实上我非常感谢你们的义举，让我成功升职加薪了，改天请你吃饭。"管家笑得有点坏。

"……哦，不客气……"顾晓雨的心情有点复杂，他感觉到了，这位新上任的管家和那种一板一眼的管家不一样，"那……你家少爷要怎么对付我？先随随便便往我卡上打一千万，让我限时花光吗？"

管家被他逗乐了："要是有这么好的事情，我一定给你建议，帮你迅速花光一千万。"

顾晓雨也笑了："看来你家少爷比我想的正常一点，太好了，还以为他已经没救了呢，哦，他现在在哪？"

帅哥管家看了一眼时间，缓缓道："如果没有意外，这个点他应该泡在那个镶了二十五万颗钻石的24K纯金浴缸里，他说这能让他心情平静。"

"是一百万美金的那个浴缸吗？"顾晓雨问道。他以前来谢家参观的时候听说过。

管家沉重地点了点头。

顾晓雨内心的弹幕汹涌飘过之后，面无表情地说道："以前他没有这种臭毛病的，他在我家一平方米水泥毛坯并且热水器坏掉了的淋浴房里洗澡的时候，洗完出来的表情也很平静嘛，还顺手帮我清理了下水道堵塞的头发。"

帅哥管家笑眯眯地说道："可能人有钱之后，就会需要金钱的光芒治愈脆弱的身心吧，你看豌豆公主，二十层鸭绒垫下的豌豆都能硌得她睡不着觉。"

顾晓雨在心里吐槽，不，只是谢际明他少爷毛病多而已，看看人家司徒凛，同样是"备胎"女婿，但人家住得了小公寓当得了保镖，最喜欢喝的饮料是两块钱一瓶的矿泉水，其次是三块钱一罐的可乐，不干正事的时候穿衣品味非常之平民，青春期的时候还染过紫发。

最常穿的一件衣服是顾晓雨送给他的T恤，路边三十块钱买的，上面印了司徒凛喜欢的一个黑人乐队的名字，他收到之后高高兴兴地穿上了。

于是一整个夏天，顾晓雨就看到他穿着那件T恤，脚上踩着一双二十块钱的"人"字拖来上课，全身上下加起来不超过三万块钱——因为他的皮夹值两万九千九百块钱，虽然当初顾晓雨本能地以为这个皮夹是从某个假货皮具城买来的百元货……

这一身装扮非常接地气，他们晚上去大学城旁边撸个串一点违和感都没有，所以当初顾晓雨是真没想到他的来历不寻常。

有一次司徒凛还说起过，他在国外上中学的时候，开的车还算不错——现在顾晓雨知道他这么说是谦虚了——竟然有妹子用口红在他的车窗上写了电话号码。

顾晓雨好奇地问他，他打这个电话了吗？

司徒凛冷漠地回道，当然了，他让她赔了洗车费。

那一刻，顾晓雨脑中浮现出了"注定孤独终生"这行字。

谢际明和司徒凛的画风完全是两个极端，一个是浮夸的土豪风，另一个是完全看不出土豪的平民风，顾晓雨竟然说不出来哪一种更"奇葩"一点，仔细想想，可能还是大半夜把戴金链的肌肉博士叫来街头枪战的那一位更"奇葩"吧。

很快，顾晓雨就知道他错了。

谢家真的"奇葩"，真的真的真的是朵奇葩。

因为，谁会在主宅下面挖四层地下室，其中一层的游泳池竟然还能跳水啊？！

这么一比，司徒凛家的停机坪和蔚蓝家的鱼塘简直弱爆了！

帅哥管家保持着礼节性的微笑："大概是因为夫人经常游泳健身吧。"

顾晓雨脑补了一个打扮精致身材苗条的贵妇人形象："游泳健身啊……那很好啊，这爱好很健康。"

"但是夫人最喜欢的并不是游泳，她嫌这种运动太大众了，她说过她更喜欢和贱民们不一样的爱好，比如骑马、潜水、跳伞和水下飞机。"

也是一位浮夸的贵妇人呢，顾晓雨心想，倒是和他从前对这位夫人的印象很一致。

一个喜欢用钱解决一切问题，并且讨厌自然人的新人类。

"对夫人来说，具体爱好什么并不重要，重要的是，她的爱好得符合她的阶级和身份。"帅哥管家笑眯眯地说道。

顾晓雨想了想，让他不要喝奶茶和撸串，那还不如一刀杀了他比较干脆。

不过如果他真的有钱到那个地步的话，说不定他可以请专业的厨师给他做烧烤？不，不可能，撸串最重要的就是要在热闹的地方和一群人一起，就着啤酒侃大山，坐在装潢得像白金汉宫一样的地方吃着用人端上来的烧烤，那就不是撸串了。

"那这位夫人……对她儿子现在迷恋一只小香猪有什么感想吗？"顾晓雨小心地询问道。

管家露出了一个神秘的笑容："目前为止，老爷和夫人对这件事还不知情。因为每年这个时候他们会在地中海的某个小岛上，跟随一位具有灵性的瑜伽大师进行长达一个月的冥想修行，其间断绝一切电子设备，仆人也是，他们要一同体验与现代社会隔绝后，心灵所获得的超凡宁静。"

顾晓雨现在知道谢际明非要泡在那个一百万美金的镶钻浴缸里才能得到心灵的平静是哪来的毛病了。

希望这样的冥想修行能让这位夫人的心理承受能力也得到提高，毕竟一回家发现儿子娶了个物种不对的媳妇，对一位养尊处优的贵妇人来说实在是有点太刺激了，顾晓雨忍不住带了点恶意地想。

他实在是没法喜欢这位素未谋面的贵妇人，很早以前就是如此。

"我想先见见香香。"顾晓雨说道。

"没问题，只要有我的陪同。"帅哥管家带着顾晓雨来到了地下室。

就是那个有可以跳水的游泳池的地下室。可以容纳几百人的巨大泳池中，七八个穿着泳装的女仆和三个严阵以待的救生员围绕着一只在泳池中扑腾的小香猪，众星捧月一般。

"少爷觉得应该让香香小姐定期健身一下，鉴于她既不能做力量训练也不愿意上跑步机，所以专家给它安排了游泳活动。"管家说。

顾晓雨看着在这个奢华泳池里尽情撒欢的小香猪，心生感慨：人不如猪啊。

> · · ·

"我觉得香香要完。"顾晓雨面色沉重地对帅哥管家说道。

管家看起来还是那副面带微笑不慌不忙的样子："怎么说？"

顾晓雨沉痛地阐述道："她已经完全被资本主义的糖衣炮弹腐蚀了心灵，不再是那个纯情可爱的'玛丽苏'女主人公了。只有吃货这个形象没崩，但这又有什么用呢？你看哪篇'玛丽苏'小说里的女主人公是个骄奢淫逸、嫌贫爱富的大小姐？这妥妥是'恶毒女配'的节奏啊！"

"您还在嫉恨香香小姐不认您这个原主人，还咬了您一口的事情吗？请不要对一只小香猪如此斤斤计较，你看谢总被咬了之后还能大声夸奖她呢。"管家镇定自若地说道。

顾晓雨愤愤地看着手上已经包扎过的伤口。早上他在那个夸张的地下室泳池里见到了香香，它刚结束了游泳健身时间，在比基尼女仆的服侍下上岸了，趴在躺椅上——没错，这个地下游泳池竟然还有毫无意义的太阳伞和躺椅——等待着女仆从厨房为它带来新鲜的有机蔬果。

惊呆了的顾晓雨听着女仆为他介绍整个香香团队的成员，包括三位海外知名宠物营养师，他们为香香精心准备了一份健康早餐，顾晓雨见状拿起了限量版奢华食盆里的纯天然无污染的有机苹果——好家伙，这下他可惹怒香香了。

只见小香猪飞奔着扑了上来，一口咬住了顾晓雨的手腕。

还是第一次被小香猪咬的顾晓雨吓得赶紧松手，而香香竟然毫无愧疚之心地把脸埋进了食盆里开始吃苹果。

"它以前从来不咬我的。"顾晓雨委屈地对管家诉苦，"我以前经常拿着香瓜逗它，看它着急得吭哧吭哧叫，还在它就要吃饭的时候把它的餐盆举起来让它够不着，但它从来也不咬我！"

帅哥管家笑容逐渐消失："恕我直言，以您的所作所为，香香小姐再咬您十口也不为过。"

顾晓雨还是委屈，他不就拿了个苹果吗？香香又不爱吃苹果，她最喜欢的是香瓜啊。

总之，她变了，不再是那只他心爱的小香猪了！

手机响了，是司徒凛的电话，顾晓雨拿着手机往屋外的草坪走去，一边在阳光下散步一边接起了电话。

"阿凛啊，我没事，昨天不是给你发短信报平安了吗？太晚了我就没给你打电话，我现在谢际明家。嗯，没什么啊，他又不会把我怎么样，再说香香都在他手里了，他还想怎么样？当场给我表演一下原地结婚吗？"

司徒凛对顾晓雨的心大程度一向没有怀疑："有什么事儿一定要跟我说。"

"嗨，我能有什么事啊。倒是谢际明，我真是忍不住了，一定要跟你吐槽一下。"顾晓雨憋不住了，开始隔着电话跟司徒凛吐槽了起来，"我以前不是跟你说过他家有个一百万美金的镶钻浴缸吗？我以为这已经是极限了，现在我才知道，谢际明，他家下面竟然有四层地下室啊！！！我靠，四层！！！他家都不怕主宅下陷吗？里面有一层地下室竟然还挖了游泳池，超高的，还有跳水台的那种，谁会在地下室里跳水啊？有钱人的操作我真的不懂啊！"

司徒凛轻笑了一声："这不算什么，我还知道有人在定制游艇的时候特别要求，她想在游艇上养马。不是游轮，是私人游艇。"

顾晓雨想象了一下在一亿起售年维护费至少10%的私人游艇上跑马的画面，感觉到了有钱真是为所欲为。

"你再跟我说几个有钱人的骚操作吧，这样我可能会觉得谢际明正常了一点。"顾晓雨说。

于是司徒凛随口给他讲了几个笑话，诸如某土豪买了三百英尺①的游艇，刚出航遇上了死对头家四百英尺的新游艇，对方兴奋地跑到甲板上拿着扩音器对他高喊了三遍："我的游艇比你大！"然后刚买了三百英尺游艇的土豪立刻打道回府重新购买了一艘五百英尺全太阳能的。

顾晓雨笑得停不下来，感觉自己回到了中学男厕所的便池前，一群青春期的男生正在紧张地偷窥比较别人的尺寸。

"还有你那个新认的爹，我派人查了一下，他经营了几家公司，基本都是药品保健这一类，算是个正经商人吧。亲子鉴定我也让人做了，没有问题，是你亲爹。"司徒凛说。

顾晓雨松了口气。他对顾宇的出现抱着怀疑，事实证明是他多心了。

"但是你在做的研究项目还是不要告诉他了，在专利下来之前，这件事不要跟人说起。"司徒凛提醒道。

顾晓雨应了一声。虽然他搞出人造爱情荷尔蒙完全是机缘巧合，但是这个研究成果是惊人的，说不定能够改变整个市场，季泽熙教授对此非常谨慎，真正知道这个项目内容和资料的就只有他们两人。

"等专利下来之后，我会让人和你来谈合同，不会让你吃亏的。"司徒凛的声音透过手机传到了他耳中，带着一丝笑意，"以后你就可以像蔚蓝那个傻子一样到处挥霍钱了，你想在家里挖个四层地下室放钻石浴缸都没人管你。"

顾晓雨赶忙辩解："我不会做那种事的！说真的，我觉得这么做真的有点傻乎乎的……在那种浴缸里泡着，我肯定是没法获得心灵的平静的，还不如和你去学校外面撸串呢。"

---

① 一英尺相当于 0.3048 米。

恋
爱基因

"真的？"司徒凛的声音听起来有点愉悦。

"当然是真的了。"顾晓雨说。

司徒凛在电话那头笑了起来："那我告诉你一个秘密，不过听了之后你可能再也无法从大学城一条街的撸串活动中得到平静了，甚至会食不下咽。"

顾晓雨的好奇心完全被吊了起来："什么秘密？"

"等你回来再说。"司徒凛说道。

顾晓雨好不容易做了心理建设，竟然被人"钓鱼"了，顿时气得跳脚："你吊我胃口啊！"

"对，吊你胃口，所以早点回来吧。"司徒凛说。

顾晓雨心中一动，司徒凛这是在惦记他吗？

"喂，阿凛，你要不要我帮你把香香偷回来？"顾晓雨问道。

"我看你就不是个偷鸡摸狗的料，再说了，我看起来像是缺人干活的吗？"

顾晓雨忍不住吐槽他："那当初是谁拉着我一出实验室就开车直奔谢家抢猪？"

被揭了老底的司徒凛听起来有点尴尬："……当时热恋中脑热嘛。"

"现在不热了？"

"热一半吧，起码我现在会想想，我到底在干吗？"司徒凛说。

"多想想，说不定在我搞出代谢剂之前你就自愈了。"顾晓雨笑道。

挂了电话，顾晓雨往回走，没走几步看到谢际明和管家朝他走来，带来了一个邀请："现在有空吗，我带你参观一下香香宫殿吧。"

第十一章

**男神的妈
都不是一般人**

他的"备胎"女婿邀请他去参观女儿的未来婚房，去还是不去？

顾晓雨突然想到了问题的关键："这才几天啊，香香宫殿就建好了？"

这也太效率了！

谢际明语气平平地说道："当然没有，我带你去看楼盘模型。"

哦，敢情是带丈母娘去"售楼处"看楼盘啊……呸，什么丈母娘，明明是老丈人。

已经完全接受了老丈人这个设定的顾晓雨很快被带到了一个地下室里，巨大的空间里放了一个十多平方米的建筑模型，看到这个香香宫殿的一瞬间，顾晓雨还以为自己看到了迪士尼乐园。

谢际明在一旁激动地阐述自己的理念和要求，从建筑风格到饮食起居，最后总结道："我要给香香所有女人的终极梦想！"

顾晓雨在一旁越听越忧郁，他和一旁的管家交换了一个眼神，看起来这位管家和他一样很无奈。

"其实吧，我觉得香香并不在意这个。"顾晓雨认真道，"你给它私人飞机空运的有机蔬菜，对它而言不过是吃个饱；你给它买个全球限量白水晶浴缸，对它来说也不过是洗个澡；你给它建个宫殿，找一百个专业人士组成的团队照顾它，它就比世界上其他小香猪幸福吗？只是你这么以为而已。也许对它来说，和我窝在一个小寝室里，吃饱了睡，睡饱了吃，饭后带着去楼下溜达一圈，好过一百个陌生人围着它给它制定一万条幸福标准。它只是一只普通的小香猪而已，它并没有向你索要那么多。"

听完了这一番话的谢际明呆立在原地，久久没有说话。

他好像陷入了沉思之中，皱着眉，紧紧的。

"可如果不能给她最好的，我的钱有什么意义？"许久之后，他这样问道。

顾晓雨一番有感而发之后，迅速进入了灌鸡汤的模式："还记得小时候的事情吗？那时候我俩零花钱都不多，那个夏天很热，回家路上我们都被晒得晕头转向，刚好看到有个人在自动贩卖机买饮料，投币后却没有掉出来，气得走掉了，我俩狂踹了它几脚，掉出来一瓶冰镇可乐，就这么被我们瓜分了，我到现在还记得那一口下去冰凉凉的幸福感，那种感觉，我可以记得一辈子。"

谢际明的表情告诉顾晓雨，他也记得。

顾晓雨决定趁热打铁，让深陷烧钱深渊的好友清醒过来，至少先把这个浪费人力、物力的香香宫殿停工了吧，不然等他搞出了代谢剂，谢际明要用什么心情找人拆了这个黑历史宫殿啊！

说不定真的会追杀他呢！

就在这时，女仆捧着手机快步走来，对谢际明说："少爷，老爷和夫人回来了。"

有一瞬间，谢际明的表情有点惊恐，很快又恢复了镇定："父亲和母亲的闭关修行应当还有十天才结束。"

"原本是这样的，但是老管家到岛上面见了老爷和夫人，他们决定提前结束清修。而且，听那边的口气，夫人的心情恐怕不太好。"女仆战战兢兢地说道。

顾晓雨完全可以想象并且理解这位夫人心情不好的原因，说是心情不好恐怕还是委婉了，正确的说法应该是暴跳如雷。

只是不知道豪门贵妇暴怒的时候是不是也会摔东西……希望不会，毕竟谢际明家摆放的装饰品有不少是古董和收藏品，随便摔两个盘子那损失都能让人窒息。

"他们还有多久到达？"谢际明问道。

"三小时。"

顾晓雨小声问道："他们怎么回来，私人飞机吗？这边有跑道可以降落吗？"

从前顾晓雨大概会下意识地以为人家是坐客机回来的，最多是头等舱，但是这半个月以来他的三观被揉搓了多次，还坐了司徒凛家的直升机，知道了还有在家里修停机坪的骚操作，所以意识到土豪应该是坐私人飞机直接到家。

结果他又错了。

帅哥管家笑眯眯地说："这可不行，国内和国外的航空管制不一样，私人飞机会停在机场，然后专车接回。"

顾晓雨想了想，觉得这样也很合理，有钱也不能为所欲为啊。

但接受了这个设定，不代表顾晓雨看着浩浩荡荡十几辆车载着这对夫妇回来时不会惊呆。

十几辆？真的是十几辆！

大概是看出了顾晓雨的震惊，管家在一旁恰到好处地解释："因为老爷和夫人带了一整个服务团队过去，从管家、管家的助理到私人教师和专门的美容师，还有家庭医生、律师和私人财务顾问，这还只是一部分行李，随行的收藏品直接由安保人员押送到了银行保险箱。"

顾晓雨感觉到，贫穷限制了他的想象力。

然后更加限制他想象力的一幕出现了，直接把整个画面带向了搞笑风。

顾晓雨看到，车队在谢际明面前停了下来，前来迎接父母的谢际明怀里抱着一只不安分的小香猪，神色略有些紧张。

车门打开，一个西装男人走了出来，手里也抱着一样东西。

一个金光闪闪的垫脚凳。

——这是什么操作？

顾晓雨发蒙地看着西装男把垫脚凳放在了车门外，然后一只再怎么眼瞎也不能用苗条来形容的脚伸了出来，鞋子上面镶嵌的钻石和金凳子一同闪瞎了顾晓雨的眼睛。

在西装男的帮助下，这位身材富态的贵妇人踩着垫脚凳走了出来，全身上下都是特别定制的加大码服装。她身后的男人也走了出来，是个身材消瘦的中年男人，看起来严重营养不良。

"父亲，母亲，欢迎回家。"谢际明抱着香香的手臂紧了紧，低头对两人说道。

谢母——没错，这位身材显然超过了两百斤的贵妇人就是谢际明的母亲，和顾晓雨想象中的形象完全不一样，她摘下了墨镜，露出妆容精致的富态脸庞，神色傲慢地看着谢际明和他怀里的小香猪。

"这就是你给我找的媳妇？"谢母看起来很平静，看来在回家的路上她已经充分消化过这个事实了。

"是的，母亲，她叫香香，是我一生挚爱。"谢际明顶着母亲的压力，勇敢地为自己的爱人正名。

谢母的表情有一瞬间的狰狞，她捂着胸口深吸了几口气，一副呼吸不畅的样子，旁边的女仆熟练地为她递上了疑似嗅盐的东西，这才让这位贵妇人缓了过来。

"际明，作为你的父亲，我要严肃地告诉你，我们不接受你的女朋友。"谢父，就是那位看起来营养不良的消瘦中年人，对儿子正色道。

"父亲，除了她，这辈子我不会被任何女人打动了，没有她，我宁可孤独终老。"谢际明说道。

谢母尖叫了起来："我不同意这门亲事！谢家未来的媳妇不能是一头能长到三百斤的猪！！！"

看到有人诋毁自己的女儿，一旁的顾晓雨不禁感到气愤：这位夫人，您自己都快三百斤了，凭什么嫌弃才十几斤的香香？

然后，这位贵妇人的下一句话把顾晓雨吓坏了。

"我现在对你的要求就是找个是人的结婚对象！男的女的都无所谓，但求求你娶个人类吧！"谢母吼完，终于发现了站在一旁假装路人甲的顾晓雨，"你，顾晓雨，对吧？我记得你，你和际明也是青梅竹马了，我给你一千万，把我儿子搞定，你们现在就可以结婚！"

又被甩了一脸支票，这次不是让我们全家滚蛋，而是要我追到他儿子，怎么办？急，在线等。

›　● ●　　●

谢母的话一出口，全场震惊，顾晓雨清晰地看到帅哥管家的笑容都僵硬了。

谢际明都慌了神，赶忙道："母亲，我又不喜欢男人！"

谢母冷冷一笑，反问道："所以你喜欢一头猪？"

"香香是不一样的！"谢际明为自己的爱人正名。

顾晓雨在一旁拼命点头，没错，香香小公主是不一样的！

谢母整个人都不好了，歇斯底里道："我不管了！我不接受三百斤的媳妇！"

谢际明继续辩解："香香才十三斤！"

"它以后会长到三百斤！"

母亲的激烈反对让谢际明口不择言了起来："我又不会嫌弃她！你自己不也快三百斤了吗？爸他有嫌弃过你吗？"

当然不会，顾晓雨在一旁心想，他俩商业联姻，互相打了含有对方引导剂的爱情荷尔蒙，爱得海誓山盟至死不渝，想要变心都难。

谢母闻言大受打击，她后退了半步，高跟鞋一个趔趄，整个人往后仰倒了过去。一旁的谢父赶紧要去扶爱妻，然而他这营养不良的身板无法承受爱妻傲人的体重，两人一同摔倒在地上，吓得旁边的保镖们一拥而上将两人分开，场面一时间兵荒马乱。

谢母被保镖扶着坐了起来，被她一屁股坐倒在地上的丈夫看起来已然奄奄一息，她握住谢父的手，紧张地问道："亲爱的，你没事吧？我是不是压到你了？"

谢父惨白的脸上挤出了一个笑容："宝贝，我很好，只是有点胃疼。"

家庭医生赶紧冲了上来给谢父做起了检查，一群人从车里抬出了担架——这车里竟然还放了担架——将谢父抬了上去，以飞一般的速度赶往医院。

整个场面画风转变极快，剧情目不暇接，但总结一下就是"豪门男神欲要迎娶一猪，父母棒打鸳鸯惨遭气晕送医"。虽然送医并不是谢际明导致，但他也是导火索了。

谢际明抱着小香猪要上车陪送医院，被谢母无情地赶走了："你走开，我和你爸不想见到你！"

于是他被丢在了原地，目送车辆驶去。

"我不会放弃的。"谢际明突然说道，好像是在对顾晓雨说，又好像是在对自己说。

"哦，那个……你加油……"顾晓雨完全不知道该说什么了。

香香看起来也是，她是全场最茫然的家伙了，此刻对顾晓雨的态度还是不冷不热的，简直是只无情的小猪猪了。

"我不会放弃，所以，你也不要放弃。"谢际明对顾晓雨说道。

顾晓雨："……"

谢际明这是让他不要放弃什么？不要放弃追求他吗？

哦不，应该是让他不要放弃把女儿嫁给他。

"我会一直战斗下去，直到他们接受我的爱情。"谢际明对顾晓雨正色说道，抱着香香离去了。

帅哥管家无奈地叹了口气，对顾晓雨点点头，开始指挥车队里剩下的员工搬运行李。

一个漂亮的女佣蹲在车边吃力地搬动着纯金的垫脚凳，无事可干的顾晓雨见状，上前绅士了一把，问道："要不要我帮忙？"

女佣却一副他好像要抢走这把金凳子的样子，赶紧摇头："不不不，这个很重的，不能麻烦客人。"

"没事啊，我力气肯定比你大，你一个女孩子搬这个很费劲啊。"顾晓雨说。

女佣古怪地看了他一眼，把金凳子放在了地上："您可以试试。"

顾晓雨看她这么纤细的身材都能搬起凳子，自然觉得自己也没问题，搓了搓手握住了凳脚——凳子纹丝不动。

女佣笑了出来："这个凳子是纯金的，重量很可观，每次搬都觉得胳膊疼，不过幸好我是新人类，力气上还是可以的。"

顾晓雨看着这个垫脚凳的眼神顿时幽怨了起来："你们还真是辛苦了。"

女佣笑得眼睛都眯了起来："不辛苦！不辛苦！我最喜欢这把垫脚凳了，因为每次拿百洁布擦一遍，擦下来的金子都可以打一条金项链。"

万万没想到还有这种操作的顾晓雨，震惊地看着女佣。

这、这外快，有点棒啊。

他现在跟谢际明借浴缸，偷偷把他的钻石浴缸抠下几颗来，好像很可行的样子，谢际明再龟毛也不会把上面几万颗钻石都数一遍吧？

告别了忙碌的用人们，顾晓雨回到了房间中，偷偷跟司徒凛打电话吐槽了起来。

"……我以为有钱人都挺有格调的，然而事实是，他们中的好多都好夸张啊！谢际明的妈妈下车竟然还踩个纯金的垫脚凳，我都惊呆了！"顾晓雨巴拉巴拉地跟司徒凛说了一堆，重点描述了一下他见到谢际明父母的震惊。

"谁跟你说有钱人有格调的，他们的目标又不是格调，只要和普通人区别开来就行，越夸张越好，所以难免出现很多奇葩操作。"

司徒凛说。

顾晓雨笑了："比如说自己挖个鱼塘暴力炸鱼吗？"

"这当然是一种，人太有钱之后容易失去目标，最后只剩下'向别人展示我有钱'的欲望，对这种人来说，不让他炫耀自己的财富，简直是最残忍的酷刑。"

"你突然好深沉哦，有点不习惯了。"顾晓雨说，"那你说说，你有钱了会想做什么？"

电话那头传来一个十分嘚瑟的声音："我现在就很有钱。"

贫穷的顾晓雨受到了一万点暴击伤害："没法聊天了！再见！"

"等等，你觉得香香最近怎么样？"

"哎，我跟你说啊，香香已经变了，它学会嫌贫爱富了，都不认我了，我一把屎一把尿把它养大，它就是这么对它的老父亲的？！"顾晓雨开启了疯狂吐槽模式，宛如一个被长大后的女儿嫌弃拒不赡养的老父亲。

"是吗……"

"是啊！也不知道谢际明怎么养的……哦，谢际明也被香香咬了，它不会是生病了吧？以前从来不咬人的。"顾晓雨说。

电话那边沉默了一会儿，只听司徒凛说道："我有点事，回头再跟你说，你自己小心点，没事早点回来吧。"

"我过几天回来，不太放心谢际明，要是我不看着点，他脑一热还不知道会做什么呢。"顾晓雨说。

"随你，挂了。"司徒凛不太愉快地挂了电话。

顾晓雨拿着手机，"啧"了一声，阿凛的脾气真是越来越差了。

○ • • •

幸运的是谢父的情况并不严重，只是早年胃部做过手术，被压到后有些反复，不需要留院观察，很快就回到了家中。

接下来的两天，顾晓雨就负责围观这出豪门大戏——霸道总裁为了真爱违抗父母。

言情小说必备桥段！前排预售！高能预警！不容错过！

谢际明也是拼了。第二天一早，一家人一起吃早餐，顾晓雨作为客人和谢母目前看好的能让自家儿子的性取向从猪变回人（哪怕是男人）的重要对象，也坐在了这张豪华长桌上。

"把你的猪放到一边去，我不和脏兮兮的猪一起吃饭！"谢母一看到被谢际明抱在膝盖上的香香，心态一下子崩了。

"母亲，香香每天都洗澡，非常干净。"谢际明说。

"不行！我不管她干不干净！如果让人知道我竟然和一只猪共进早餐，我以后怎么在社交圈活动？我会成为整个社交界最大的笑柄！每个人见到别人的开场白都会是：'你听说了吗？谢家的那位和一只猪一起吃了早餐，希望他们不是在猪圈里进行的。'这会是我一生中最大的污点！"谢母显然知道被一起炫富"买买买"的"塑料姐妹花"们发现了黑点后会有什么后果，顿时歇斯底里了。

顾晓雨看着谢母神经质的表情，感觉自己知道了谢际明时不时会抽风成一张"表情包"是从谁那里遗来的。

"我是不会妥协的！如果你们不能接受，恕我失陪了。"谢际明抱起香香，转身离开。

谢母的表情狰狞了一下，回头对一旁的管家说："给我来一份法式猪肉香肠、培根煎蛋、油煎馅饼，要猪肉馅的。"

显然，对香香的仇恨已经让她失去了理智，她要大口吃猪肉泄愤了。

谢父无奈地看着爱妻："宝贝，你说过最近要节食的，还是按照营养师给你搭配的早餐来吧。"

"不，我一定要吃到，现在，立刻，马上！"

"好的夫人，没问题夫人。"帅哥管家微笑着把菜单布置了下去。

这是早餐。

午餐在谢母的强烈要求下变成了猪肉全席，中式的；晚餐，依旧是猪肉全席，西式的，这位贵妇人像是在咀嚼儿媳妇的肉一样，神情狰狞，目眦欲裂，满脸的肥肉都在疯狂抖动，让顾晓雨的食欲受到了一万点暴击。

半夜的时候，主宅里响起了一个女人凄厉的惨叫声："亲爱的！我胖了两斤！！！把我的健身教练叫来，我需要一个新的健身套餐，现在，立刻，马上！！！"

谢际明仍然在努力，他每天都抱着香香在谢母面前走来走去，企图用香香的可爱迷惑谢母。

然而在一个对小香猪恨之入骨的女人眼中，这简直是挑衅。

于是这天下午，顾晓雨听到谢母严肃地对管家说："我需要一条宠物狗慰藉一下我的心灵。"

"好的，夫人！没问题，夫人！您现在一共有十四条宠物狗，养在世界各地的房产中，现在都很健康，保姆每天都会发当日的视频给我。其中有三条在本市，您需要哪一条？我马上安排专车将它接来陪您。"管家说道。

"我要一条新的。"谢母说道。

"好的，夫人！没问题，夫人！您想要什么品种的宠物狗？对国籍和获奖项目有特别要求吗？"

"我想要一条藏獒，特别凶的那种，一定要爱吃猪肉，会自己捕猎的那种。"

"这恐怕有些难度，宠物狗会被培养得比较温顺。"管家为难道。

"那就再找个驯狗师！好好训练一下藏獒，让它赶紧到我家工作！咬死那只小香猪我给他一百万！"谢母大声道。

这个声响惊动了抱着香香路过的谢际明，他震惊地看着自己的母亲，伤心欲绝："你怎么可以做这种事？你竟然企图谋杀你的儿媳妇？"

谢母尖叫了起来："我没有这样的儿媳妇！"

谢际明紧紧抿着嘴，眉头紧锁，他定定地看着母亲，长达数十秒，然后他说道："事到如今我也只能说出真相了，母亲，香香已经怀上了我的孩子。"

谢母眼前一黑，扶住了旁边的栏杆才没有倒下去，她急促地呼吸着，凄厉地呐喊出了自己的声音："你竟然……你竟然……一头未成年的猪？！我没有你这样丧心病狂的儿子！！！"

顾晓雨已经窒息了：夫人啊，重点不在这里吧？难道一头成年的猪就可以了吗？！还有，谢际明你到底对我的女儿做了什么啊？！

管家终于看不下去了："少爷，您还记得有生殖隔离这回事吗？如果香香小姐真的怀孕了，我建议您检查一下最近是不是有别的猪来过这里。"

说得好！谢际明你反省一下，是不是被"绿"了？

咦，不对啊，香香还小呢，不可能怀孕的。这是谢际明在诈他妈，想要逼她接受这个儿媳妇！

然而谢母岂会这样轻易屈服，她凛然地站直了身躯，挺起了水桶般的腰，抛下了自己引以为傲的仪态，像个骂街的泼妇一样一手叉腰，一手指着谢际明，用哆嗦的嘴唇说道："滚，带着你的猪媳妇，滚出这里！我要登报和你断绝母子关系！！收回你的继承权！"

谢际明垂下眼帘，看着怀里不谙世事的"心上猪"，深深吸了一口气。

长久以来压抑的一切，在这一刻终于引爆了。

工作的压力，父母的压力，还有孤独的压力，他在这样过载的环境中挣扎了十几年，任由环境将他塑造成了一个自己都感到陌生的贵公子。

他一刻也不想待在这里，他要离开！

谢际明抱紧了香香，抬头对谢母说道："如果您决定了，好的，我离开。对不起，母亲，我成不了你想要的那种儿子。"

顾晓雨抱住了头，完了。

他罪过大了。

啊——怎么办啊？！

谢际明已经头也不回地走了，顾晓雨抓狂地追了上去，拉住他说："哥，你别闹啊，赶紧回去和阿姨道个歉，你这么乱来……我的妈呀，我也要疯了！"

"不用劝我了，我已经想清楚了，从未活得这样清楚明白过。"谢际明脸上丝毫不见慌乱的神色，反而像是放下了什么一样，"我其实并不喜欢这里的一切，不喜欢戴着面具和别人虚与委蛇，不喜欢为了保持格调像个傻子一样挥金如土，也不喜欢他们……对，我说出来了，我不喜欢他们。"

他称呼谢母为母亲，因为在他心里，他的妈妈是另一个人。

一个贫穷、温柔、自私，却爱着他的自然人。

谢际明释然地笑了："我喜欢妈妈，哪怕她明知道我是别人家的孩子，为了一己私欲收养了我。可是她爱我，她真的是在用一颗母亲的心爱我，她会给我唱歌，给我讲故事，给我亲手做饭洗衣，给我她能给我的一切，她关心我的每个想法，她像是尊重一个朋友一样尊重我。哪怕她给不了我多好的生活，我不在乎。"

顾晓雨怔怔地看着他。

谢际明的眼睛里满怀着爱意："对不起，之前对你说了很过分的话。我对你说钱能解决一切的时候，其实是我在努力说服我自己，一遍又一遍地给自己洗脑，就像我的父亲和母亲一样，他们被这样教育着，直到自己也深信不疑。可其实，我不相信。"

顾晓雨笑了，真心的微笑。

"妈妈爱我，这份爱是没有价格的。"

顾晓雨拼命点头。

"我对香香的爱，也是没有价格的！"谢际明随即道。

"……哦。"顾晓雨默默看着谢际明怀里的小香猪，它依旧对他非常冷淡，也不知道抱着它的人为了它放弃了一个商业帝国。

"走吧。"谢际明对顾晓雨说道，除了香香，他什么都不打算带上了。

"要不要我帮你开个酒店房间，暂时落一下脚？"顾晓雨关心地问道，毕竟霸道总裁第一次被扫地出门呢，没了助理，说不定连订酒店都不会。

管家默默地走上前来，为他解惑："不用担心，少爷在 A 市有好几处房产，都在自己名下，随便找一个最近的住就行，而且我也会负责安排好少爷的饮食起居的，毕竟给我开工资的人是少爷。"

顾晓雨陷入了迷思中：所以电视剧里霸道总裁因为女主角和家里断绝关系后，无家可归只能和女主角同居的桥段，其实就是为了制造感情升温的机会吧！

第十二章

这位"高富帅"的
童年也是
与众不同了（番外）

谢际明的童年回忆，开始于三岁。

四周一片漆黑，浑身都疼痛不止的他从昏迷中醒来，喉咙疼得
要命，他号啕大哭了起来。四周都是坚硬高耸的墙壁，只有头顶有
微弱的星光。

他在一口枯井中，声嘶力竭地哭着，直到头顶的星光被阳光取
代，直到有个女人焦急的声音从头顶传来："孩子，你别哭！我马
上就救你上来！"

被人从一口枯井中救上来的谢际明忘记了一切，只是模糊地记
得有人叫他"际明"。

救了他的女人叫林雪娟，她给了他和她一样的姓氏，她管他叫
林际明。

改名叫林际明的他不知道曾经的自己一出生就有一个用他的名
字命名的基金，不知道自己三岁时的生日礼物是一艘小型游艇，也
不知道自己是一个庞大家族的继承人，他什么都忘了。

他被林雪娟带到了一处贫民窟的屋子里，连一台电视机都没有
的地方，他模糊地感觉到了不习惯，就好像他曾经不应该住在这样
的地方，可一个失去记忆的三岁孩子，很快就适应了自己的新生活。

他被收养了，林雪娟将他当成了自己的孩子，竭尽所能地对他
好，他很快相信她是自己的母亲，而自己是个普通的自然人，没有
父亲。

出于某种原因，林雪娟飞快地带着他搬了家，主动拜访了新家
对门的邻居。

邻居是一个年轻的孕妇，名叫夏雨容，长得非常秀美，她独居。

起初她对他们充满了戒心，温柔的眉眼中隐藏着被伤害过的人
才会有的警惕和戒备，她与外界的联系淡漠到几近于无，甚至连电
话都不用。

可是很快，夏雨容生产了，诞下了一个男婴，生产后的她一个

人坐月子，没有任何人来探望过她。

林雪娟同情她，每天做饭给她送去，帮她洗衣服，还为她外出购物，无依无靠的夏雨容数次感动到落泪，和她成了好友。

三岁的林际明对刚出生的婴儿充满好奇，他问了这个孩子的名字，夏雨容告诉他，他叫顾晓雨。

林雪娟抱着林际明，笑着说道："际明，以后你要好好照顾晓雨弟弟，做个好哥哥哦。"

林际明对"哥哥"这个新身份充满了干劲，直到他在围观换尿布的时候被尿了一身，哭着跑走了。

这就是两人认识的开始。

等到顾晓雨能追着林际明喊哥哥的年纪，林际明已经开始上学了，他很聪明，比周围的自然人聪明得多，学校里的教学内容远远不能满足他的学习能力，他很快就跳级了。

等到顾晓雨上小学的时候，林际明已经是中学生了。

顾晓雨非常喜欢这个邻居家的小哥哥，林际明对他也不错，还会指导他功课。有段时间这块区域的治安特别不好，夏雨容又生了病，林际明每天放学就去顾晓雨的学校接他回家，年幼的顾晓雨拉着他的手，一口一个哥哥，一蹦一跳的，像只快乐的小鸟。

直到很多年后，顾晓雨还是会下意识地叫他哥哥，因为在内心深处，他真的将这个邻居家的哥哥当作自己的亲人。

这样的日子持续了好些年，然而终究没能维系下去。

林雪娟在一场车祸中意外去世了。

失去了母亲的林际明再没有其他亲人，眼看着就要被送去自然人孤儿院，这时候顾晓雨的母亲夏雨容收留了他。

"我们也当了十年的邻居了，晓雨一直都把你当哥哥看，你就真的当他的哥哥吧。"夏雨容说道。

"哥哥、哥哥，以后你就真的是我的哥哥了！"十岁的顾晓雨雀跃地说道。

　　林际明住进了顾家，真的像是哥哥一样照顾着顾晓雨。有了哥哥的顾晓雨每天都和他有说不完的话，恨不得把每天学校里发生的事情都和他说一遍，林际明也很耐心，虽然他平时话很少，却是个很好的倾听者。

　　他时常感到孤独，十三岁的少年时常一个人坐在学校花坛边的梧桐树下，看着湛蓝的天空，听着校园里热闹的声音，感觉到格格不入。

　　他总觉得，自己不属于这里，这漫长的十年，他仿佛做了一个真实的梦。

　　于是在这一天，这个梦醒了。

　　林际明很聪明，十四岁的时候就已经念完了高中的全部课程，参加了高考，在体检时他被抽取了一管血样，正是这一管血样，证明他是谢家失踪多年的独子。

　　谢家的独生子在三岁的时候被一伙绑匪绑架，绑匪在拿到谢家的天价赎金之后，选择了撕票。他们将这个孩子勒到窒息，丢进了废弃的枯井中，然后带着赎金匆忙逃走。没想到被扔进枯井的孩子恢复了呼吸，路过的林雪娟救走了他。

　　出于私心，这个喜欢孩子却没有生育能力，也没有钱去生命工厂孕育一个孩子的自然人，选择了隐瞒这件事，她没有报警，而是告诉这个乖巧可爱的孩子，他是她的儿子。

　　林际明毫无意外地被谢家带走了，老管家出面和顾晓雨的母亲沟通，给了她一张支票作为感谢。

　　哭得哽咽的顾晓雨拉着他的手不让他走，改回原姓的谢际明给他写了一张字条，上面是谢家的地址。

　　"想我的话，给我写信吧。"谢际明是这样说的，因为夏雨容不用电话，他们无法通过电话保持联系。

然而半年过去了，谢际明没有收到来信，每次他向管家问起这件事，管家都会告诉他："并没有收到来信，少爷。"

　　谢际明回去找过顾晓雨，然而敲开那扇熟悉的门，看到的却是陌生人。

　　"早就搬走了。"新的租客不耐烦地说道，"其他的我也不知道。"

　　这对母子就好像他的养母一样，突然地消失在了他的生命里。

　　又是十多年过去了，谢际明已经习惯了回到谢家的生活，以至于过去在贫民窟里的日子，好像是一场过分荒诞的梦。

　　他突然间分不清，到底哪一段人生才是真的，到底是庄周梦蝶，还是蝶梦庄周。

　　直到某一天，回到大学母校演讲的谢际明，在人群中一眼看到了一个年轻的男孩子。

　　他也同样看到了他，还对他笑了一笑。

　　那个笑容里充斥着回忆里的亲密和现实里的疏远，礼貌得就好像……一个陌生人。

第十三章

**爱情是
不讲科学的!**

温暖的午后，柳行盘着腿坐在榻榻米上，用蝴蝶刀削着一块木头。

哪怕是这样阳光明媚的天气，他也习惯性地拉上了窗帘，房间里没有开灯，光线微弱，可是他并不在乎这点不便。

他专心致志地削着木头。

离开A市已经快一周了，他仿佛已经从这场荒诞的"抢猪行动"中脱身出来，事实上也的确是。

两天前，安秀传递了一个新的消息给他，X疑似将上次游轮的那一批货物藏匿在了B市的一个仓库中，柳行赶到了那里，发现东西已经被转运走了，为了调查这批货物的去向，柳行在B市暂时落了脚。

这里是他用假身份临时租住的民居，他还需要在这里逗留几日。

手机响了，柳行瞥了一眼上面的电话号码，接了起来："安秀，怎么了？"

电话那一头的安秀紧张地说道："我监控到司徒凛的一伙手下来到了B市，你赶紧跑！"

柳行一秒掐掉了电话，抄起随时准备好的必要行李夺门而出，准备从天台撤离。

然而就在大门打开的一瞬间，门外保镖黑洞洞的枪口已经指向了他的头顶。

柳行面无表情地丢下行李，举起双手。

"你们的主子呢？"柳行冷冷地问道。

没有人回答他，举枪的四个保镖一动不动地指着他的脑袋，另外两个人走上前来，将他绑住，还有一个人将接通的手机递到了他耳边。

司徒凛的声音传来，带着一丝慵懒的情致："你以为你能把所有人耍得团团转吗？香香在季泽熙手里，对不对？"

"这和他有什么关系？"柳行当然不会承认，哪怕他知道假香香的事情已经暴露了。

司徒凛哂笑道："明里暗里挡着我的人就是季泽熙，还企图帮你消灭证据，不要把别人当傻瓜啊，白乌鸦。"

柳行沉默了几秒，他一直都知道不能小看司徒凛，哪怕他平日里嘻嘻哈哈没个正形，但是能在这么年轻的年纪就摆平司徒家的元老们，大权在握又把生意做得蒸蒸日上，就已经证明了他的能力。

"你想怎么样？"柳行问道。

"不怎么样，我又不是警察，就是请你做客几天。房子不错，就是有点偏远，适合静养。"说完，司徒凛挂掉了电话。

这一次针对柳行的"捕鸟行动"，他都没有亲自出马，因为他还有件更重要的事情要做——负责跟踪季泽熙的手下汇报了他最近的古怪，每天都会购买大量新鲜蔬菜水果和杂粮，频繁出入一栋从前不太去的私人住宅。

很显然，香香就在那里。

"你觉得，这只假香香是谁的手笔？"一旁的蔚蓝问司徒凛。

刚刚挂了电话支着下巴思考的司徒凛心不在焉地说："管他是谁，反正我会把香香带回来的。"

蔚蓝干笑了两声："围绕着一只可爱的小香猪，四个男人斗得死去活来，真叫广大少女心碎。"

司徒凛回了他一个白眼。

蔚蓝自顾自说了下去："白乌鸦还了一只假猪给你，还被谢际明截和了。一想到谢际明和一只假货你侬我侬这场面，我怎么就忍不住这幸灾乐祸的笑声呢。哎，要是假香香在你这儿就好玩了，我真想看看你发现那是假的时候的表情。"

司徒凛连白眼都懒得翻了。

"嗯……这事儿该怎么总结呢？有了，这就叫，真假还猪格格！"

司徒凛被这个冷得不行的笑话冻得打了个哆嗦。

"哎、哎，不开玩笑了，说正事。你让我特别关注司徒山海的行踪，确实发现了不少疑点。他和X有直接联系已经确凿无疑了，但是现在还不确定他到底是哪个层级的人。"蔚蓝正色道。

司徒凛轻蔑地说道："我清楚我这位叔叔，他当个'二五仔'还行，让他当个舵手那可太难为他了。我老爹显然也清楚，所以从不让他过分插手生意，否则三个月半年就能被他搞垮。"

"你的意思是，幕后主使另有他人？"

"接着查，我就不信他不露马脚。等抓到他的小尾巴，看我不把这群人……"司徒凛咬牙切齿。

"干掉？"蔚蓝帮他接话。

"送进监狱！"司徒凛正气道。

蔚蓝的表情僵了僵，违心地夸奖道："……看不出来，你还真是个遵纪守法的好公民。"可以说是求生欲望很强了。

司徒凛的私人电话响了，他接了电话，顾晓雨的声音传来，沉痛地告诉了他一个"坏消息"——谢际明因为香香坚决和父母抗争，现已被赶出家门。

司徒凛当然没能忍住，躺在沙发里狂笑了起来，蔫坏蔫坏的。

顾晓雨气恼道："你别幸灾乐祸啊！"

"不好意思，看情敌倒霉实在很难克制住喜悦之情。你现在人在哪？我来接你。"司徒凛忍笑道。

顾晓雨的声音里充满了犹豫："谢际明的情况不太好啊……我不太放心，我还是……"

司徒凛突然重重地叹了口气，夸张造作的叹气声让蔚蓝都侧目了。

"哎，我最近又开始日思夜想睡不好觉。没有香香我可怎么办，反正老谢现在被净身出户了，带着香香也不能给她好生活，不如我现在叫上人……"司徒凛装模作样地说道。

顾晓雨信以为真，紧张地劝道："阿凛啊，克制住你自己！"

"哎，我也不知道自己还能忍多久，你什么时候才能把说好的代谢剂搞出来？"

“快了，我现在就去实验室报到！好几天没去了，不好意思再请假了！”顾晓雨赶忙说道。

司徒凛满意地挂了电话。

蔚蓝在一旁面无表情地说：“收一收你的笑容，真让人恶心。”

“哪里恶心了？”司徒凛不满道。

“你就是这么欺负人家善良好骗的小朋友的吗？”蔚蓝鄙视道。

“什么小朋友，人家比我还大一岁呢。”

“行、行、行，你的大朋友。这么哄骗人家，你的良心不会痛吗？”蔚蓝斜眼看着他。

“根本不痛，甚至还美滋滋。我跟你说，晓雨这个人注意力特别好转移，而且有拖延症，你不逼他一下，他就这么‘摸鱼’去了，浪费大好才华。作为朋友，我当然要帮助他早日回归正途，赶紧搞发明，发家致富指日可待。”司徒凛大义凛然地说道。

蔚蓝有些意外地看着他：“看起来，你现在的脑子挺清醒啊。”

司徒凛哼了一声：“热恋是一时的，时间一长就冷静下来了。比起一见钟情非它不可，我还是更相信日久生情。”

蔚蓝难得严肃地上下打量了他一番，颇感诧异地说：“虽然爱情荷尔蒙对不同的人的影响差异巨大，但是你这种情况也实属罕见了。你已经有些……脱离爱情荷尔蒙的影响了。”

司徒凛沉吟了一声，如实说道：“我去测过爱情荷尔蒙浓度，一个月不到的时间，下降了三分之一吧。”

“自然代谢？”蔚蓝纳闷地问道。

“对，医生检测出我的体内有一种酶，会加速爱情荷尔蒙的代谢，确实有一定比例的新人类身上有这种基因，个别甚至会在三个月内将爱情荷尔蒙全部代谢干净。”司徒凛说。

“哇哦，那你以后想恋爱的时候，一定会很烧钱。”蔚蓝“啧啧”了两声。

"这倒是无所谓了。"司徒凛淡定地说道,"只是,我突然想到了一个问题。"

"什么?"

"假如这个世界上确实存在我命中注定的另一半,而我却没有爱情荷尔蒙。那么在和那个人相处的时候,我会不会被吸引?"

蔚蓝被他认真的样子感染了,也不由得拿出了认真的态度:"生理上来说,不会。你只会对那个人倾注爱情以外的情感,友情也好,亲情也好,都有可能。但也许你会感觉到那个人的与众不同,感觉对你很重要。"

司徒凛问他:"你觉得爱情是基于生理,还是基于灵魂?"

蔚蓝揶揄地看着他,笑了起来:"灵魂?你怎么突然不讲科学了?"

司徒凛也笑,他看着窗外一碧如洗的天空,轻快地说道:"因为我见识过妖术了。"

"什么妖术?"

司徒凛笑得有点坏,他回了好友两个字:"秘密。"

⟩ • •   •

这段奇妙的浮夸豪门之旅因为男主人公为爱出走而结束了,顾晓雨又回到了难得的日常生活中。

首先,回实验室报到销假。

"什么?教授不在?"顾晓雨惊讶地问同学,"他什么时候回来啊?"

同学摇了摇头:"季教授没有说,他接了个电话突然脸色一变就走了,临走前只说有急事,也没说什么时候回来,大概是家里有事吧。"

顾晓雨感到疑惑,季泽熙和家里断绝关系有些年了,听说是私底下还有联系,但也不知道具体什么情况。

哦，他还惦记着柳行那个没说完的八卦呢，不知道季家当年到底有什么内幕，会让柳行用那么多"狗血"元素的词汇来描述。

因为教授不在，顾晓雨只好自己进行试验。这个项目属于保密内容，参与的人不多，掌握全部要素的就只有顾晓雨和季泽熙两人，顾晓雨和同学协调了一下进度，继续开始工作。

大概是因为今天没有帮人代抽，幸运值很高，下午的时候顾晓雨测试出一种能加速引导剂分解的物质，当即兴奋得像是磕了药，忍不住给季泽熙打了个电话报喜。

但是季泽熙的手机关机了。

顾晓雨又是一阵纳闷，教授以前二十四小时不关机的，今天是怎么回事？难道是家里的事情太棘手了？

晚上回去问问司徒凛，看看他是不是知道点什么。

时间一晃就到了晚上，到了七点多，其他人都陆续离开了，顾晓雨接到了司徒凛的电话。

"还不下班？季泽熙给你开了百万年薪吗？"司徒凛没好气地问道。

"来了、来了，我出来了！不好意思啊，我给司机大叔打了个电话，他说已经等在门口了。"顾晓雨赶紧说道，一溜快跑往校门口赶。

然而到门口的时候，顾晓雨没有看到司机，而是看到了一辆熟悉的车拉下了车窗，司徒凛用大拇指指了指副驾座："愣着干吗？上车。"

"咦，司机呢？"顾晓雨纳闷道。

司徒凛斜了他一眼："我临时客串一下，不行吗？"

"行、行、行，怎么不行？我举双手欢迎！"顾晓雨知道这人其实是有一点傲娇的，要顺毛撸，要是和他抬杠，当场变成两个斗嘴的小学生，这太丢人了，他都研究生了！不能和小学生计较！

"手呢？没看见你举起来啊。"结果司徒凛竟然还是开启了"杠精"模式。

顾晓雨当然只好继续顺毛撸，做出了一个投降的姿势。

司机爸爸很满意，通过了。

"唉，阿凛啊，教授今天请假了，电话也打不通，听说有什么急事，是他家出什么事儿了吗？"顾晓雨奇怪地问道。

"他爸在国外和初恋情人好着呢，能有什么事。"司徒凛撇撇嘴，不屑道。

"初恋情人？来来来，大兄弟，坐，喝杯茶，我们来聊聊八卦吧！"顾晓雨眼睛一亮，八卦雷达一下子就发出了警报。

"有什么好说的，就那么点破事。"司徒凛懒懒道。

"我好奇很久了，你就跟我说说吧！"顾晓雨急切道。

"你让我说我就说，我是你小弟吗？"

"哥，你是我大哥！大哥，你行行好，跟我讲讲呗，我请你撸串！"顾晓雨拿出了贿赂工具——撸串。

"你说的啊。"

"对对对，我说的！"

"行吧，那就告诉你。"司徒凛脸上露出了一个神神秘秘的笑容，"那我说了哦。"

"说啊！"顾晓雨急得不行。

"说起来也就那么点事儿。季泽熙的老爹是个自然人，当年有个初恋情人，家里穷，学医的，被家里棒打鸳鸯了，抽掉了爱情荷尔蒙还洗了脑，把人给忘了。之后注射了新的爱情荷尔蒙，加了引导剂，是商业联姻对象的，之后夫妻俩如胶似漆了十几年。然后一朝见到初恋情人，引导剂都顶不住了，记忆也回来了，一番挣扎后，分居离婚，抛下家业和初恋情人出国去了。"

顾晓雨听完这信息量巨大的内容，目瞪口呆地反问司徒凛："你是怎么能把这么跌宕起伏的故事说得这么干巴巴的？"

"哪里干巴巴了，我这不是都说清楚了吗？"司徒凛不满道。

"这故事多'狗血'啊！当事人内心的挣扎，可以写一本四十万字的小说了！"顾晓雨用控诉的眼神看着他。

司徒凛吹了声口哨，若无其事地说道："是你让我说的，爱听不听。撸串别赖账啊，我都跟你说完了。"

顾晓雨哼了一声："我是说请客撸串，可没说撸什么串啊，你就撸青菜吧，你这讲解水平只配啃青菜了，两根都嫌多。"

"还是不是兄弟了？！"司徒凛被这人的不要脸的赖账水平震惊了，"你还想不想我告诉你撸串的秘密了？"

对哦，司徒凛还没说过呢。上次在谢际明家的时候，司徒凛为了让他快点回来，答应他要是回来了，就把一个会让他撸串食不下咽的秘密告诉他。

"你可不能赖账啊！"顾晓雨警惕道。

"我没说赖账啊。"

"你刚刚威胁我的时候就是这个意思！"

"哪有？！"

"就是有！"

"没有！"

"你还赖！"

"那我说了。"

"说啊！不说不是人！"

司徒凛清了清嗓子，车子在路边的停车位安稳停住，他打开车门，示意顾晓雨出来。

顾晓雨下了车，看着眼前熟悉热闹的夜市街，闻着空气里弥漫着的烧烤香味，口水唰唰地往外冒。

"其实吧，这条街，从这头，到那头，都是我家拿来收租的铺面。我们家员工亲属，在这里开店有租金优惠，所以大部分都是自己人。"司徒凛指了指前方的夜市街说道。

顾晓雨面无表情地看着眼前熙熙攘攘的街市，每一个人掏出的钱，都进了司徒凛的口袋里，包括他的。

每一个饥肠辘辘的夜晚，穿着 T 恤和"人"字拖带他来夜市街一起撸串的"高富帅"司徒凛，才是这里的王者——撸串之王！他的员工亲属遍布这条街！

"嫉妒，使我连一根青菜都不想请你。"顾晓雨冷漠地说道。

司徒凛拍了拍他的肩膀："来吧，我请你吃。"

特别好哄的顾晓雨屁颠屁颠地就去了，开心地吃大户，不过出于原则，他还是给司徒凛点了根青菜。

吃到一半的时候，顾晓雨的手机响了，他掏出来一看，亲爹啊！

"……爸？"顾晓雨喊的时候还有点不习惯。

司徒凛的耳朵一下子竖了起来。

"晓雨，晚饭吃了吗？"顾宇在电话那头温柔地问道。

"正在吃，和朋友一块呢。"顾晓雨乖乖地回道。

两人随便聊了几句，顾宇问道："明天晚上有空吗？一起吃顿饭吧。"

"啊，明晚啊，有空是有空……"

司徒凛在一旁用口型疯狂暗示：带上我！

"爸，我朋友也一起来吧，我介绍你们认识认识。"顾晓雨提议道。

"好啊，我还没见过你的朋友呢。"顾宇欣然道。

电话挂了，顾晓雨陷入了深深的思考之中。

顾宇可不知道自己失散多年的儿子最近搞出了这么多事情，连孙女婿都有了四个。

他要怎么跟他强调这位好朋友是特别好的朋友呢？难道要这么介绍：爸，您的"备胎"孙女婿，了解一下？

不了不了，还是说这是普通的好朋友吧！

恋
爱基因

和父亲一起吃饭本来是一件正常的事，然而带上了司徒凛之后，顾晓雨总觉得气氛微妙得有些不对劲。

上菜前顾晓雨给两人介绍了一下，然后埋头吃饭，吃着吃着，感觉话题有点奇怪。

顾宇沉吟了一声，说道："我就晓雨一个儿子，这么多年对他多有亏欠……"

一般人这种时候会怎么回应呢？一定会礼节性地表示父子团圆也是缘分，未来一定会更好，至少也要意思意思应和一下吧，但是，轩辕龙傲天岂是一般人，他，偏不！

司徒凛点头道："是挺亏欠的。不过你已经来晚了，他现在日子过得还不错。"

顾晓雨感觉到好友头上顶着硕大的"没眼色"三个字。

可以说是非常不会说话了。

而且总让人感觉是故意的。

顾宇沉默了一下，硬是顶住了这份尴尬："我希望以后晓雨能来帮我一起打理公司。"

司徒凛接话道："晓雨他靠自己也能过上好日子，钱多事少离家近，保准美滋滋。"

顾晓雨干咳了两声，打了个圆场："那个……我可能管不来事儿。"

"对，你管不来事，你合适被人管着，三天不管，旷课'摸鱼'。"司徒凛说。

"……有你这样揭人短处的吗？"顾晓雨郁闷道。

顾宇"呵呵"了两声，笑道："你们关系很好啊。"

司徒凛也"呵呵"了两声："老朋友了。"

"对，我们从小就认识，爸，你别看阿凛现在看起来能干靠谱，

212

他以前……"顾晓雨说着，感到旁边的司徒凛投来了一个杀气腾腾的眼神，一副只要他敢开口爆料他的黑历史，他就分分钟打电话叫来一百个金链大哥把两人灭口的可怕神情。

顾晓雨丝毫不惧，偷笑了一下，假装无事发生。

这一顿饭吃完，顾晓雨和司徒凛回去了，回去的路上顾晓雨问道："你是不是对我爸有意见？"

司徒凛在开车，沿着一条沿海的马路，这里算是市郊了，晚风吹在人脸上清凉舒适。

"我就是觉得他不太对劲。"司徒凛漫不经心地说道。

"你不是查过他的底细了吗？"顾晓雨纳闷。

"查过，干净，但就是太干净了。"司徒凛不爽道，"连个可疑的开房记录都没有，你知道这有多不正常吗？"

顾晓雨斜了他一眼："所以你有……"

司徒凛脸色一变，正气凛然地说道："你要相信我对香香是一片赤诚的！怎么能做对不起它的事情呢！"

顾晓雨撇撇嘴："你和香香才认识几个月啊，之前呢？"

"没有，绝对没有乱来，我们在游轮的时候不是讨论过这个问题了吗？"

顾晓雨狐疑地看了他一眼，他还是有点怀疑，司徒凛这家伙怎么看都不像是个处男。

司徒凛被他看得一阵郁闷，闷闷道："我只是觉得，人要尊重感情。"

看不出来，这家伙的想法还挺传统。

顾晓雨思索着，只听司徒凛的声音在车里响起，他问道："我有没有和你讲过我爸妈的事情？"

"没有。"顾晓雨说道。

司徒凛曾经提过一嘴，说过那是一个"麦琪的礼物"的故事，却没有细说下去。

"要听吗？"司徒凛问道。

顾晓雨原本好奇得不得了，然而在听过季泽熙的故事之后，他对司徒凛的解说能力产生了质疑："虽然我挺想知道的，但是……你还是别讲了吧，被你一讲，什么故事都干巴巴的了。"

司徒凛笑了起来，笑得蔫坏蔫坏的："那我偏要讲给你听。"

"行行行，你说了算。"

司徒凛斟酌了一下语句，缓缓道来："我爸，年轻的时候是个小混混，跟着大哥闯江湖，抽烟喝酒烫头，被江湖义气搞得傻不拉几，整一智障。"

"……"亲儿子啊，会这么吐槽老子。顾晓雨算是知道司徒凛青春期的爱好是哪里来的了，敢情是遗传啊！

"后来他喜欢上了一个女人，也是个自然人，也就是我妈。我妈千好万好，就是眼瞎，我实在想不通她怎么会看上我爸这种傻子？"

"……"顾晓雨感觉到了好友强烈的怨念，吐槽起亲爹来真是毫不留情。

"为了我妈，我爸跟结拜过的大哥磕头退出，做起了生意。一开始不怎么顺利，没有钱，起步的时候困难，还被人骗了，欠了一大笔钱，天天被债主上门威胁。我妈还病了，绝症。她知道自己活不久了，为了老公，也为了儿子，偷偷把自己的爱情荷尔蒙卖了。"

顾晓雨一下子睁大了眼："那你爸也……"

"对，很巧吧，为了给我妈治病，我爸也把自己的爱情荷尔蒙卖了。"司徒凛脸上的笑意变得讽刺而无奈，"这对一辈子都相爱的人，为了对方，卖掉了自己的爱情，然后他们再也不能相爱了。"

"我一直记得我妈临走前的那段日子，他们其实已经不能再感受到爱情了，却没有选择离婚，因为他们还是想以夫妻的身份走到生命的终点。你说，这种感情，算不算爱呢？"司徒凛问道。

"应该，算吧。"顾晓雨说。明明已经没有了爱情荷尔蒙，明明已经感受不到身体里燃烧着的爱意，可是啊……他们仍然记得，彼此相爱过，甚至，依旧相爱着。

"我妈走的那天，我爸坐在她床边，一直拉着她的手，他说，幸好没有离婚。哪怕她走了，几十年后他们还能躺在同一块墓地里，这样就足够了。"

顾晓雨的眼眶热了一下，即使感受不到爱情，人就真的可以对爱无动于衷吗？

爱，这种感情，真的只是荷尔蒙带来的幻觉吗？

他想，不是的。

"所以我讨厌这门生意，也讨厌那个老头子。"司徒凛说道，神情有些冷，"他明明知道失去爱情的感觉，却还是做着这门生意，甚至不计较东西的来历。"

"可这很赚钱。"顾晓雨低声说道。

"买卖别人的爱情又有什么意思呢，你所拥有的爱情，不过是从别人那里夺取来的东西。所以，晓雨啊，加油吧，我现在想做的生意，是让那些买不起爱情荷尔蒙的人，也可以堂堂正正地享受爱情。"司徒凛对顾晓雨笑了一笑，"我觉得爱情很好，我要让所有人都了解一下。"

顾晓雨也笑了起来，他想着还在保密阶段，但很快就会通过审核的人造爱情荷尔蒙，它的出现一定会改变这个世界。

他是这样期待着的。

然而，他真的不该小看司徒凛这个"FLAG之王"的战斗力的，真的。

• •   •

"这什么情况啊？"顾晓雨看到被警察包围的实验室，疑惑地抓了一个路过的同学问道。

"你没看朋友圈吗？实验室昨晚被人非法入侵了，重要数据遗失，一片乱糟糟的。"同学说。

顾晓雨陷入了抓狂中，啊，他的实验数据！！！啊——这可都是保密数据没有备份的！！！

"季教授呢？联系上了吗？"顾晓雨焦急地问道。

"联系上了，他说尽快回来。"

顾晓雨稍稍放心了一点。

因为警方还在调查取证，今天又没课，顾晓雨也不知道还能干吗，做完笔录就陷入了难得的无所事事状态中。

要不，趁着今天这个难得有空的日子，回老家一趟把林阿姨的日记找出来吧，说好了要给谢际明送去，结果一直耽搁到了现在。

顾晓雨暗暗做了决定，坐上了回老郊区家里的车。

"成天撸猪，你不是'恋爱脑'都治好了吗？要是让顾晓雨知道你瞒着他把他的宝贝女儿绑了回来，偷偷撸，信不信他跟你翻脸？"来找司徒凛商量事情的蔚蓝，一进门就看到抱着香香喂饭的司徒凛，顿感不忍直视。

"以后能撸猪的机会不多了，抓紧时间。"司徒凛说。

"怎么不多了？"蔚蓝纳闷道。

"我怕药效消失之后我就想吃烤乳猪了。"

"……男人，呵。"

司徒凛举起明显壮硕了一圈的香香，左看右看："看来看去，也不过是一只普通的小香猪嘛，怎么会有这种魔力呢？"

"这就是爱情。"蔚蓝笑眯眯地说道。

"不。"司徒凛抱着香香断然道，"这叫失了智。"

"……"

意外的，这个被爱情荷尔蒙洗脑的家伙，竟然还挺理智的，蔚蓝心想。

不过这也不奇怪了，虽然司徒凛这人经常表现得和他的亲堂弟差不多，但其实心里门儿清，就像他会搞出"肌霸"天团的企业文化，但实际上他本人并没有剃光头的打算——毕竟他的发际线是个优点。

"所以你打算什么时候告诉顾晓雨？"蔚蓝问道。

"这问题实在很难回答。"司徒凛陷入了沉思中。

"早晚要交代的，自己交代总比事后被捉奸在床的好。"蔚蓝苦口婆心地劝道。

"……注意你的用词。"

"你现在的问题和对不起老婆也差不多了。"蔚蓝吐槽道。

"不啊，我这是背着兄弟绑了他女儿。"

"……你觉得哪个性质更严重？"蔚蓝无语地问道。

"都不严重。前者是道德问题，后者是法律问题，介于女儿是一只小香猪，没有独立人格，不够成被伤害的客体，所以没有问题。"司徒凛说。

"你们文化人说起话来真是一套一套的。总之你自己多注意吧，坦白从宽，抗拒从严。顾晓雨的性格你也知道，你说了他也不会把你怎么样。啧，幸运儿就是脾气好。"

香香看眼前两个大男人一直在叨叨个不停，却不给它投喂，生气地要跑，司徒凛放开了她，任由她溜到一旁自己吃了起来。

"我想想吧，真说了，他心目中季泽熙的光辉形象可就崩塌了，他大概会挺失望的。"司徒凛说道。

蔚蓝坏笑了起来："这不是更好吗？打击情敌不要手软啊，一定要在老丈人面前死命黑一黑竞争对手。"

司徒凛看着香香吃得香喷喷的样子，只留给他一个圆润的屁股，深深叹了口气："知道了，回头我跟他说说。"

＞ • • •

顾晓雨回到了老家。

说是老家，其实只是一间窄小的老旧住宅，也是母亲夏雨容唯一留给他的东西。

沿着逼仄陡峭的楼梯往上走，脏污的墙壁上还隐约看得到他小时候涂鸦过的痕迹，这让顾晓雨很自然地回忆起了童年时的往事。

其实过去的时光还没有走得太远，可是顾晓雨仔细回想的时候，却已经感觉到了模糊不清。

记忆里的母亲是个很特别的女人，顾晓雨到现在都没有在身边见过她这样的女人。她身上有一种独特的气质，让她和任何人都保持着一定的距离。她的话很少，看着他的眼神却很专注，有时候顾晓雨都不知道她是透过他在看谁。

小的时候，顾晓雨是个爱听故事的小男孩，母亲给他买了童话书，每晚都给他讲故事。他所在的幼儿园很简陋，老师也很粗暴，只有一个新来的老师对他们这些孩子很温柔，她喜欢给他们讲故事。

顾晓雨深深地记住了其中一个，并不是因为这个故事有多特别，而是因为他在给母亲复述这个故事之后，她说了一些让当年的他无法理解的话。

那是一个温馨的童话故事。关于草原上一群害怕狐狸的兔子，和一只新来的狐狸，新来的狐狸喜欢上了一只兔子，兔子很怕它，但是在狐狸的努力下，兔子明白了这只狐狸的心意，它们相爱了。

这只是个普通的哄小孩的童话故事，在顾晓雨把这个故事告诉母亲之后，她静静地看着孩子稚嫩的脸庞，突然流下了眼泪。

"晓雨，狐狸是不会爱上兔子的。"她说。

顾晓雨执拗地问为什么。

"因为狐狸会吃掉兔子，这是它的本能。哪怕它可以控制住自己，不去吃自己喜欢的兔子，那其他的兔子呢？一边说爱着兔子，一边吃掉它的同类，这样的爱人，兔子不会觉得可怕吗？"

四岁的顾晓雨不明白，懵懂地看着泪流满面的母亲，担忧地去擦拭她的脸，让她不要再哭了。

母亲抱着他哭了很久，很久很久。

顾晓雨用钥匙打开了尘封已久的家门。

空间局促的房间依旧是原来的样子，只是因为长期无人居住积了一层厚厚的灰尘，空气里一片沉闷的气味。顾晓雨打开了窗子，径直来到床边，从床底拖出了一个箱子，翻找起了谢际明养母林雪娟的日记，他记得母亲说过她把一些不用的旧书都藏在了这里。

顾晓雨将里面的书一本一本地翻了出来，里面有不少母亲的藏书，还有他小时候看的绘本，都被整整齐齐地收纳在这里。

顾晓雨拿起了一本诗集，这本诗集已经很久了，纸张泛黄，他好似受到了某种感召，翻开了这本属于母亲的诗集。

一张泛黄的旧照片掉了下来，是母亲夏雨容和一个男人的合影，可是怪异的是，和她合影的人却被油漆笔涂掉了脸。

和夏雨容合影的人，是谁？

顾晓雨心中隐约猜到了。

他捡起旧照片，翻到了背后。

后面只有两个充斥着愤怒的潦草字迹——骗子。

顾晓雨的手像是触电一般颤抖了一下，轻飘飘的照片落了下来，吹起了地板上陈年的浮尘。

> ● ●　　●

"人跑了？"男人不悦地问道，"一个肩不能扛手不能提的普通人，四个人去都抓不到，要你们有什么用？"

被训斥的男人们低着头，不敢吭声，其中一个人壮着胆子辩解了起来："老板，实在是意外。我们原本在实验室外蹲守，没想到突然来了一伙保安盘问起了我们，等我们把人糊弄过去，他已经走了。好不容易跟踪上了他，结果我们的车追尾了，等事情解决，人已经跟丢了。"

坐在一旁沙发上的年轻女人闻言，笑出了声，替他说了一句话："他这个人，是怪邪门的，倒也不能全怪他们。"

男人皱着眉，冷声道："这件事不能拖，明天、明天晚上，我一定要见到这个人，还有那个季泽熙，既然他也知道人造爱情荷尔蒙的合成方法，就一样不能放过他。"

"这样吧，季泽熙交给他们去办，至于顾晓雨……"年轻女人笑了起来，秀美的眉眼中闪过冷厉的光，"毕竟是我'前男友'，我对他的特殊体质还是有些了解的，老板不介意的话，就交给我吧。"

被称为老板的男人瞥了她一眼，淡淡道："你可别让我失望了。"

"保证完成任务。"苏妍自信满满地说道。

> ● ●　　●

"……事情就是这样，那张照片我带过来了，你看看能不能还原被涂掉的人脸。"顾晓雨把从老家找到的老照片放在桌上推给了司徒凛。

司徒凛拿起照片对着灯光照了一会儿，交给了手下。

两人沉默地对坐在一起，久久没有言语。

"其实能不能还原都无所谓，十有八九……就是那样了……"顾晓雨低声说道。

发现自己多年未见的亲生父亲竟然是伤害过他母亲的爱情骗子，虽然不知道当年究竟发生了什么，可是这么多年来，夏雨容郁郁寡欢的模样始终烙印在他的心头。从前，他不知道自己的母亲为什么不快乐，现在他知道了。

"别想太多，最近这段时间你自己多加小心，不要再乱跑了，最好在家里休息一阵，避避风头。"司徒凛说道。

"不行啊，研究数据丢了，我得赶紧重新做一份。"眼看着研究已经有了重大突破，却遇上这样的事情，顾晓雨想想就生气。

"你要去的话，一定要注意和司机、保镖保持联系，一离开实验室就上车，中途不要下来，有什么要买的跟保镖说。"司徒凛强调了一下安全事项。实验室和司徒凛家都是比较安全的地点，其余地方就说不定了。

顾晓雨在一旁点头："知道了，知道了，我一定注意安全！"

司徒凛用怀疑的眼神打量他，不过转念一想，幸运儿的人身安全大概不需要他来操心，他自己会无意识地神闪避，没有人能轻易干掉一个幸运儿！

然而，事实真相是，只要用正确的方法对付幸运儿，幸运儿一样是可以被撂倒的。

第二天一早，顾晓雨接到学校通知，实验室可以恢复正常工作了，于是他哀号了一声，起床去学校。

刷牙的时候刷了一下群里的闲聊，发现又联系不上季教授了，明明昨天说他会来的……

吃完早餐，顾晓雨上了车，由司徒凛家的司机送去学校。

坐在车里的顾晓雨感觉到了自己已经被资本主义的糖衣炮弹打

倒了，再也不想睡在宿舍硬邦邦的木板床上，早上起来挤食堂了。

为了安全起见，司机一直将他送到了实验室门口，下车顶着同学们诡异的眼神走了进去。

看什么看，没看过"父凭女贵"的吗？！他的宝贝女儿香香就是"玛丽苏"女主人公，他这个女主人公的爹，难道还不能享受一把奢侈待遇吗？

开始干活，因为数据丢失的关系，很多实验要重新做一次，顾晓雨苦哈哈地忙了一早上，中午吃的是司机送来的午餐——因为司徒凛担心食堂的食物会有问题——吃完饭，顾晓雨继续猫在实验室里忙活儿。

顾晓雨的手机响了，他掏出手机看了一眼，发现是季泽熙的电话，立刻接了起来。

然而就在他接起电话的一瞬间，手机突然没了信号，校园无线网络还连着，但就是没了电话信号。

顾晓雨焦急地看着屏幕左上角的信号图标，重启了手机之后依旧没有变好。

大概是这里的信号出什么问题了吧。

顾晓雨心想着，走出了实验室，到外面空旷的地方试一试。

"顾学长，顾学长！拜托、拜托，帮我抽张卡吧！"几个陌生的学妹拦住了他，双手合十恳求他代抽。

顾晓雨本想拒绝，可是三个妹子苦苦哀求，一副他要是拒绝了，她们当场就要哭的样子。

顾晓雨无奈，赶紧给仨人各抽了一发十连，仨人在出货后还不满足，求他再抽几次。

"我一天只有前三次抽卡运气比较好，之后就是普通的水平了……"顾晓雨说。

"没关系的，那也比我们强啊！"妹子们说。

于是顾晓雨又帮仨人抽了几次，果然不像之前开挂一般出超稀有卡牌了，但运气也不错。

三个妹子心满意足地抱着手机跑了，顾晓雨呆滞地站在原地：等等，你们抽完就这么跑了？潜规则呢！不知道代抽卡要给投喂的吗？至少给一杯奶茶啊！我可是帮你们三个抽到了八个超稀有卡牌啊！

顾晓雨郁闷地看着仨人跑远了。

手机的信号还是不行，顾晓雨心想还是回去算了，用同学的手机打电话试试。

刚要往回走，一个拖着行李箱的男生走了过来，一副着急的样子："同学，我去那栋楼上个厕所，你能不能帮我看一下包，就两分钟！"

说着，也不管顾晓雨答应不答应，丢下行李箱就跑了。

顾晓雨看着这个28寸的行李箱，没好意思丢下包直接走人，只好老老实实地原地站了一会儿，等行李箱的主人上完厕所回来拿包。

他是眼看着这个男生跑进前方教学楼洗手间的，但是他足足等了十分钟，他也没有回来，顾晓雨怀疑这人是不是拉坏了肚子。

无奈之下，他只好拖着行李箱往洗手间走去，打算问问那个男生好了没有。

顾晓雨把行李箱拖进了洗手间，大声问道："同学，同学，你好了吗？你的行李箱还在我这里……"

"砰"的一声，身后的洗手间门突然关上了。

顾晓雨猛然回过头，藏身于门后的人以惊人的速度制住了他，一边用手臂勒住他的脖子，一边捂住了他的口鼻。

不到几秒的工夫，顾晓雨就晕厥了过去。

"搞定了。"弄晕顾晓雨的男人打开行李箱，将人塞了进去。

洗手间隔间的门开了，苏妍走了出来，微笑着说道："干得不错，接下来我会通知那边，把这一带的通信信号恢复了。你负责把行李箱装到车上，将人送到老板那里，要活的。"

第十四章

**为了拯救老丈人，
情敌们决定组个队**

这天一早，司徒凛就有种非常不妙的预感，好像会有什么让他不太愉快的事情发生。

这种感觉在顾晓雨出门去学校之后更明显了，直接表现在他走过家里的长廊的时候，头顶的吊灯竟然掉了下来，要不是他反应神速，差点就要交待在这里了。

"凛少，不好了！关在郊区禁闭室里的白乌鸦跑了！"一个手下急匆匆地来到他的书房，把一个坏消息告诉了他。

司徒凛深吸了一口气，忍住了骂人的冲动："还不赶紧去追？"

"已经派人去了，但是白乌鸦很狡猾，还有人专门接应他，现在恐怕……"手下为难地说道。

司徒凛冷着脸吩咐道："看好顾晓雨，白乌鸦说不定会去找他。"

"明白！"

话音刚落，一个电话打了进来，司徒凛接起电话："喂？"

"凛少，很抱歉，我们跟踪司徒山海的那伙人被发现了，现在他很警觉，我们暂时恐怕没有办法调查到他的去向。"手下对司徒凛汇报道。

"……你们就不能给我来点好消息吗？"司徒凛气得捶了一下桌子。

电话还没挂，书房的大门再次被敲响了，他最得力的手下强子走了进来，面色凝重。

司徒凛简直心累："就没有一点好消息吗？这次总该给我来个好消息了吧？"

"凛少，是个坏消息。"强子的语气有点惊慌。

司徒凛靠在椅背上，深深吸了一口气，又端起茶杯喝了一口水："行，我做好心理准备了，说吧，是公司股票暴跌了？还是老头子终于升天去见我妈了？难道是香香病了？让她多喝点热水……哦不，找个兽医。"

　　"是顾少爷被绑架了。"

　　"……什么！"司徒凛从椅子上跳了起来，热水泼了一桌，他气急败坏地捶着桌子，"那你还在这里干吗？还不赶紧去找人！手机呢？他的手机是有定位的，赶紧锁定了把人捞回来！"

　　老丈人被人绑架，司徒凛急得上火，得知顾晓雨的手机被丢在了附近一个垃圾箱内之后，他就知道事情恐怕不妙了。

　　这次的绑架是有备而来，甚至连顾晓雨的手机可能有定位都知道，这绝对是专业的。

　　是谁干的，他心里多少有数。

　　电话响了，是个陌生的电话号码，司徒凛想了几秒，冷静地接了起来："喂？"

　　和他预想的不同，电话那头不是绑匪，而是一个老熟人。

　　柳行的声音从电话那头传来，还夹杂着马路上汽车的鸣笛声，听得出来，他是在户外，极有可能是在某个公共电话亭里打的电话。

　　"顾晓雨人呢？"联系不上顾晓雨的柳行第一时间给司徒凛打了电话，白乌鸦的感觉总是格外敏锐。

　　司徒凛的心情一下子从暴雨变成了雷鸣暴雨："被人绑了。"

　　柳行顿时骂了一声："你这个废物点心，连个人都看不好？"

　　司徒凛更怒："你说我？你连只猪都看不好，你还好意思说我？"

　　"什么！"柳行也怒了，"司徒凛你要点脸，是谁抢了香香你心里有数！等晓雨知道了之后，你看他会不会跟你翻脸！"

　　"不会啊，屁大点事，跟我翻脸？你是不是太小看我们的感情了？"

　　"……你敢说香香的事是屁大点事？！"

　　"行行行，我失言，我道歉，总之我们现在不应该在这里吵架，我也懒得管你是怎么跑出去的，我们当务之急，是得把顾晓雨捞回来。我猜绑架他的人是 X 那边的，你有什么线索吗？"

柳行深吸了几口气："算是有吧，晓雨什么时候失踪的？有监控录像吗？把你知道的都告诉我，我也把我知道的都告诉你。"

"成交！"司徒凛爽快地说道，"等晓雨找回来了，我让你撸两把香香，怎么样？"

"什么，你用香香做交易，司徒凛你还算是个人吗？"

"随你怎么骂，不要算了。"

"……要。"

"喊，男人。"

"……"

被嘲讽了一脸的柳行怒不可遏地挂了电话，电话那头的司徒凛就从容多了："白乌鸦要来，让他进来吧。"

"这样合适吗？您之前还把他关禁闭，他说不定怀恨在心。"强子有点担忧。

"没事，在把人救回来之前，他不会把我怎么样的。"司徒凛很自信地说道。

今天一大早醒来，谢际明隐隐觉得不对劲，他睡得太沉了。

原本良好的生物钟会在每个早晨的六点准时叫醒他，然后他会去晨跑半小时，这个习惯哪怕在搬出了家中主宅之后都没有改变。

谢际明摇了摇头，努力把脑中混沌的感觉摇出去，他从床上走下来，下意识地呼唤小香猪的名字："香香？"

香香不在这里，整个房子都是安静的。

谢际明突然惊慌了起来，他从一楼找到二楼，每个房间里都没有香香。

他呼唤着管家，但是管家也不见了。

偌大的屋子里，只有他一个人。

谢际明在空旷的客厅里站了足足有五分钟，然后拨通了管家的电话。

电话很快被接通了，电话那头的管家声音轻快地说道："少爷，有什么吩咐吗？"

"香香呢？你是不是把她带走了？！"

管家笑了起来："是的，少爷，我带着香香小公主私奔了。"

"你把她带去了哪？是不是我母亲给你开了价？把她带回来，不管她开价多少，我给你双倍！"

"不是夫人哦，少爷，是另一个人。"管家轻松的声音里带着浓浓的笑意，"而且我的价格，可不是什么双倍就可以满足得了的。"

说完，管家挂了电话，哼着歌继续开车，无论手机再怎么震动，他都不去接那个电话了。

车子一路行驶，从市中心来到了郊区的一处废弃工厂里。管家停好车，从后备箱中拎出了一个大箱子，叹气道："哎，你可真是越来越重了。"

小香猪委屈地蜷缩在箱子里，发出愤怒的吭哧声。她大半夜就被人绑架了，连一口早餐都没吃上，这对一只养尊处优的小香猪来说可太残忍了！

虽然几周前它还过着和普通小香猪一样的日子，但是自从被一个男人发现，把它带走之后，它突然间就成了宇宙中心的小公主，每天有好多人照顾它的饮食起居，还有人抱着它大喊香香——它也不知道为什么自己会叫这个名字，明明从前的主人总是粗暴地叫它猪。

但是它已经习惯了当香香小公主，再也不想当一只普通的猪了。

管家拎着猪，一路通过安全检查，来到了一个秘密房间中。

房间里坐着一个男人和一个女人。

"早上好啊，老板，还有苏妍小姐。"管家和两人打了个招呼，把装着小香猪的箱子放了下来，"喏，我把这只猪带来了，现在它可是世界第一受欢迎的小香猪，有好几个男人为它如痴如醉，我打赌它现在比爱情荷尔蒙还值钱！"

被称为老板的男人打量了小香猪一眼，淡定道："这可真稀奇。"

苏妍笑了起来："还要感谢顾晓雨发明的人造爱情荷尔蒙，有了这个东西，以后我们就有新的工作方式了。"

从前，自然人的天然爱情荷尔蒙是昂贵的，所以 X 里的爱情骗子选择去骗取自然人的爱情荷尔蒙，然后高价卖掉，但是这种方式不但违法，而且有很高的风险，例如司徒家拒不收购这类非法途径的爱情荷尔蒙，导致他们的资金回流出现了很大问题。

但是如果有了廉价的人造爱情荷尔蒙，那一切都变得轻松起来，用它搭配上引导剂，就可以让任何一个有钱人爱上 X 想要他们爱上的对象，只要这份爱情足够狂热，他们就有了合法的资金来源，而且取之不尽、用之不竭。

"人已经抓到了吗？"管家问道。

"抓到了，我亲自动的手。"苏妍故作夸张地说道，"要抓一个幸运儿可真够费劲的。不过我能撂倒他一次，就能撂倒他第二次，希望老板不要介意我对你儿子的手段太粗暴。"

被她称为老板的男人，也就是顾晓雨的父亲——顾宇，他平静地笑了笑："我会跟他当面道歉的。"

〉 • • •

"……真不是我。我在你眼里就是这种买通你的管家偷走你的老婆然后跟你要赎金的低端货吗？你醒醒！我要是针对你，早就派出一百个肌肉硬汉冲上门了！"司徒凛在接到谢际明的质问电话之后，心态崩了，万万没想到他在情敌眼中竟然是这种人！他是那么低端的人吗？！

再说了，正版香香可是在他的手里。谢际明这个傻子拿着一只假香香爱得死去活来还为它离家出走，等他知道真相的时候心情大概很复杂了。

好不容易解释清楚，让谢际明相信这一切并不是他搞的鬼。司徒凛趁热打铁地说道："现在倒是有件事，可能需要你帮忙，听说你家和警界的关系不错……"

搞定了谢际明，司徒凛在书房里走了几圈，蔚蓝在一旁问道："有什么想法了？时间不等人，把顾晓雨救回来的事情可拖延不得，你以前不是在 X 里布置过暗线吗？"

"以前的确有一条，但是顾晓雨之前被抓到那一次，线人已经曝光，不得不离开了。现在有点麻烦……让我想想……"司徒凛思索了半天。

自从那次失败的游轮拍卖之后，司徒山海的行动就小心翼翼，对自己被跟踪的情况十分警惕，很难在他有防备的情况下跟踪到他，除非能在他的车辆上安装定位仪，可是这就太难了，司徒山海身边的人也不傻……

等等，好像还真有个傻的。

司徒凛脑中灵光一现，兴奋地回头对蔚蓝说道："我有个主意。"

◯ • • •

顾晓雨醒了。

醒来的第一时间，他和每一个离不开手机的现代人一样，下意识地摸了摸自己的手机——没有。

一下子清醒过来的顾晓雨从地上跳了起来，顶着疼痛的脑壳翻找起了自己的手机。

他起身的声音惊动了隔壁的人，一个熟悉的声音传来："晓雨，你醒了？"

"季教授？你怎么在这里？"顾晓雨赶紧走到了墙边，他和季泽熙隔着一堵上锁的铁门，"这里是哪里？这是怎么回事？"

"我是被人绑架的，你呢？还记得晕过去之前的事情吗？"季泽熙问道。

顾晓雨这才回想起了之前发生的事情——他被三个陌生的女生拜托抽卡，连抽了六十连，超过了他一天的正常抽卡次数。然后有个陌生的男生拜托他看一下箱子，自己去上个厕所，之后就没有回来。他担心那个男生，拖着箱子去找人，结果被人在厕所暗算了。

这操作，简直是冲着他来的，下手的人绝对对他很熟悉！

可是又有谁会对他这么做呢？

顾晓雨摸了摸后颈，那里曾经被刺穿过，无数个日夜里，他都被这样冰冷而恐怖的噩梦惊醒。

他想到了一个人，一个熟悉的陌生人。

"我们被绑架的事情，和实验室资料失窃恐怕脱不了干系。"一门之隔的季泽熙分析了起来，"我之前想了很久，他们恐怕是冲着人造爱情荷尔蒙来的。"

"抱歉！教授，连累了你。"顾晓雨愧疚地说道。

因为他的一己私欲，试图用这个发明报复前女友，结果害得自己的四个好友陷入了一场匪夷所思的恋情中，现在还害得季泽熙跟他一起被绑架，如果季泽熙受到了什么伤害，他这辈子都无法原谅自己了。

明明、明明他是那么好的一个人……

"你一直都对我这么好，小时候也是，现在也是，可我却害得你和我一起被关在这里，还有香香的事情……"顾晓雨越说越惭愧。

"我没有你想象的那么好。"季泽熙说道。

顾晓雨困惑地发出了一个喉音。

季泽熙好像是背靠着铁门，坐在那里，两人的直线距离还不到一米。

可是隔着一扇沉重的铁门，身陷囹圄的两人看不到对方的脸，只能听到彼此熟悉的声音。这种带着距离感的熟悉，让人很容易说出从前不会说的话。

"真的，我没有你想的那么好。"季泽熙温柔地说道。

"不！不！不！教授您千万别这么说。我一直都很感谢你，我在谢家山下遇到你的时候……对你来说，那可能只是一个举手之劳，可是对我来说……我的一生，都被改变了。"

不确定的时间，不确定的环境，不确定的危险，明明不是一个合适谈心的地方，可是顾晓雨却偏偏说了出来。

他害怕自己再也没有机会开口说出来。

如果绑架他的人真的是 X 的人，甚至是苏妍，他们还会做什么呢？索要人造爱情荷尔蒙的配方？杀人灭口？

也许他无法活着离开这里。

"那时候，我在孤儿院里待了一段时间。我不喜欢那里，到现在我都不喜欢那里。除了柳行，我没有别的朋友。我总是很想回家，可是我已经没有家了，所以我把一切希望都寄托在了谢际明的身上。教授，你是知道谢际明小时候事情的吧，小的时候我们是门对门的邻居，在林阿姨去世之后，我妈妈收养了他，大概有一年的时间。之后谢家的人找到了他，带走了他……"顾晓雨也坐了起来，靠在铁门上，森冷的寒意从后背一直沁入他的身体里。

"临走前他留给我一张字条，上面写了他新家的地址，就是谢家现在的位置。我给他写了很多信，在家里的时候写，到了孤儿院里还写，陆陆续续地寄出去，寄了十几封，可是我从来也没有收到回信，一封也没有。

"我真的……很不甘心，哪怕到了今天，我都耿耿于怀，可是我问不出口。现在我住过了谢家，见过了他的父母，大概知道一切的原因，可是那时候的我并不知道。我总是抱着虚无缥缈的期待，等待着奇迹的发生，因为它总会发生，所以我一直都侥幸着。"顾晓雨抱着膝盖，轻声说道。

"那个时候也是这样。我偷偷跑出了孤儿院，全身上下只有几块钱，孤注一掷地去找谢际明。我问了好多人，在报刊亭对着地图研究了好久，坐公交，换地铁，步行，一路走到了谢家主宅的那座山头。可是我进不去……整座山头都是他家的，栏杆上都是监控，门卫绝对不会放任何一个没有预约的人进去。我就在那里傻傻地徘徊着，走着走着哭了起来，我也不知道为什么，只是觉得很委屈。我们曾经那么好，好到可以睡一张床、盖一条被子，可是现在呢？我们再也不可能那么好了。"

季泽熙当然记得。那个炎热的夏日午后，他坐的车经过谢家住宅附近的路，司机晃了神，差点撞上浑浑噩噩的顾晓雨。

他下车跟这个孩子道歉，发现他哭得厉害，还以为是撞伤了他，要带他去医院。

他说自己没有事，并不是因为被撞到了才哭，车子停得很及时，根本没有碰到他，他是自己跌倒的。

"那你为什么哭？"十六岁的季泽熙问道。

哭得像是一只被主人抛弃的小奶狗的男孩子，用力擦了擦眼泪，说了一个全然出乎他意料的回答："因为天气太热了，我想吃冰。"

这个幼稚的谎言，季泽熙没有拆穿他。

他让司机去买了冰淇淋，自己陪着他在路边的长椅上坐了下来。

夏日的蝉鸣聒噪，树荫下也一样炎热，只有手里凉丝丝的冰淇淋，给浑身是汗的两人带来一丝凉意。男孩子果然不哭了，而是努力吃掉快要融化的冰淇淋。

　　他听这个男孩子说了自己的故事，一个一出生就没有父亲的自然人，失去了他的母亲，被送到了孤儿院，他偷偷跑出来找自己的朋友，可是却没有找到。

　　他好似并不想提起自己的朋友，含糊地一笔带过，季泽熙甚至不知道他的朋友是谁。

　　"我想妈妈了，特别特别想。我有好多话想跟她说，可是都来不及了……我一点也不喜欢孤儿院，那里的阿姨都很凶，大家也不喜欢我，他们总想欺负我。还有柳行……"男孩子叨叨絮絮地诉说着自己的苦恼，眼眶里的泪水悄无声息地落在了融化的冰淇淋里，被他大口大口地吃掉。

　　那时候的季泽熙正因为父母关系破裂而苦恼，可是他的烦恼，和这个无家可归的男孩子相比，奢侈得全然是另一种人生。

　　"会好起来的。都会好起来的……"季泽熙对他说道。

　　就让一切都好起来吧，季泽熙想，至少，让这个人的人生好起来。

　　●　●　·

　　"有一件事，我隐瞒了你。"季泽熙的声音穿过厚重的锈蚀铁门，传到了顾晓雨的耳中。

　　"我也有事情瞒着您啊，这没有什么大不了的。"顾晓雨很自然地说。

　　他并不会计较季泽熙的隐瞒，哪有什么人一辈子都能光风霁月呢？谁还没说过百八十个谎？

　　"可是现在，我想告诉你了。也许你会重新认识我，我真的不是你想象中的那个样子。"季泽熙低声说道。

　　顾晓雨沉默了一会儿，同样轻声回答："我知道。"

"你知道？"

"其实，我一直觉得……您有点不真实。"顾晓雨赧然地说道，"我从来没见过您失态，无论是多严重的事情也好，您从来都不会因为生气而大声呵斥别人，我几乎没有在您身上见到过负面情绪。所有人都很喜欢您，学生也好，同事也好，我当然也是，可是有时候，我忍不住会想，这样累不累。"

"没有什么累不累的，习惯就好。"季泽熙说道。

"只是看起来习惯了。有时候我觉得您实在是憋得慌，好几次您提了一个想法，但是当时说算了，就再也没提，然而十天半个月之后，您会突然把我们所有人召集起来，说把这个新课题开起来。这十天半个月里，您大概每天都在纠结这个吧？"

"……是、是这样的吗？"季泽熙显然没注意到这有多奇怪，稍稍讶异地问道。

"是这样的，课题的事情是这样，其他事情也是这样。有一次小林师兄搞出了个巨大的纰漏，全组的项目停工重做，我们当场都惊呆了。实验室里所有人打了个赌，赌您这一次一定会大发雷霆，您听说后在办公室里待了一下午，一点声音都没发出来。小林师兄吓得一小时跑了八趟厕所，跟我们确认了无数次，怀疑自己是不是把您气到猝死了。之后您只跟他谈了十分钟，一句重话都没有说，还让他如期毕业了，我们都觉得您上辈子恐怕是个圣人。"

"那时候确实很生气，是非常生气，但是我想了一下午，对学生应该宽容，毕竟这种失误也不是小林故意的，只能说是粗心引起的意外，要给他一个机会。"季泽熙说道。

"要是每个人都能做到这样，这个世界早就和平了。"顾晓雨笑了笑，"反正我是做不到不迁怒，您能克制住自己的情绪，是非常了不起的。"

铁门那边的季泽熙沉默了良久，轻声叹了一口气："可是，也有克制不住的时候。"

"有吗?"顾晓雨问道。

"嗯,有。关于香香的事情,我做了一件……不应该做的事。"季泽熙缓缓道。

"什么事?"顾晓雨感到有些莫名。

在被加了引导剂的人造爱情荷尔蒙影响的四个人里,季泽熙是表现最好的一个,他一直和事件中心的几个人保持着一定的距离,除了把香香设置成了手机和电脑的桌面之外,并没有做什么过分的事情,而且还一直积极地研究代谢剂。顾晓雨实在不知道自己还能怎么去要求一个被狂热的爱意冲昏头脑的人,季泽熙已经做得不能更好了。

"我和柳行做了一笔交易。"

顾晓雨呆了呆:"柳行不是跑了吗?"

司徒凛对柳行下了最后通牒,让他交出香香,柳行妥协了,将香香交给了他,然后被谢际明截和。这一切和季泽熙都毫无干系。

"对,是我帮他逃跑的。除此之外我还帮柳行做了不少事,他给我的筹码,是真正的香香。"

"什么意思?"

"柳行还给司徒凛的香香,是假的。他弄到了一只和香香长得一模一样的小香猪,拿去糊弄了司徒凛,还把他们交易的时间地点暗中传给了谢际明,挑起了两人的争端。真正的香香在我这里,但是现在已经不在了,那天我回到家发现香香失踪了,之后就一直忙于寻找它,所以这几天没有回学校。"

顾晓雨被这信息量巨大的一段话震惊了。

什么?他在谢家看到的那只香香是假的?怪不得对他不假辞色又踢又咬还不爱吃香瓜了!敢情被人调包了啊!咦,这言情替身文的走向是怎么回事……等等,那谢际明为了一只假的香香离家出走这听起来就更冤了啊!

　　还有啊,教授啊教授,没想到你是这样的教授,竟然明修栈道暗度陈仓,把真正的香香养在家里玩起了监禁游戏,怪不得那阵子你每天回家这么勤快,原来是"金屋藏猪"了,真是会玩儿。

　　还有柳行,这家伙,到底在干什么啊?!把他女儿拱手送给了情敌,这样的女婿他这个老丈人是绝不认可的!差评!

　　"会不会是柳行偷偷跑了回来,把香香偷走了?"顾晓雨突然想到了这个可能。

　　"我不知道,其实比起柳行,我更怀疑另一个人……"

　　谁?

　　顾晓雨愣了一秒,一个名字突兀地跳了出来。

　　还能是谁?除了柳行和至今都不知情的谢际明,还能有谁?

　　如果真的是司徒凛,那么顾晓雨在谢际明家中和他通话时,他那些奇怪的问题就可以得到解释了——那时候他就已经发现谢际明手中的香香并不是真的香香了。

　　一块冷冰冰的石头一下子沉入了顾晓雨的胃里,他一言不发,久久沉寂。

　　理智上他知道,司徒凛也是个普通人,他会隐瞒,会有秘密,会有不想告诉他的事情,可是感情上,他无法像接受季泽熙的隐瞒一样接受这个事实。

　　为什么不告诉他呢?

　　如果司徒凛告诉他,顾晓雨绝不会反对。

　　可偏偏司徒凛瞒着他。

　　到底是为什么呢?

　　顾晓雨想不通。

　　开门的声音传来,顾晓雨一下子从思索中惊醒了过来,警惕地看着眼前被打开的门。

恋
爱基因

两个蒙面的男人走了进来，将他从地上提起来，顾晓雨惊恐地问道："你们是谁？！"

"你们要做什么？"季泽熙焦急的声音从顾晓雨身后的铁门里传出来。

"老板要见你。"蒙面的男人们铐住了顾晓雨的手，将他拉出了房间。

他被带离了这间地下室，但是依旧在室内，他跟着两个男人穿过一条长长的走廊，走廊两旁张贴着各类危险物品的图标，还有工厂告示一类的东西，这些细节让他意识到这里应该是某个废弃的工厂。

"到了，进去。"

顾晓雨站在一扇门前，抿了抿嘴。他的心跳得很快，怦怦作响，一种奇妙的预感在暗示着他，这扇门背后的人，是他熟悉的人。

在见到顾宇的那一刻，顾晓雨毫无道理地松了一口气。脑中无数的线索被这一幕串在了一起，游轮拍卖会后突然出现的顾宇，他与母亲无法证实的过去，失窃的实验室，母亲照片上被涂掉的脸……

"真的是你。"顾晓雨悬着的心慢慢地回到了胸腔里，他依旧是紧张的，却不再是站在门外时那么惶惶不安了。

坐在沙发上，神情举止里都透露着自在的顾宇笑着对他点了点头，示意身边的保镖帮他解开手铐："看起来，你好像已经知道了什么？"

顾晓雨悄然打量了一下四周，这是一间封闭的房间，被装潢成会客厅的样子，房间里还有两个保镖，看起来不好对付，他要是想逃走……没戏。

顾晓雨于是坐下来，他至少要搞清楚顾宇到底想要做什么，看看能不能找机会逃出去。

"你骗了我妈妈。"顾晓雨开门见山地说道。

"你是这么认为的吗？"顾宇歪着头，打量着自己的儿子，眼神里带着些许的好奇。

"不然呢？"

顾宇笑了，他直视着顾晓雨的眼睛，仿佛在透过他看向那个早已逝去的女人："她是个很特别的女人，我很喜欢她。"

"可是你骗了她！"愤怒之情涌上了顾晓雨的胸口，一个骗子有什么资格谈论爱情？

在他们眼里，无论多么纯粹热烈的爱情，都不过是金钱的化身，越是纯粹，就越是昂贵。

顾宇的眼中毫无愧怍之情："准确来说，是她自己骗过了她自己。"

顾晓雨看着他的亲生父亲，一个无耻的爱情骗子，从来不为自己的所作所为愧疚。

二十多年过去了，他甚至拥有了一个地下犯罪的王国！

他还会装模作样地怀念那个深深地爱过他的女人，这让顾晓雨感到恶心。

看着顾晓雨厌恶的眼神，顾宇微微一笑，用温柔的口吻回味这那一段过往："我一共骗了她三次。"

顾晓雨的眼睛一下子瞪大了，愣愣地看着顾宇。

"我说过，她很特别，是因为她的爱情荷尔蒙会再生。"

顾晓雨的指甲嵌进了掌心里，生疼。

"我本来没有那个意图，她对我一见钟情，我不会产生爱情，所以无动于衷地看着她，只觉得这个小姑娘有点傻。反正爱都爱了，看起来也值不少钱，就取走了她的爱情荷尔蒙，提取的时候出了一点事故，她失忆了。我没要她的性命，放她走了，半年之后，我们意外地在街头相遇，隔着整整一条马路。她突然像疯了一样朝我跑来，闯过了红灯，一路上逼停了所有的车，冲到了我面前，我还以为她是恢复了记忆要找我寻仇，没想到她只是红着脸要了我的电话号码。"顾宇说着，自己笑了起来，已经长出了鱼尾纹的眼角抿出了一个柔和的弧度，这一刻，他温柔得像是在诉说一场爱情，"她当然没有恢复记忆，只是觉得我很熟悉，她说，看到我的那一刻，她突然遇见了爱情。"

顾晓雨浑身发冷，因为他知道这是又一个悲剧的开端。

"那时候我很好奇，她实在是太特别了，明明已经被提取了爱情荷尔蒙，为什么她在见到我的那一刻，再一次产生了爱意？如果我再一次取走它，她还会再分泌爱情荷尔蒙吗？这样的奇迹，到底还能重复多少次？所以我又一次取走了她的爱情荷尔蒙，顺便给她洗了脑，让她再一次忘掉了这段经历。又过了半年，我再一次出现在了她的面前……"

顾宇微笑着，娓娓道来："她也再一次地，对我一见钟情。"

顾晓雨在发抖，强烈的胃痉挛让他脸色苍白，愤怒和痛苦在他的腹中拧成一团。

一次又一次，一次又一次，一个人到底要有多爱，才会在不可能中创造出这样的奇迹。

可是这份奇迹一般的爱意却被无情地践踏着，比羞辱更羞辱——她爱的人偷走了她的爱情。

他经历过，知道被取走爱情荷尔蒙的痛苦，整个世界都空了，在灵魂中燃烧过的生命之火，突然间被一场冰雨熄灭，冷得像是极寒的地狱，比酷刑更惨厉。

"我只取了两次，没有第三次了。"顾宇看着神情扭曲的顾晓雨，温言道，"因为我出于好奇，使用了她的爱情荷尔蒙。"

顾晓雨猛然抬起头，死死地盯住了他。

"那种感觉，很奇妙。直到现在我都还会回味，热烈得像是整个天空都在燃烧一样，全世界除了她，我什么都不在意了。我隐瞒了身份，来到了她的身边，我们成了情侣，度过了一段快乐的时光。那时候我发现了自己的身体有一些问题——我的体内带有一种罕见的酶，会快速代谢爱情荷尔蒙，速度远远超过正常范围，如果不补充注射新的爱情荷尔蒙，不出三个月，我体内的爱情荷尔蒙就会完全被代谢。热恋中的我当然不想结束，于是我开始注射其他人的爱情荷尔蒙，每个月注射一些，维持住体内的荷尔蒙总量，虽然很花钱，但我不缺货源。如果没有意外，我们很快就会结婚了，建立一个家庭。晓雨，只差一点，你就会在一个幸福的家庭中诞生……如果不是她突然恢复了记忆的话。"

夏雨容恢复了记忆，无法接受顾宇的所作所为，她甚至发现了顾宇在不断注射爱情荷尔蒙维持这段感情，双重打击下，她选择了逃离。

那时候她还不知道，自己已经怀孕了。

"其实我现在都还是困惑，明明我也爱上她了啊，我那么努力地去维系这段感情，可是她却一言不发地走了。"顾宇低声问道，"为什么呢？过去的事情，让它过去不好吗？"

不是的，顾晓雨心想，并不是因为他曾经伤害过她，所以她选择绝不原谅，而是因为，她无法接受他再去伤害别人。

就像是小时候她为之流泪的童话故事，一只善良的兔子，不能接受会吃掉它同类的狐狸的爱情。

所以从一开始，这就是一个注定的悲剧。

错误的一见钟情，错误的两情相悦，错误的命中注定。

直到死，她都被困囿在一场错误的爱情里，至死不渝。

第十五章

是时候上演
坑爹大戏了

顾晓雨第一次窥见了他的亲生父亲的内心——一个毫无同理心的怪物。

这样一个披着文质彬彬的外皮的怪物因为爱情荷尔蒙的作用，爱上了一个自然人，可是他的爱是冷酷的，爱情并不会改变他的本质，他仍然将自然人视为猎物，他绝不会因为爱情而停下犯罪的脚步。

爱情不是魔法，它无法将一个怪物变成人。

"虽然她离开了我，我很遗憾，但我还是很高兴遇到了你，看到你的时候，我就觉得，你和你的母亲很像，我真心想要待你好。"顾宇看着自己的儿子，温言道。

怒火中烧的顾晓雨不敢激怒他，努力平静地问道："那你为什么把我绑到这里？"

顾宇轻叹了一口气："如果可以，我也想和你用更和平、更文明的方式沟通。但是总有人想干涉这些，让我感到很不愉快。"

是谁？

顾晓雨在脑中过了一遍认识的人，司徒凛的名字浮现在了他的脑海中。

不知道司徒凛现在有没有发现他被绑架的事情，应该已经发现了吧？他现在做什么呢？希望他别冲动……

顾晓雨对司徒凛抱有信心，既然他曾经能够找到被X绑走的他，现在就一样可以，他要尽量拖延时间，保证自己和季泽熙的安全，等待救援，这是他现在唯一能够做的事情了。

"你想要什么？"顾晓雨看着顾宇，问道。

顾宇对他的识趣很满意："人造爱情荷尔蒙的配方。我对它很感兴趣，可惜从你们实验室里拿到的数据缺了很重要的几块。"

和季泽熙猜想的一样，顾晓雨松了一口气，和性命相比，配方什么根本不重要："这个我知道，但这些和教授没有关系，你把他放了吧。"

顾宇挑了挑眉："你很关心他吗？"

"当然，他是我的导师，曾经有恩于我。"

顾宇笑了，带着某种恶意的笑容："那我更应该多留他一阵子了。"

"……"顾晓雨敢怒不敢言地瞪着他。

"不过你放心吧，事情解决之后，我会让你们平安回去的。"顾宇深谙谈判技巧，知道不能过于逼迫，出言安抚了他。

顾晓雨却心存疑虑，现在他清楚 X 幕后的人是谁，对方真的会放他走吗？这岂不是放虎归山？难道 X 还有什么后招？

"时间不早了，先去吃点东西，然后开始工作吧，希望尽早见到你的成果。"顾宇对他微微一笑，示意保镖将他带走。

顾晓雨识趣地站了起来，准备出去。

大门被礼貌地敲了三下，顾宇随口道："进来。"

门开了，一个年轻漂亮的女人走了进来，见到局促地站在沙发前的顾晓雨，她扑哧一声笑了出来："好久不见了，晓雨。"

顾晓雨胸口一滞，他下意识地撇开眼，不想去看这个人，可是却又忍不住在意她的一举一动。

"不跟我打声招呼吗？"苏妍问道。

"我们之间没什么好说的，把我的爱情荷尔蒙还给我。"顾晓雨冷冷道。

"这个我说了可不算。"苏妍说着，转过头看向顾宇。

顾宇拍了拍儿子的肩膀，鼓励道："当然会还给你，只要你做出合格的样品，我就把你的爱情荷尔蒙还给你。"

> ● ● ●

"阿俊，你爸最近回家吗？"司徒凛把堂弟叫到了自己面前，面色凝重地问道。

司徒俊呆了一呆，不知道自己的堂哥为什么突然关心起了他爹：
"他最近很忙啊，不过还是会回家吃饭的。"

司徒凛勾了勾手，示意他过来，然后掏出了几张照片："你看
看这个。"

司徒俊拿起照片，上面赫然是他爸司徒山海挨着一个陌生女人
的照片，两人举止亲密，要说是朋友吧，这距离实在有点太近了，
这女人也实在有点太漂亮了，说是情人吧，两人其实也没有什么太
亲密的动作。

但是看到亲爹疑似出轨的照片，还是让司徒俊心情崩溃："这
不可能！我爸怎么会出轨？！他对得起我妈吗？不行，我要去劝劝
他！让他千万别想不开，我妈发现了会杀了他的！！！"

一想到母亲的悍勇，司徒俊感到自己即将永远地失去父亲。

司徒凛立刻制止了他："别冲动，你看这张照片，虽然有点可
疑，但未必是那种关系，你贸然去质问你爸，可能适得其反。让婶
婶知道了也不好，她万一一个激动，抄起菜刀执行了家法，那我们
以后清明又得多去拜一个坟头。"

"那怎么办？"司徒俊紧张地问道，"哥，你肯定有办法！"

司徒凛面不改色地说道："最近你爸夜不归宿，人也不知道去
了哪儿，我建议先摸清楚他的去向，如果他真的是在外面有了情人，
也要捉奸在床才有说服力，人没穿衣服的时候就会特别好说话，我
们就很容易劝服他回头是岸了。"

"对！哥，还是你聪明！那我马上去问问我爸的秘书！"司徒
俊听完，撒腿要跑。

司徒凛简直要被他气死了，忙不迭地把人拦了下来："你等等，
你这样去问岂不是打草惊蛇？我给你出个主意，这个信号发射器你
拿着，等你爸回家吃饭的时候，你上车藏在座椅下，我们先确定他
到底去了哪里。"

恋
爱基因

“好！都听你的！”

得到了指令的司徒俊带着特制的信号发射器走了，丝毫没有怀疑照片的来历，以及堂哥的图谋不轨，真是个清新脱俗的小智障了。

隔着一扇门听完了整个忽悠过程的蔚蓝心情沉重地说：“我时常因为目睹你欺负一个智障而良心不安，你的良心呢？不会痛吗？”

司徒凛双手交叉支着下巴，神情肃穆：“我长得这么帅，不需要良心。”

蔚蓝算是知道，这家伙的中二病这辈子都治不好了。

“你堂弟还靠谱吗？我怕他回到家里一个忍不住，就直接冲上去逼问他爹了。”蔚蓝还是有点担心。

“放心吧，他虽然是个智障，但是特别听我的话。而且他还有个非常牛的技能，和顾晓雨的幸运值一样是旗帜鲜明的个人属性，成功率极高。”司徒凛说道。

蔚蓝好奇地问道：“什么技能？”

司徒凛露出了一个意味深长的笑容：“坑爹啊。”

• • • •

司徒俊是个会坑爹的。

从小就坑爹。

两岁的时候，司徒俊就是个智障婴幼儿，因为迟迟学不会走路和说话，被认为智力发展迟缓，但是他有个绝佳的天赋——无论何时何地，只要司徒山海抱起他，他就会开始号叫，叫得好像被虐待了一样，如果司徒山海试图检查尿布，那就更好了，他会准确有力地尿向他的亲爹，保姆在一旁目瞪口呆。十八年后司徒俊还是很委屈：小孩子不能控制尿尿不是很正常吗？

四岁的时候，司徒俊发现了司徒山海口袋里的酒店发票，拿去

246

让他妈妈教他认字，险些让他爹失去了命根子，司徒俊自然被他爹暗中教训了一顿。十六年后司徒俊还是很委屈：我怎么知道我爹那个智障出轨开房竟然还开发票报销。

六岁的时候，司徒俊在司徒山海的办公室里发现了一个暗格，里面藏了一打又一打的钱，他欢快地开始偷钱挥霍，很快被亲妈抓获，不用逼供就交代了他爹的私房钱。十四年后司徒俊还是很委屈：谁让你在办公室里藏私房钱，不是说好了家里的财政大权是妈的吗？！

…………

诸如此类，不胜枚举。

"你的堂弟这是随了谁？"坐在车子后排上把玩着手中蝴蝶刀的柳行，在听强子说完了司徒凛堂弟光辉灿烂的坑爹之举后，心情复杂地问出了这个问题。

司徒凛表示自己不是很想给情敌解释这种问题，因为某种程度上来说这也算是家丑了。

毕竟司徒俊真的太智障了啊，因为过于智障反而使人怜爱了。

司徒凛给他的疑似司徒山海出轨的照片，毫无疑问是PS的。当然，这个以司徒俊的智商来说，根本是看不出来的。

在接受了心怀不轨的堂哥对他的点拨之后，司徒俊积极地开展了坑爹行动，在亲爹回家吃饭的时候，偷偷溜进车库，把亲爹的座驾上下左右里里外外摸了一遍——安上了司徒凛给的信号发射器。

司徒山海恐怕万万想不到，自己在外面严防死守，每次出车后面都有好几辆安保的车子跟随在后，观察有没有人跟踪他的行踪，但是一万个小心也挡不住自己亲儿子坑爹，直接在他的车子里装了信号发射器啊！

于是在得到司徒俊行动成功的喜报之后，司徒凛速度惊人地锁定了司徒山海的几个落脚点，弄清了顾晓雨和季泽熙的所在地。

　　"肌霸"天团大佬行动自然不同凡响，他的第一反应是：报警吧。

　　转念一想，不行，万一警方里面有 X 的线人，那顾晓雨就危险了。

　　还是得自己上啊，司徒凛叹了口气，打电话出动了自家的"肌霸"天团，还喊上了道上赫赫有名的白乌鸦，一群人掩饰着行踪浩浩荡荡地奔赴目的地——A 市郊区的废弃工厂。

　　柳行懒洋洋地坐在车子的后排，对让司徒凛给他当司机没有任何负罪感。

　　"你觉得这个行动可行？"柳行问道。

　　司徒凛给他讲的行动步骤非常简单，柳行负责潜入这个废弃工厂，用清洁工之类的身份混进去，找到季泽熙和顾晓雨的所在位置，确保他们的安全，可以先将他们藏起来，只要不被 X 的人控制就行。等到柳行行动完毕发出信号，司徒凛的人就会对这个废弃工厂发动行动，将里面的人全部抓获，然后就等警方来收尾了，至于以后怎么解释，这个交给在警界影响颇深的谢际明。

　　司徒凛突然一个急刹车，掏出手机噼里啪啦打了几个字，然后举起手机给后排的柳行看。

　　上面写着：只要你不掉链子，一切都没问题。

　　"你哑巴了吗？好好说话！"柳行不知道这家伙在搞什么，一脸嫌弃地说道。

　　司徒凛回头恶狠狠地瞪了他一眼，继续打字：要不是怕立"FLAG"，你以为我不想说话吗？！

　　柳行一脸问号，搞不懂这人在干什么。

　　坐在副驾驶座上的强子心情复杂地给老大解释了一下："凛少这人有个毛病，一旦说点什么，很容易就变成'FLAG'实现不了。"

　　"平时怎么没见你少说几句？"柳行嘲讽他。

　　司徒凛打字如飞，恨恨地把手机"怼"在了柳行的脸上：今天事关重大！

强子在一旁憋笑，他还以为自家老大对自己"旗王"的设定心里没点数，但现在看来，这家伙其实很清楚，只是平时无所谓。有点坎坷也好，突然倒霉也罢，在强大的实力面前都是垃圾！

一个能顺利活到这个年纪的"FLAG之王"，没两把刷子是不行的。

但是今天不一样，今天是个很重要的日子，司徒凛一早起来就跟修了闭口禅似的，能不说话就不说话，生怕自己说了句什么导致救援行动功败垂成。

自家少爷是真的在乎顾晓雨这个朋友啊，强子欣慰地心想。

就在这时，一个电话打了进来，司徒凛皱着眉，看着上面的来电显示——谢际明。

他掐了电话，回了短信：什么事？

谢际明：你怎么不接电话。

司徒凛：不方便，短信说。

谢际明：情况怎么样？找到香香了吗？他们今天打来电话跟我索要十亿的赎金，不然就撕票！我们必须赶紧把香香救回来！

司徒凛心情暴躁，和强子换了个座位让他开车，自己专心发短信"怼"情敌：你别叨叨行不行，好了自然会告诉你。

谢际明：……

司徒凛：我们分工明确，你负责收尾的时候和警方打交道，其他交给我和柳行。总之，X老巢里的那只猪我们会还给你的，死活不论。

谢际明的电话又打了进来，司徒凛无奈地接了起来。

"你竟然管香香叫那只猪？！你还不管她的人身安全？！司徒凛，你不是人！"谢际明优雅贵公子的形象在这一声咆哮中崩成了渣渣。

司徒凛不得不把手机拿得离自己耳朵远了点。

"什么叫'X老巢里的那只猪我们会还给你'？在你心里香香

是这么随随便便就可以交换的东西吗？！人渣！我绝对不会把香香让给你的！就算她死了，我也要把她的尸体抢回来！"

司徒凛默默把手机拿到距离自己最远的地方，挂掉了电话，拉黑谢际明，一气呵成。

等需要他和警方高层打交道的时候再把他从黑名单里放出来吧，毕竟谢家在警界的人脉比较广。

在一旁听了一耳朵八卦的柳行看司徒凛的眼神都变了。

司徒凛冷哼了一声，这家伙装什么装，好像他不知道真的香香在哪里似的。

于是司徒凛又飞快地打字，把手机贴在了柳行的眼前：连老婆都认不出来的男人，活该和一只假猪地久天长。

这话柳行太认同了，于是他默默给司徒凛比了个大拇指。

没错，坑情敌的时候，他们是站在同一阵线的。

⟨ ⟩ • • •

好像已经是晚上了。

顾晓雨不知道具体时间，但是从送来的三餐里大致可以判断出来。

人造爱情荷尔蒙的配方顾晓雨其实当场就可以默写出来，但是为了拖延时间，他要求让季泽熙带上一起做实验，两人一起糊弄了个半成品交上去，拿去给对方实验。

趁着这段时间，两人顶着看守们监视的眼神，暗中交流。

顾晓雨使劲对季泽熙使眼色：教授，你说会有人来救我们吗？

季泽熙对着仿佛眼角抽筋的顾晓雨看了半天，最后默默摇了摇头以示自己无法看懂他的眼神：你在说什么？

顾晓雨心如死灰：什么，没有人会来救我们吗？可恶，司徒凛真的太不可靠了！再也不是我最心爱的女婿了！

季泽熙：虽然不知道发生了什么，但是顾晓雨好像很失落的样子……

"不要东张西望！"负责看守他们的人低声喝道。四个大汉盯住了这个实验室的角角落落，不让他们有机会交流，更不会让他们随意在基地里走动，他们哪怕要去厕所，都会有两个人跟着。

毫无默契值的两人只好放弃了眼神交流活动，继续埋头做实验——只出工不出力的那种。

顾晓雨有点绝望，这种绝望感主要来自敌人实在太了解他了。

他的前女友苏妍，已经把他研究透彻了，从她策划的绑架案来看就知道，她对他的了解那可不只是一点皮毛。说来也怪顾晓雨自己，热恋中的时候他跟苏妍显摆过不少次幸运儿的骚操作，结果现在底裤都被人看穿了……

哎……

哪怕他已经被关在了这里，苏妍都没有放松警惕，每晚零点一过，就会有几个守卫粗暴地敲开了他的房门，逼着他抽卡——这手机看起来是苏妍的——一直抽到十连只出保底普通卡片为止，不但如此，每过六小时再来一次，这是打定主意要把顾晓雨的幸运值耗光，绝不给他翻身的机会！

前女友，真是狠毒！顾晓雨欲哭无泪。

连续几天下来，顾晓雨觉得自己做什么都很不顺利，走路摔跤，吃饭噎到，睡觉做噩梦……

原来这就是运气差的感觉吗，真的太可怕了，司徒凛到底是怎么在这种氛围里长成一个乐观积极向上，毫不在意给自己立"FLAG"的人啊，他还能时不时干出点大事，可怕，实在可怕！

顾晓雨一边在心里吐槽司徒凛，一边漫不经心地洗试管，一不小心，试管脱手摔碎了。他赶紧蹲下去要去捡碎片，没有幸运值护体的他毫不意外地被割伤了手。

实验室的门开了，一个清洁工推着清洁车走了进来，开始打扫卫生。

清洁工是个中年女人，在生活操劳中早早白了头发，低着头一声不吭地清理实验室，顾晓雨则被季泽熙拉到一边清洁伤口贴了创可贴。

顾晓雨跟季泽熙唉声叹气，抱怨自己最近运气奇差，几个看守绝不给两人闲聊的机会，立刻喝止了这种行径。

清洁工已经打扫了实验台下的地面，慢吞吞地推着清洁车往旁边走，和顾晓雨擦身而过的时候，顾晓雨冷不防地感到自己的裤袋被人摸了一把，他惊愕了一下，正对上清洁工锐利的眼神。

不对，这个人不是那个中年的清洁工阿姨？！

她脸上皮肤的质感太奇怪了，像是某种特效化妆的效果，只是她一直刻意低垂着头，所以守卫们才没有发现她的异常。

顾晓雨不动声色地摸了摸裤袋，摸出了一张小字条，他假装继续做实验，实则打开了字条。

——假装肚子疼，让守卫陪你去厕所。

顾晓雨偷偷瞥了清洁工一眼，她已经开始清扫角落的地面了，无论怎么看都不过是一个普通的清洁工。

顾晓雨深吸了一口气，捂住肚子哼唧了几声，苦着脸对守卫说："我肚子有点不舒服，能不能去一下洗手间？"

守卫们露出了狐疑的眼神："好端端的，怎么会肚子痛？"

"不知道啊，我忍不住了！"顾晓雨演技浮夸地哀号了起来。

季泽熙在一旁有点忐忑，他左看右看，怎么看都觉得这不像真的。

实在是顾晓雨的演技太尴尬了！

守卫们显然也不是瞎的，他们互相对视了几眼，为首的那个掏出了电话："我给苏小姐打个电话请示一下。"

顾晓雨内心哀嚎：……搞、搞砸了！

清洁工握着拖把的手都快把拖把柄掰断了：妈的智障！成事不足败事有余！

为了提防可能的风险，外面又来了四个守卫，浩浩荡荡把顾晓雨押送到了厕所。

蹲在马桶上思考人生的顾晓雨，感到了幸运值耗尽后人生的艰难。

实验室里，季泽熙目送着被押去上厕所的顾晓雨，脑中突然闪过了什么，将视线投给了还在打扫卫生的清洁工。清洁工在打扫的间隙回过了头，和季泽熙对视了一眼。

只是一眼。

季泽熙的胳膊顶了一下搁在实验桌上的培养皿架，七八个培养皿一同掉在了地上，他愣了一下，看着一地的碎片皱了皱眉，对清洁工说道："把它们扫掉吧。"

清洁工低垂着头慢吞吞地走了过来，蹲在地上清理碎片。

蹲在地上的清洁工被实验台挡住了，刚好处于守卫们的视线死角中，她飞快地在地上写了一个字——白。

季泽熙确定了，这人是白乌鸦柳行。

他们没有太多时间了，顾晓雨那边最多拖十五分钟，十五分钟后四个守卫就会回来，因为他的可疑行径，这个房间里的守卫说不定会增加到八个，他们必须在这十五分钟内搞定房间里的四个守卫。

四个人，各自占据了房间的一角，全部持枪，要搞定他们必须不发出声音，否则会让门外的守卫发现，一旦他们示警，就会有更多守卫冲进来，到时候他们插翅难飞。

原本柳行的计划是让顾晓雨引走两个守卫，这样他只要对付两个人即可，但是没想到顾晓雨这个坑货非但没有引走守卫，还又叫

恋
爱基因

来了四个……简直猪一样的队友，柳行的心态没崩已经是见过大风
浪了。

季泽熙的脑中转过千百个念头，要在一个封闭房间里无声地干
掉四个守卫，他能做什么？做不了太多，这个任务只能交给专业的
白乌鸦来完成，他的任务是吸引守卫的注意。

可是要怎么样……

季泽熙看了看身边能用得上的东西，步履平稳地走到水槽边，
拿起洗衣粉开始洗试管，然后将少量洗衣粉握在了手里。

他来到了水壶边，倒了一杯烧开的水，就着喝水的动作把洗衣
粉送进了嘴里。

下一秒他就捂住了嘴，呻吟着质问道："这水里是什么东西？！"

还没说完，他就冲到水槽边剧烈呕吐了起来，这脸色惨白、冷
汗直冒的状态立刻让守卫知道这不是演戏，而像中毒引起的呕吐。

四个守卫都过来了，围着倒在地上陷入半昏迷状态的季泽熙，
掐他的人中试图唤醒他。

佝偻着站在一旁的清洁工无声无息地来到了他们的身边，掏出
了夹在两腿间躲过了检查的蝴蝶刀……

几秒的工夫，四个毫无防备的守卫无声无息地倒在了地上，全
部都被打中后颈，晕了过去。

"演技不错，比顾晓雨强多了，起来吧。"柳行对还在口吐白
沫的季泽熙说道。

季泽熙从地上爬了起来，行动有点艰难，吞服洗衣粉引起的呕
吐反应太剧烈，他现在还感到胃部痉挛灼烧。

季泽熙走到水槽边狂喝生水，然后继续催吐。

"赶紧的，我们时间不多。"柳行抽了几张纸巾擦拭了一下蝴
蝶刀，看向了紧闭的实验室大门。

还有几个硬家伙要解决。

＞ • • •

没有幸运值的幸运儿能做什么？

答：像一条咸鱼一样躺着。

蹲在马桶上的顾晓雨急得抓耳挠腮，半晌不知道该怎么办，外面守着他的守卫已经不耐烦地催促他了，他惴惴地提上裤子，低着头走出了洗手间。

洗手间距离实验室有一条走廊的距离，他走在四个守卫的中间，一边走一边纠结。

怎么办？

前方就是实验室了，两个守卫一动不动地站在门外，昏暗的走廊光芒让他们像是两尊僵硬的雕塑，丝毫没有生气。

看到他们走了过来，其中一个守卫给他们打开了门。

两个守卫先走了进去，顾晓雨走在他们后面，最后还跟了两个守卫。

在最前面的两个守卫走进去的一瞬间，实验室里的灯突然熄灭了。原本就光线不足的走廊也同样陷入了黑暗，顾晓雨呆立当场，只听身后传来沉重的打斗声，他低呼了一声，立刻抱头蹲好。

两具身体倒地的声音就在他身后响起，前面的两个守卫呼喝着想要掏出武器，却敌不过有备而来的袭击者，还不等他们拿出枪械，就已经被这个伪装成看门守卫的袭击者解决了。

短短十几秒的工夫，四个全副武装的守卫就全部被放倒了。

顾晓雨哆哆嗦嗦蹲在地上，小声问道："大哥，自己人？"

他的屁股被踢了一脚，一个熟悉的声音在他头顶响起："是你爷爷！"

"柳行？真的是你？"顾晓雨一下子激动起来。

电源恢复了，柳行脱下守卫的帽子，回头对同样假扮成守卫的季泽熙说："你也脱了，我们得找个地方避一避。"

在干掉实验室里的四个守卫之后，柳行和季泽熙脱下了他们的制服换上，从容出门干掉了门口的两个守卫，然后假扮成他们站在门口看守。因为这条走廊的光线非常昏暗，如果不仔细盯着脸看，别人是不会注意到站在门外的两根"木头"有什么异常的。

人的注意力很容易被熟悉的环境欺骗，这一点柳行非常清楚，所以他敢化装成清洁工混进这里，因为没有人会在意一个再普通不过的清洁工。

"然后呢？"顾晓雨问道，"司徒凛来了吗？"

"喷。我已经通知他了，他那边会在五分钟内开始暴力入侵，我们需要找个安全的地方躲一躲，以免 X 发现之后抓你当人质，逼迫司徒凛收手。"柳行说道。

"监控。"季泽熙提醒道，"这里到处都有监控，我们很可能已经被发现了。"

"这个你放心，我来之前就已经把监控都黑了，现在监控上播放的画面是一天前的，他们不会发现的。"柳行对此早有准备。

顾晓雨和季泽熙跟着柳行离开了实验室，来到清洁工的清洁间，这里有一个大铁柜，里面堆放了清洁用具，稍微清理一下竟然躲得下三个成年男人——不过还是很挤就是了。

"话说，你怎么会在这里，还和司徒凛合作了？你俩不是很不对付吗？"顾晓雨纳闷地问道。

自从码头交付香香之后，柳行就失踪了，顾晓雨不知道他去了哪里，今天突然看到他来救他，被大大地感动了，只是想不通柳行是怎么和司徒凛混在了一起，明明那会儿柳行看起来恨透了司徒凛。

柳行恨恨道："司徒凛那个混蛋，找到了我的踪迹，把我关了起来。”

顾晓雨大惊："他为什么要关你？"

"因为他把一只假的香香给了司徒凛，真的在我这里。"季泽熙插了一句。

顾晓雨"哦"了一声，这件事季泽熙已经跟他坦白过了，现在倒也不那么惊讶了："那你怎么会在这里？"

"因为爷爷我跑了啊，跑了之后惦记着你这个小没良心的，结果联系不上你，只好去找司徒凛，才知道你被绑架了，我们就干脆合作了，先把你这个小没良心的捞出来再说。"柳行咬牙切齿道。

顾晓雨非常感动："我没看错你啊，好朋友一辈子！"

柳行哼了一声："得了吧，你一颗红心向司徒凛，以为我看不出来？"

"哪能啊，我俩什么交情，杠杠的！不瞒你说，女婿里我最看好的就是你，男装是个大帅哥，女装，哇塞，美破天际，其他人跟你没法比！"顾晓雨赶紧给柳行表忠心。

柳行看起来还挺受用，道上让人闻风丧胆的白乌鸦，在好友花言巧语下一下子被撸顺了毛，让一旁的季泽熙有点儿发愣，同时又忍不住佩服顾晓雨这胡说八道的水平，他还真的挺了解柳行的，知道顺毛该从哪里摸起。

外面响起了刺耳的警报声。

"哟，开始了。"柳行颇有些兴奋的样子，掏出手机给司徒凛发骚扰短信询问情况。

"柳行，你挤到我了，没法呼吸了。"顾晓雨被挤得感觉自己已经变成了一张纸片，呼吸都困难。

"……我也有点，呼吸困难。"季泽熙深吸了一口气，忍住了那种窒息的晕眩感。

"教授，你有点手抖啊。"顾晓雨碰到了季泽熙的手，感到他在轻颤。

　　"我不太习惯和人靠太近。"季泽熙苦笑着说道。他一直觉得人和人之前应该有一个安全距离，一旦过界，就会让他浑身难受。

　　这一点顾晓雨倒不是全然没有觉察到，季泽熙一直和人群保持距离，他从来没见过他有什么特别亲近的朋友，学生请教他问题的时候，如果靠得太近，他甚至会不着痕迹地后退一些。

　　柳行哼笑了一声："我就没有这么多大少爷的毛病，我俩以前还睡过一张床，床板还没一米宽。"

　　顾晓雨思忖了一下，问道："是你尿床的那次吗？"

　　"滚！是那些混蛋在我床上倒了水，要不然你以为我想和你挤一张床吗？"柳行怒道。

　　"什么呀，你就这么嫌弃我吗？说好的好朋友一辈子呢？"

　　"我们的友情是怎么破裂的你心里清楚，再给你一个挽回我的机会，当着司徒凛的面告诉他你觉得我和香香更合适。"

　　"大兄弟，包办婚姻这种事情，已经严重地拖了社会主义核心价值观的后腿，我建议你多了解一下自由恋爱的好处。"

　　"我倒是想，你倒是给我个自由恋爱的机会啊。"

　　顾晓雨摸了摸下巴："我们学校往东五公里有个大型养猪场，里面从少女到人妻应有尽有，你可以尽情挑选恋爱对象，不妨了解一下？"

　　气得柳行在柜子里狂掐顾晓雨的屁股，把他疼得嗷嗷叫，挣扎着掐了回去，下手特别用力。

　　结果柳行没什么反应，好像没感觉到他的反击，黑暗的柜子里传来季泽熙忧郁的声音："我想，你应该是掐错人了。"

　　"对、对不起，教授！"

　　场面一度是尴尬的。

　　顾晓雨认真回忆着自己的手感，心里十分尴尬，这毕竟是季教授的屁股呢，豪门贵公子的矜贵屁股，和柳行这种不穿女装就是个抠脚大汉的人的屁股是不一样的。

话说，他不会成为首个因为摸了教授屁股而"被挂科"的学生吧……不会吧，教授这种好人，不至于吧，不过是摸一下屁股啊，我们男人根本不在意这种事情！

一片尴尬的沉默中，杂物间外的警报声越发清晰响亮，还夹杂了几声零星的枪响，显然战况激烈，X 的人在负隅顽抗，但司徒凛却是有备而来。

柜子里的三个家伙对外面的情况毫无参与度，要么沉默，要么尴聊。

在短暂的沉默后，季泽熙忍不住了，也加入"尴聊"。

"你们的感情还真不错。"他说。

"呵呵，还行吧。"柳行一句话就把天聊死了，不知道是不是故意的。

顾晓雨不忍心看教授陷入窘迫，热切地打开局面："我们是在孤儿院里认识的，已经很久了，虽然柳行老觉得我是个傻子，我也觉得他是个变态，但我们还是好朋友。"

"说谁变态？！"柳行不服。

"兴趣爱好是女装的那个谁。"顾晓雨无辜地回道。

"我那是工作需要！女性的身份更容易让目标放松警惕，绝对不是因为我喜欢没事干就穿女装。"

"你当我瞎的吗？你逛街逛到女装店的时候眼睛都在发光！"

两人毫无紧张感，你一言我一句地吵了起来，互相揭对方老底。

在这种互爆黑历史的"人身攻击"中，两人都知道，之前的那点矛盾已经揭过了，他们默契地选择了和解。

至于是因为他们彼此谅解，还是因为这一次的救援行动，这都已经不重要了。

半晌，季泽熙干巴巴地夸了一句："你们感情真的还挺好的。"

"呵呵，还行吧。"柳行回了一句一模一样的话，这下可以确定了，他就是故意的。

季泽熙显然也知道，他和柳行的交情不算多深，虽然柳行在危难的时候选择把香香交到了他手里，但这并不代表两人的关系有多和睦，充其量只是他在别无选择下的一个选择。

顾晓雨感觉得到两人之间隐隐的不睦，焦急并且为难。在爱情荷尔蒙事件之前，这四个人的关系虽然说不上多好，但表面上还是很和谐的，甚至一起吃过饭，顾晓雨以为至少他们算得上是朋友。

但在人造爱情荷尔蒙的乌龙事件之后，他惊讶地发现，原来他们之间的关系并不是他想象的那样单纯，甚至于，他根本没有看清他们的家庭、真正的性格、对待感情的方式……这些他都不知道。

从前，他只是天真并且一厢情愿地将所有人放在了一个梦幻的舞台中，在这块舞台上，没有无法调和的矛盾，没有直击灵魂的考验，更没有无法抗拒的诱惑，所以一切都是那样和平，和平到虚伪。他为这份虚假的和平欢喜，不再试图去探究每个人的真实，因为他以为他可以永远留在观众席上，观看一场不会结束的表演。但是当舞台的灯光熄灭，音乐停止，所有人都褪去了脸上面具一般的表情，露出了真正的自我。完美无缺的面具下，每个人都有无法愈合的伤口，而他从前竟然视而不见。

他感到为难和刺痛，可最后，他还是会学着去接受。

顾晓雨干咳了两声，说道："教授人很好的。"他的潜台词是让柳行不要挑事。

"那只说明你不够了解他。"柳行说道，丝毫不介意季泽熙就在旁边，和他的直线距离还不到半米。

一个大佬，哪怕说人家坏话，也是当着人家的面，堂堂正正地来。

"一个人对另一个人的了解总是有限的，我同样也不够了解你，很多事情。"季泽熙对柳行说。

柳行本能地以为这是来自情敌的挑衅，他要是季泽熙，接下来就会痛击他的伤疤——谈谈他是怎么为了自保把香香送到了他这位情敌的手中，这种挖苦真是太带劲了，让人浑身舒畅。

但是季泽熙没有，他保持着自己的风度，绝不为了一时的出气奚落情敌，更何况这个情敌在几分钟前才救了他。

季泽熙的退让使得柳行也没有再追击下去，他同样退了一步，转移了话题："听说你们在研究针对爱情荷尔蒙的代谢剂？"

"是啊，已经有样品了，但是这个东西对你不管用，你需要的是针对引导剂的代谢剂，这个还需要一段时间，我有了几个新思路……"谈起工作，顾晓雨一下子能插上话了，"……总之，等研究结果确定之后，你们四个就可以痊愈了。"

大家的爱情荷尔蒙和引导剂都代谢干净，不再被这种强烈并且疯狂的爱意折磨，香香回到他的身边，一切都回到正轨，完美。

可是顾晓雨没有意识到，他再一次犯了同样的错误——一厢情愿。

"可我不想认输。"柳行突然说道。

"这和认输有什么关系？"顾晓雨感到莫名其妙。在他眼里，这一切都是个意外的错误，只要纠正了这个错误，一切都能好起来，这是再简单不过的问题。

"反正我对代谢剂没兴趣，也没打算提取爱情荷尔蒙，这样就很好，我很满意。"柳行说道。

顾晓雨顿时陷入了抓狂："大佬，爷爷，我都叫你爷爷了，这种时候你就不要任性了，乖乖把代谢剂打了，打完之后不管你是要揍我还是砍我，我躺平，行不？"

柳行从鼻腔里发出了一声嗤笑声，没有回话。

黑暗之中，季泽熙的声音响起："我多少可以理解柳行的想法。"

"啊？教授，你可别跟我开玩笑，你不是一直很积极地在搞代谢剂的研究吗？"顾晓雨蒙了。

"抱歉……我其实一直都是这么想的。我研究代谢剂，并不代表我会去使用它。"季泽熙歉意地说道。

——所以你是想干吗？顾晓雨陷入了迷惘中。

"他想用代谢剂把我们几个都搞定，他好一个人独占香香。别否认，我知道你心里就是这么打算的。"柳行说道。

"我没有否认的意思……我还要好好想想这件事。"季泽熙说。

这猝不及防的神展开让顾晓雨一阵头痛，万万没想到研究成功在即，反倒是几个受害者不愿意从这种情况中挣脱出来，特别是季泽熙，原来他一直是这个打算！兵不血刃地干掉三个情敌，然后自己成为人生赢家——虽然在别人眼里这种人生赢家简直是失了智。

这可怎么办？

就在顾晓雨纠结之际，柳行的手机震动了起来，他看了一眼这条来自司徒凛的信息，对两人说道："行了，我们走吧。"

"搞定了，这么快？"顾晓雨惊讶道。

"不，司徒凛请我们去看个热闹。"柳行撇嘴道。

"什么热闹？"

柳行露出了一个微妙的笑容："一个你这辈子不会见到第二次的搞笑热闹。"

第十六章

**不好意思，
帮你抽的超稀有卡牌
我要收回去**

"什么热闹？"顾晓雨好奇地问道。

柳行没有回答，反而说道："这群人绑架了'香香'。"

"啊？"

"他们从谢际明那里绑来了'香香'，跟谢际明要了一大笔赎金。"

"多大一笔？"顾晓雨问道。

"十个亿。"

顾晓雨露出了绝望的眼神："再见了亲爱的香香，我再也见不到你了，十个亿的赎金爸爸我是交不出来的，谢际明被逐出家门后怕是也没这么有钱了……等等，谢际明手里的香香不是假的吗？"

"是啊。"柳行笑道。

"哦，那随便吧。"顾晓雨冷漠道。

"所以现在有了点热闹，来吧，我们去看热闹。"柳行兴致盎然地说道。

顾晓雨看着眼前的柜门，深沉道："那你们准备好了吗？"

季泽熙："什么？"

柳行："什么？"

顾晓雨用力推开柜门："来，出柜吧！"

季泽熙："……"

柳行："……"

距离清洁工储藏间直线距离不过两百米的地方，一场激烈的对峙正在进行中。

司徒凛带着一群荷枪实弹的雇佣兵，拿枪指着一个垂死挣扎的男人——他显然没有想到自己的秘密基地这么容易就被发现了，更想不到自己会陷入这种危机之中。

逃跑已经晚了，这里已经被包围，插翅难飞，但是顾宇仍然手握底牌，他有信心，也有把握这一次能顺利逃走。因为他的对手，根本放不下他手中的人质的安危。

"别过来，让你的人后退，不然我不保证人质的安全！"顾宇色厉内荏地喊道，左手的臂弯勒住不知所措的小香猪，右手紧握着一把匕首，死死抵住小香猪的脖子——如果那圆润的部位真的是脖子的话。

小香猪在他臂弯里扑腾四肢，似乎对这个胆敢对她不敬的人类万分愤怒，却又无可奈何。

所有人都露出了微妙的表情：这人脑子没病吧？为什么要把一只小香猪当作人质？这有什么意义吗？

知情的司徒凛和蔚蓝，表情更加微妙。

"这只是假的？"虽然早就知道真的香香已经在司徒凛手里，但是看着自信满满的顾宇，蔚蓝还是有一丝生怕认错猪的紧张，所以他在司徒凛的耳边问道。

司徒凛没理会他，演技十足地露出惊恐的表情："放开香香，不要伤害她！"

蔚蓝：……好吧，你高兴就好了。

这仿佛和顾晓雨一脉相承的拙劣演技，在紧张的顾宇眼中却披上了一层滤镜，他似乎是松了口气，越发信心十足："带着你的人后退！"

后方传来了脚步声，柳行带着季泽熙和顾晓雨来到了现场。

"这是在干什么？"顾晓雨看着这个混乱的场景，感到一切如魔似幻。

他的亲爹，竟然挟持了一只猪！

小香猪做错了什么？为什么要被抓去当人质？

最搞笑的是，这群人竟然真的在司徒凛的指挥下后退了，仿佛他爹挟持的是某个大人物。

看着露出得意神色的顾宇，顾晓雨忍不住问出了一个问题："你们为什么要听他的话，这只小香猪不是假的吗？"

这石破天惊的一问戳穿了皇帝的新衣，顾宇愣了一愣，脸上的表情活灵活现地写着"我不信，我不信，你说的都是骗人的！"

司徒凛"啧"了一声，用胳膊圈住顾晓雨的脖子，不悦道："你就不能把嘴闭上好好看戏吗？"

"我觉得你更需要闭嘴，先把人抓了，别啰唆！"顾晓雨捶了他一下。

司徒凛叹了口气，举起手下令道："不玩了，把人拿下吧。"

"不！你不爱她了吗？这可是你的梦中情人！"顾宇抱着小香猪垂死挣扎，"还有你，白乌鸦，你为了这只猪付出的一切，你都不在乎了吗？"

话还没说完，顾宇就被一拥而上的雇佣兵拿下了，小香猪幸运地没有受伤，被塞进了笼子里。

"我很遗憾地告诉你，你从谢际明那里弄来的香香是假的，真的香香现在司徒凛那里好吃好喝过得可开心了，不劳你操心。"柳行嗤笑道。

顾晓雨默默看向司徒凛，司徒凛举手投降："行行行，我交代，我认错，我搞了事情，香香现在我这里。"

顾晓雨皮笑肉不笑："长进了啊，都会明修栈道暗度陈仓了。"

司徒凛低头认错，非常老实："对对对，都是我的错，回去认打认罚。"

"说好的把香香借给我撸一撸，撸不到香香我要死了……"柳行在一旁幽幽道。

"你从我这里偷走了香香……"季泽熙也是神情幽怨。

"得了，你们一起到我那里去见香香好了，再叫上谢际明，给香香开个聚会行了吧？"司徒凛无奈道。

顾晓雨在一旁震惊了："什么，香香的后宫要建起来了吗？不愧是'玛丽苏'女主人公的操作啊！"

不过也好，先把他们都稳住了，静等代谢剂开发完毕。

"跟我来，再带你去看点热闹。"司徒凛对顾晓雨说道。

不是已经看了热闹了吗？还有别的热闹？顾晓雨茫然地看着司徒凛，司徒凛卖了个关子，就是不说，带着他往前走去。

在一个密闭的房间里，顾晓雨再一次见到了苏妍。

这一次，她不再是往日那般气定神闲的模样，被捆绑起来的她看着走进门的顾晓雨，脸上扯出了一丝怯怯的神色："晓雨……当初的事情我是有苦衷的……"

顾晓雨捂住耳朵摇头："不听不听王八念经。"

苏妍："……"

司徒凛没忍住，笑场了。

"她的手机呢？"顾晓雨问道。

一旁的保镖找出了苏妍的手机，顾晓雨想用苏妍的指纹解锁手机，苏妍当然不愿意，握着拳头不肯解锁，急得顾晓雨抓耳挠腮。

司徒凛看不下去："剁了你的手指也能解锁，你自己看着办。"

苏妍这才委委屈屈地伸出了手指，随着屏幕解锁，顾晓雨兴奋地打开了苏妍手机里的游戏。

"哎哟，你还'氪'了不少嘛，好几万钻呢！'氪金'的钱来路不正啊，这可不行，我要邀请一位朋友教你做人，阿凛，来帮个忙，帮她把钻抽光。"顾晓雨把手机递给司徒凛让他抽卡。

司徒凛："……"

司徒凛随便戳着卡池，一堆没用的卡飞了出来，苏妍的脸都绿了。

顾晓雨露出了愉悦的笑容，给司徒凛热烈鼓掌。

"这几天你逼我给你抽了好几个手游，至少抽了三五十张超稀有卡牌吧。哎哟，这游戏限定卡也可以分解，不错哦，反正我也忘了到底是哪几张，总之都给你分解了哦。"顾晓雨一边说着，一边当着苏妍的面一张张碎了卡。

苏妍的表情顿时龟裂了。

柳行翻了个白眼："幼稚！"

蔚蓝心有戚戚然地摸了摸手机："你不玩手游，不懂的，谁要是把我的卡全都分解了，我……我……我就把游戏公司买下来回档！"

柳行的表情里写满了对有钱人的仇恨。

顾晓雨美滋滋地在苏妍的哀求声中把她的卡全碎了，心中的小恶魔简直要飞出来了，甚至开始"尬唱"："出卖我的爱，你背了良心债，就算付出再多感情，也再买不回来……"

"哎呀，这个游戏还能注销账号，那我不客气了哦，反正你以后在监狱里也玩不了这个，就不要惦记了。"顾晓雨快乐地点了注销账号。

"好了，帮你把游戏都清好了，以后要在监狱好好改造重新做人呀，不要老想着坑蒙拐骗了，败人品的。"顾晓雨把手机还给了保镖，自己语重心长地对苏妍说道。

面如死灰的苏妍再也说不出一句话，两眼一翻晕了过去。

⟩ • • •

"报复前女友的感觉怎么样？"离开废弃工厂的路上，司徒凛问道。

"棒极了！"要不是在车里，顾晓雨简直能乐得跳起来。

长久以来对苏妍的恨意在这一天得到了宣泄，再见了，他的人渣前女友，和他的人渣老爹，去监狱里思考人生吧！他再也不用陪他们玩了！

顾晓雨哼了一会儿歌，问司徒凛："接下来的事情怎么处理？"

"交给总是在故事最后出现的警察。"司徒凛淡定道。

"哦……"

话说这么说，但司徒凛还是肉眼可见地忙了一整天，顾晓雨则在洗澡的途中突然灵光一现，穿上衣服直奔实验室去搞针对引导剂的代谢剂了，强子欲言又止，最后请示了司徒凛给他放行了，只是叮嘱他晚上早点回来。

一个憋了好多天没有爆发的幸运儿，立刻爆发了，当晚就搞出了一号样品，喜滋滋地开始动物实验，原本还想熬夜赶工，但是司徒凛打了个电话让他晚上早点回去，竟然还让他叫上季泽熙。

疑惑的顾晓雨带着季泽熙一起来到了司徒凛家，还没进门，就被横亘在司徒家门口的那土味十足的红色横幅惊呆了——热烈庆祝香香公主后宫成立。

"你们疯了吗？！"顾晓雨整个人都不好了，"为什么在家门口扯个这样的横幅？！"

没有人回答他，所有人都好像磕了药一样，在劲爆的音乐中犯病——盛装打扮成小公主的香香撒欢地在现场跑来跑去，柳行紧紧追在她身后发出神经病一样的笑声，还一边喊着"我追你如果我追到你，我就把你嘿嘿嘿"，哦，顺带一提，他又穿上了裙子。

谢际明的表现也没好到哪里去，他追着香香疯狂拍照，被两个"痴汉"男子尾随的香香似乎感觉到了危险，跑得更快了……

和顾晓雨一起进门的季泽熙看到这一幕，沉思了三秒，对顾晓雨说："晓雨，帮我拿一下衣服和手机。"

说着，也不管顾晓雨的心情，脱下西装取出手机，朝着香香追了过去，打定主意不能输给情敌们，留下顾晓雨在原地心情凌乱：教授，注意一下形象啊！

唯一看起来好一点的是司徒凛，他抱着手臂站在一旁，和手下强子小声说着什么。

"还好你没去追香香，你要是也这么干，我绝对要疯了。"顾晓雨看到在一旁淡定围观的司徒凛，感到自己的心情好上了那么一点。

司徒凛嘴角扬起了一个冷笑："这群傻子，永远分不清真的香香和假的香香。"

"啊？"

"那只是假的。"司徒凛毫无形象地翻了个白眼。

"……"

在顾晓雨质问的眼神中，司徒凛摊了摊手："真的香香现在还在睡觉，反正他们也分不清真假，不如让假的陪他们玩玩吧。"

"你们高兴就好啦，我不想管这种事情了。"顾晓雨心累地说道，"不过这只假的香香，以后你打算把它怎么办？"

"养肥了杀了吃。"司徒凛镇定自若地说道。

"呵，男人。"顾晓雨冷漠地看着他，发出了一声嘲讽。

"开个玩笑，我是那种人吗？当然是把它养起来给香香做伴了。"司徒凛赶紧改口。

"你把香香的替身和正主养在一起，是想让这只替身心机猪使劲欺负善良无辜'傻白甜'的香香吗？放在言情小说里你这个傻子男主人公可以出局了。"顾晓雨冷酷道。

"那你想怎么样？"司徒凛无奈地问道。

"其实我也不知道。毕竟我是你老丈人，难伺候是正常的。"顾晓雨义正词严地说道。

"……"

现场的其他人还不知道小香猪的真假，追着假香香玩得开心极了，一个围绕着"玛丽苏"香香的和谐后宫眼看着已经建立起来，唯一的麻烦是他这个老丈人快要搞出代谢剂了，这样的好日子很快就要结束了。

　　嗯，不知道这群人现在对代谢剂的看法怎么样呢？之前教授和柳行都是坚决不想用的样子，谢际明看起来也是如此……

　　小香猪已经在这个宽敞的厅堂里绕了好几圈了，好几次顾晓雨都以为它要撞上摆放在中央的巨大蛋糕架子了，但是它每每灵活地闪避了过去，保住了这个大蛋糕。

　　"这个蛋糕不错。"顾晓雨称赞了一下。

　　"我请了人专门赶制出来的，毕竟今天是庆祝香香后宫建立第一日，必须隆重一点，切个蛋糕倒点香槟庆祝一下。"司徒凛笑得有点古怪。

　　"不是很懂你们这群土豪的操作，我过生日都没有这种待遇呢。喂，说起来上次我过生日，你竟然是带我去撸串庆祝，你还算是个人吗？"顾晓雨愤愤道。

　　"不算，我是畜生。"司徒凛淡定道。

　　"……兄弟，你这自黑有点狠啊，我都不好意思说什么了。"顾晓雨目瞪口呆。

　　司徒凛笑了笑，走到吧台边自己调酒去了。

　　顾晓雨走了两步，小香猪避让不及，一头撞在了他的腿上，顾晓雨把它捞了起来，小香猪惊恐地挣扎着，生怕又是个"痴汉"，还没挣扎两下就被柳行抱走了举高高玩，顾晓雨用怜悯的眼神看着柳行，看来大佬自己也认不出小香猪的真假，爱情真是让人眼瞎。

　　算了，这群人高兴就好了。

　　顾晓雨走到了吧台边，想跟司徒凛要杯鸡尾酒，结果被塞了一罐可乐，不悦道："你就给我喝这个？"

"可乐有什么不好？可乐超好喝的，为了一罐可乐我可以和景区大妈骂战一小时。"司徒凛说。

顾晓雨顿时笑出了声。有一次他和司徒凛去逛附近的景区，天气太热就跟小贩买了冰可乐，买的时候没问价钱，找钱的时候才发现比景区里的饮料标准公示表贵了两块钱。

司徒凛，一个家财万贯兜里有黑卡还有一卡车"肌霸"天团保镖的男人，顶着大热天刺眼的阳光，和小贩唇枪舌剑了一小时，最后叫来了景区管理员，成功维权，最后两人一人拿着一罐已经不冰了的可乐，笑得像两个智障。

"你这个人啊，有时候还真是……不知道该怎么形容。"顾晓雨笑着说道。

"是吗？可我觉得你还是挺了解我的。"司徒凛说。

顾晓雨坐在高脚凳上，喝着可乐沉吟道："大部分时候吧……但有一件事，我不太确定。"

"什么事？"

顾晓雨用脚踢了踢吧台，犹豫了一下说道："代谢剂。我有了新的代谢剂的思路，这一种代谢剂针对的是引导剂，使用之后就会把你对香香的迷恋消除，但并不会影响人造爱情荷尔蒙……说起来，你体内本来就有酶，会代谢爱情荷尔蒙……所以无论用不用代谢剂，你都会失去爱情。"

"我可以继续注射啊，你的人造爱情荷尔蒙又不贵。"司徒凛淡定道，"哪天我破产买不起了，就死皮赖脸到实验室里跟你蹭呗，你还能不给我怎的？"

"给给给，多少都给。"顾晓雨当机立断道。

"至于代谢剂，谢谢你，我会用的。"司徒凛在顾晓雨的对面坐了下来，直视着他的眼睛低声道。

顾晓雨的眼中闪过惊喜之色："真的？我还以为你也会不想放

弃……"

司徒凛挑了挑眉："有的人会接受一错到底，但是我不接受被安排的爱情，我宁可注射纯净的爱情荷尔蒙。"

顾晓雨笑着说："然后你就可以享受从天而降的爱情。"

"我不觉得爱情是从天而降的。"司徒凛说道，"也不觉得这是爱情荷尔蒙赐予我的。"

顾晓雨愣愣地看着他。

"它只是把爱情的能力还给了我。"司徒凛微微一笑，"虽然没有爱情我也能过得很好，但是有时候，你也会觉得，谈个恋爱其实也不错吧。"

顾晓雨笑着摸了摸鼻子，低垂下眉眼，倒在酒杯里的可乐里泛起无数的气泡，像是一团快乐的空气在褐色的液体里舞蹈，疯狂里带着无数的甜味。

同样的快乐，他偏偏知道。

第十七章

尾 声

聚会现场，热闹仍在继续，结束了谈心谈话的顾晓雨看着仿佛失了智的三人——特别是谢际明，小声问司徒凛："你是不是没有把谢际明曾经养了一只假香香的事情告诉他？"

司徒凛啜了一口酒，淡然道："当然，这种事情还是不要让他知道了。"

正说着，谢际明抱着"香香"朝两人走来，对司徒凛点了点头："之前的事情我还没有正式向你道谢，虽然我们之间有一些不愉快，但是……谢谢你把香香救了回来。"

司徒凛耸了耸肩："不客气。"

——反正你家里养过的那只，和你怀里抱着的这只，都是假的。

顾晓雨看着仍然无法正确辨识自己爱猪的童年好友，心情非常复杂。

"涉案的几人会怎么处理？"谢际明问道。

"依法处理。"司徒凛正色道，"不管是 X 的首领、苏妍，还是你的管家，都是如此。"

"……哦。"不知道为什么，听到司徒凛这么义正词严的样子总觉得怪怪的……

"不过我会帮忙搜集一些罪证，让他们判得重一点。"司徒凛摸了摸顾晓雨的脑袋，偏过头对他说。

顾晓雨突然想起自己被抽走的爱情荷尔蒙，不知道有没有被当作赃物缴获，然而还没开口问及，季泽熙就走了过来，礼貌地向谢际明提出了想要抱一抱香香的意愿。

谢际明看了看怀里没心没肺的爱猪，依依不舍地交给了季泽熙："五分钟。"

顾晓雨不禁腹诽：你们这群后宫"备胎"被临幸还带掐表的吗？真是搞不懂……谢际明，你竟然还真的看起了表！

再一次感到自己的竹马"恋爱脑"智障形象不崩的顾晓雨，突然想起了一件旧事——他一直说着要把谢际明母亲林雪娟遗留下来的日记本交给他，但是在回老家取回了日记本之后却因为种种原因耽搁到了现在。正好今天谢际明人也在，他得赶紧把东西还回去。

回到房间找到取回的老旧日记本，顾晓雨将谢际明叫到了一旁的露台上："喏，林阿姨的日记本，一直说要给你的。"

谢际明有些诧异地接过了日记本，看着上面泛黄的封面，轻声说了一句"谢谢"。

露台被温柔的晚风包围，整个司徒家的宅子都笼罩在一层清透的月光中，谢际明翻开了日记本，一页一页地翻看着，明亮的灯光落在了他的眼睛里，薄薄的水光中盛满了回忆。

"我……"顾晓雨刚开口，就被谢际明的声音打断了。

"我一直想问你，夏阿姨去世后，你明明可以向我求助，为什么不和我联系？那样你就不用去孤儿院了。"谢际明突然抬起头，问出了同样藏在他心底许多年的问题。

顾晓雨苦涩地笑了笑："我有啊，我怎么没有？我给你写了很多很多信，从老家一直写到搬走，在孤儿院的时候我还是给你写信，我后来甚至偷偷跑出孤儿院去找你……我就是在你家山下的马路上遇到了季教授……"

谢际明的脸上露出了惊愕之色："我以为是因为我母亲要求你们不和我联系，她那时候付了一大笔钱，摆平了所有人，希望我和过去一刀两断。"

"那现在我们都明白问题是出在哪里了吧？"顾晓雨惆怅地笑了笑。

谢际明沉重地点了点头。

"在我们自己身上。"顾晓雨趴在露台的栏杆上，眺望着远方的月亮。

谢际明同样靠上了栏杆，只是他面朝着客厅，派对现场还是那样热闹，热闹得让人格格不入。

"小时候我不明白，后来我明白了。我猜得到为什么你没有联系我，我想，我的信大概寄不到你的手中。我接受了这个现实，因为我们已经走得太远了。"顾晓雨的语气里充满了怅惘。

"我曾经也是这样以为，可是现在不是了。"谢际明的语气里洋溢着一丝激动。

顾晓雨不禁疑惑地看他，只听谢际明说："我突然想回头。"

"回头？"

"晓雨，我要谢谢你。也许你会觉得很荒唐，但是那块巧克力改变了一切，我突然间看清了很多事情。也许你觉得我疯了，可是我其实前所未有地清醒着，我只是明白了自己想要的究竟是什么。"谢际明笑了起来，那是一个有些放肆的、不应该出现在谢家大少爷脸上的笑容，"我想拥有的，是属于自己的人生，我应该自己去选择我的爱情、我的事业，甚至是我的父母。"

顾晓雨蓦然瞪圆了眼。

"离家出走，真是我做过最正确的决定了。"谢际明如是说道。

"……你的叛逆期，来得还挺晚的。"顾晓雨说。

"没有拥有过叛逆期的人生，是多么乏味的一生。"

顾晓雨摸了摸鼻子："希望代谢剂制作出来之后，你不要后悔就好了……哦，先说好，你会用它吗？"

"不管用不用，我都要感谢你。曾经有太多事情是别人为我做了决定，这一次我会自己做决定。"

谢际明说完，两人默契地对视了一眼，彼此的脸上都浮现出了真挚的笑容，就好像那长达十数年的分别和隔阂，在这相视一笑中突然间就消弭于无形。

其实这样也不赖吧，顾晓雨心想，他只是由衷地希望最早认识的这个朋友，能够真正拥有自己想要的人生。

五分钟的时间早已超时，谢际明回到了派对现场，将"香香"从季泽熙手里抢了回来，顾晓雨远远地看着这一幕，不禁笑出了声。

恋
爱基因

"和青梅竹马和好的感觉怎么样？"柳行端着一杯酒转了进来，调侃顾晓雨。

"我不是也和你和好了吗？你自己体会体会。"

柳行翻了个白眼："我们分手过吗？"

顾晓雨委屈地说道："那时候你不是很生气吗？这难道不算分手？"

柳行冷笑了一声："那是你没见过我生气的样子。"

顾晓雨好奇地问道："啥样？"

柳行挑了挑眉，神情略有些得意的恶意："我一般选择从物理上消灭让我生气的对象，这有助于我保持心情愉快，心情愉快才能让我容光焕发，容光焕发……"

他卡词了，顾晓雨顺口帮他接了下来："容光焕发才能当最靓的女装大佬。"

两人顿时笑个不停，这熟悉的笑声仿佛将他们带回了童年里那个炎热的夏天，他们会为一点小事毫无来由地笑个半天，直到腮帮子酸得鼓不动。

"说起来，你之前说过，不想用代谢剂的事情是真的吗？"笑够了的顾晓雨终于记得要问一问正事。

柳行把杯中的酒一饮而尽，放在露台的栏杆上，准备回派对现场："你猜？"

"不管你用不用，我都会把代谢剂给你。至于怎么选择……我相信你自己的选择。"顾晓雨大声说道。

柳行背对着他挥了挥手，比了个"OK"的手势。

顾晓雨心想，这样就很好了，无论柳行做什么选择，他都希望他能感到幸福。

只剩下季泽熙了，顾晓雨也从露台走回派对现场，季泽熙坐在吧台边上，静静地看着抱着"香香"围观巨型蛋糕的谢际明，一言不发。

顾晓雨轻手轻脚地走了过去，在他身边坐了下来，同样没有开口。

"那只香香，是假的吧？"季泽熙问道。

顾晓雨一惊，下意识地问道："你怎么知道？"

季泽熙微微一笑，将视线投给了楼梯："因为司徒凛看起来对它毫无兴趣，现在人还不见了，应该是偷偷去见真的香香了吧。"

顾晓雨叹了口气，这家伙真是连点表面功夫都不愿意做。有时候他都觉得司徒凛是个骨子里很冷的人，理性得有几乎可怕，即使在一段疯狂的热恋中，也还是能理性地权衡利弊，理性地去思考。他迷恋香香，但是却明白这份迷恋是异常的，也知道自己很快会将体内的爱情荷尔蒙代谢干净，所以他珍惜这段所剩无几的时光，却不会放纵自己去争取永远。

对他来说，好聚好散要强过在一段错误的恋情中地久天长。

"咳，我还以为是教授你自己看出来这只香香是假的了呢。"顾晓雨说。

"不，我看不出来。"季泽熙深深地看了他一眼，有些赧然的样子，"不要笑我，我真的分辨不出来。这份爱情是很蒙昧的，我在这一段怪异的热恋中，爱着的其实是爱情本身，因为我甚至分辨不出我爱着的她到底是不是她，这是一种没有灵魂交流的爱情，纯粹地被荷尔蒙带动着，紊乱的激素让我不愿意正视真相，你要说我是得了某种精神疾病，其实也说得通。"

顾晓雨想起了季泽熙的"爱情是一种激素紊乱的疾病"的论调，不由得失笑。

"所以，您现在改变想法了吗？愿意用代谢剂了吗？"顾晓雨问道。

"我不知道……"季泽熙沉思了片刻，低声说道，"我知道自己在一条错误的道路上，差一点甚至会走上一条更危险的道路，可是我甚至不想纠正它，你觉得我应该纠正它吗？"

恋
爱基因

"我觉得，你可以尝试一下代谢剂，然后再一次思考这段爱情。举个不恰当的例子，有个姑娘深爱人渣男友，没办法做和他分手的决定，但是一旦被甩，过一阵子再回头看当初的自己，就会觉得自己简直是个傻子，她早应该把人甩了再给他一百八十个耳光，但是如果她还处在那段不健康的关系里，她就是做不出那个决定，哪怕那个决定在旁人看来很正确……哦，教授，您能明白我的意思吗？"顾晓雨抓了抓脸，感到自己的例子有点蠢。

"……我能明白你的意思。你是想说，应该站在一个更客观、更理性的角度来看待一件事情，而不是一叶障目，有点只在此山中的意思。"

"对！对！对！就是这个意思了。总之，你还有一段时间可以思考这个问题，我相信你会有答案的。"顾晓雨说。

他会给每个人送一份代谢剂的，至于用不用，那就是他们的决定了。

不排除一段时间后他忍无可忍伙同司徒凛把这群人按倒了一个个打代谢剂的可能——哪怕事后他会被打爆狗头。

幸运儿，无所畏惧！

"香香！别跑！快回去！"楼上突然传来了司徒凛的声音，顾晓雨纳闷地抬起头看向楼梯口。

只见一只圆润的小香猪气势如虹地冲出了楼梯，朝着派对现场跑来，揣着一只盒子的司徒凛追在它身后，试图抱住它却又不想摔了盒子，结果被这只走位风骚的小香猪逃脱了！

顾晓雨嘴角一抽，完了，真的香香跑出来了，它还发现了自己的后宫在给替身开派对，气得失去了理智——如果它真的会思考的话。

待在谢际明怀里的假香香也跳了下来，对这只不请自来的同伴愤怒地哼哧哼哧。

真香香不甘示弱，和它面对面哼哧哼哧。

280

两只小香猪之间竟然展现出了一种谜一样的剑拔弩张的氛围。

"这只……"柳行一下子就明白了过来，愤怒地看着司徒凛。

司徒凛手臂上夹着一只打了礼物蝴蝶结的盒子，无奈地摊了摊手。

"怎么会有两只一样的香香？"不清楚前因后果的谢际明陷入了混乱之中，喃喃道，"难道香香有丝分裂了吗？一共几只？我们一人一只吗？"

两只香香一言不合，开始打架，五人吓得慌忙要去拉架，却不知道从何下手，生怕弄伤愤怒的小香猪。

怒气值满点的香香很快占据了上风，咬住假香香的公主裙将它拖到了蛋糕架旁边，用力一顶——假香香撞上了蛋糕架，巨大的蛋糕轰然倒塌，将正在拉架的几人也一同卷入了蛋糕陷阱之中。

"该死！"被倒了一脸蛋糕的柳行甩开满脸的奶油，恶心地挥手，想要甩掉这股甜腻的味道，却一巴掌甩到了顾晓雨的身上，让正在努力起身的顾晓雨脚下一滑，再次摔倒在蛋糕上，一脸奶油。

季泽熙和谢际明的情况好一点，虽然粘到了一点，但没有弄得满身都是。最惨的是司徒凛，他差不多是脸着地的，还拼命护住了手里的礼盒，没让它掉到地上。

"到底怎么搞的啊？"顾晓雨抓狂地问司徒凛。

"拿东西的时候一不小心，让香香跑出来了。"司徒凛也是很无奈。

"这是什么东西？这么宝贝？"顾晓雨好奇地要去拿。

司徒凛也不拦着他，把盒子递到了他面前："给你，看看吧。"

顾晓雨接过了盒子，抽开丝带，一管密封的爱情荷尔蒙被镶嵌在黑色的绒布上，他愣住了。

"从 X 的基地里找到的，现在物归原主了，我说过会拿回你的爱情，我可不喜欢食言。"司徒凛骄傲地说道。如果不是他现在浑身上下都是甜腻的蛋糕奶油，现在这个样子应当是很迷人的。

"这大概是你这辈子唯一没有搞砸的'FLAG'吧，厉害了。"

顾晓雨说着，哈哈大笑了起来，甩了他一脸奶油，"谢啦，阿凛！这是我收到的最棒的礼物，就算不是生日礼物也要给你一百分不怕你骄傲！"

"太狡猾了，东西明明是我找到的，别以为这样就可以讨好老丈人！"柳行怒道。

"香香到底是怎么回事？为什么会有两只？"谢际明一手一只挣扎不休的小香猪，陷入了混乱之中。

"晓雨，还没想起来今天是你的生日吗？"季泽熙笑道。

顾晓雨怔了怔，摸出手机看日期，对啊，今天是他生日啊！被X绑架好几天他都忘记这件事了！

"所以这是个生日派对？"顾晓雨茫然地问道。

所有人都对他点了点头。

"你还真以为我们搞了个后宫派对？"司徒凛无语了。

"还特地让你早点回家。"柳行也说。

"嗯，我被叮嘱要看好你，确保你准时回来参加生日派对。"季泽熙说道。

"还邀请请了我。"谢际明笑道。

坐在蛋糕废墟中的顾晓雨被这甜腻的蛋糕香味熏得有了流泪的冲动，他努力吸了吸鼻子，忍住了这股鼻腔里的酸意，露出了一个真心的笑容。

"谢谢，大家……谢谢你们。"

谢谢这场离奇的意外，谢谢他最好的朋友们，这一刻，这个从来都很幸运的男孩子，他觉得自己无比幸福。